KB120660

전지적 독자 시점

싱숑 장편소설

전지적 독자 시점
Omniscient Reader's Viewpoint

PART 4 **02**

비채

일러두기
- 이 책은 e-book 《전지적 독자 시점》을 바탕으로 편집 및 제작되었습니다.
- 인명 등 고유명사는 국립국어원 외래어 표기법을 따르되, 입말로 굳은 단어 등은
  예외로 하였습니다.

차 례

Omniscient
Reader's
Viewpoint

묵시록

✳

1

　―쿠구구구구!

　화면 속에서 선과 악의 성좌들이 서로 매서운 기세를 내뿜고 있었다. 끊어질 듯 팽팽하게 당겨진 긴장감. 그 균형을 지키는 것은 가장 작지만 밝게 빛나는 한 성운이었다.

　[선악이 모두 모인 것을 정말 오랜만에 보는군요.]

　화면을 보는 만다라의 수호자, 석존은 묘한 표정이었다. 그의 동공에 아주 오래된 기억이 흘러가고 있었다.

　시나리오 이전의 시나리오. 선과 악, 그리고 중립이 함께하던 시절.

　세계의 멸망을 막기 위해 모두 함께 멸망의 용과 맞선 이야기…….

　―저도 일행들을 돕고 싶어요.

석존의 시선이 벽 쪽에 놓인 작은 수조로 향했다. 수조 안에서는 희게 빛나는 영혼의 소체가 웅웅거리며 이야기하고 있었다.

―전 언제쯤 환생할 수 있는 거죠?

[저곳은 아해의 전장이 아닙니다. 아해는 더 커다란 의미를 수행할 존재로 환생할 것입니다.]

―저들이 내 의미예요.

영혼이 되어서도 유상아의 목소리는 결연했다.

―여기서 저들을 살리지 못하면 제 환생은 아무 의미도 갖지 못해요.

[의미라…….]

석존은 고개를 돌려 수조 맞은편에 놓인 또 다른 수조를 응시했다.

수조에는 법의를 갖춰 입은 여인의 화신체가 담겨 있었다.

[그대는 내가 아끼던 아해의 몸에 깃들 것입니다.]

―다른 사람 몸에 들어간다고요? 환생하는 게 아니었나요?

[그 몸을 화신체 삼아 환생하는 것입니다.]

―그럼 본래 그 몸의 주인은요?

석존은 대답하지 않았다.

부처에게도 슬픔이 있을까?

잠시 생각하던 유상아가 물었다.

―저 사람이 당신의 '의미'인가요?

석존은 법의를 입은 수조 속 여인을 말없이 바라보았다.

[그는 우주의 섭리로 되돌아간 것뿐입니다. 모든 것이 수레바퀴의 공허한 회전에 불과합니다.]

—당신이 아끼던 사람이잖아요.

[아해도 곧 이해하게 될 것입니다. 환생자가 된다는 건 그런 것이니.]

—전 아직 환생자가 아니에요.

[그런 굴레에 아무런 의미도 없음을 알게 될 것입니다. 그대에게 소중하던 것이 얼마나 부질없는 것인지를.]

—남을 저주하는 게 취미이신가요?

[사실을 말하는 것입니다, 아해여.]

석존은 화면 속 전장을 바라보았다.

그곳에는 아주 오래 살아온 성좌들이 있었다.

[성좌들은 평생을 불면에 시달립니다. 시나리오 없이는 잠들지 못하고, 꿈에서조차 다른 이의 설화를 탐식합니다. 탐식을 통해 자신이 처한 시나리오를 지우고 싶어합니다. 그리고 늘 불안해하지요. 자신들이 왜 불안한지조차 알지 못하면서.]

누구보다 오래된 성좌인 석존이 말하고 있었다.

[그들에게 시나리오는 영원한 백일몽입니다. 죽음을 외면하기에 죽음을 모르고, 죽음을 모르기에 시나리오의 미망에서 깨어나지 못하지요. 자신을 구원할 단 하나의 이야기가 존재한다고 착각하는 것입니다.]

화면 속에서 〈김독자 컴퍼니〉를 후원하거나 적대하는 성좌들이 무수한 간접 메시지를 띄우고 있었다.

석존은 천천히 시선을 돌려 화면 가장자리를 바라보았다.

[하지만 환생자는 다릅니다.]

화면이 전환되며, 섬의 환생자들이 보였다.

〈김독자 컴퍼니〉를 따라온 환생자들. 또는 여전히 선과 악의 한쪽 측에 가담하여 거대 설화에 부려지는 환생자들……

석존은 그들을 보며 말했다.

[환생자는 성좌처럼 영원을 살아가지만, 죽고 다시 태어납니다. 죽음을 알기에 깨어남을 알고, 깨어남을 알기에 자신이 시나리오 속 일개 부속에 불과하다는 것을 깨닫습니다. 환생이란 시나리오의 본질을 이해하는 것입니다.]

격이 낮은 환생자들은 죽음과 함께 기억을 잃지만, 모두 그런 것은 아니었다. 개중에는 니르바나처럼 전생의 기억을 가지고 환생하는 이도 있었다. 그들은 다양한 종으로, 다양한 성별로 환생하여 시나리오를 계속했다.

인간으로. 개구리로. 오크로. 엘프로. 개미로……

생의 수레바퀴에 매달린 환생자들은 모두 같은 표정을 짓고 있었다.

—다들 체념한 얼굴이에요.

[누가 이기든 바뀌지 않을 것을 알기 때문입니다.]

—시나리오는 바꿀 수 있어요. 우린 늘 그래왔어요.

[하지만 그것이 '시나리오'라는 사실은 바뀌지 않습니다.]

—그래서 포기하는 건가요? 뭘 해도 시나리오는 시나리오니까? 그건 도망치는 거예요. 싸워보지도 않고서 패배를 인정

하는 거라고요.

[아해여, 그건 환생자의 삶을 모욕하는 말입니다. 환생자들은 무수한 삶을 시나리오와 투쟁하며 ―]

― 단 한 번의 삶도 포기 않고, 모든 것을 다 바쳐서 싸워보셨나요?

그 말에 석존이 입을 다물었다.

단 한 번의 삶도 포기하지 않았는가.

석존이 대답하기도 전에 유상아가 말을 이었다.

― 1,800번이 넘는 삶을 포기하지 않고 싸운 사람도 있어요.

유상아가 화면을 바라보았다. 검은색 코트의 사내가 서 있었다.

― 그 모든 삶을 함께 지켜본 사람도 있고요.

그 옆에 선 흰 코트의 사내가 일행들을 바라보고 있었다. 천천히 옮겨간 사내의 시선이 마지막으로, 쓰러진 이현성을 향했다.

[숫자를 헤아리기에 이 몸은 너무 오랜 세월을 살았습니다. 다만 한 가지, 헤아릴 수 있는 숫자도 있군요.]

석존이 이현성을 보며 말했다.

[이 섬에 늘어날 환생자가 하나.]

¤ ¤ ¤

"아직 아닙니다."

나는 쓰러진 이현성의 맥박을 짚었다. 맥박은 뛰지 않았다. 코는 숨을 쉬지 않았고, 까뒤집은 눈은 흰자위만 보였다.

"정말이에요?"

정희원은 기적이라도 믿고 싶다는 듯한 얼굴로 나를 보고 있었다.

하얗게 탈색된 머리칼을 보며, 나는 이곳에서 무슨 일이 있었는지 짐작했다.

"확실히 안 죽었습니다."

일행들은 복잡한 얼굴이었다. 이지혜는 내가 선의의 거짓말을 한다고 생각하는 눈빛이었고, 이길영은 내 말이 거짓이라도 기꺼이 믿겠다는 표정이었다. 한수영이 물었다.

"이제 죽음의 정의까지 바꿔버리기로 한 거냐?"

"현성 씨가 죽었다면 강철의 주인도 시나리오에서 퇴장했을 거야."

나는 허공을 올려다보았다. 간접 메시지는 들리지 않았지만, 아직 강철의 주인은 시나리오에서 퇴장하지 않았다.

정희원이 다급히 내 팔을 붙들었다.

"그럼 현성 씨는 대체—"

"희원 씨가 각성하셨듯, 현성 씨도 각성한 겁니다."

나는 이현성의 피부에 흐르는 희미한 설화 파편들을 바라보았다.

강철의 설화.

겉으로는 제대로 보이지 않지만, 지금 이현성의 내부는 강철의 설화로 충만하게 차올라 있을 것이다.

[등장인물 '이현성'이 특성 진화를 눈앞에 두고 있습니다.]

이현성이 괜히 원작에서 '최강의 방패'라 불린 게 아니다.

자신의 생명을 바쳐 누군가를 지켜냈을 때, '강철검제'는 강철화의 마지막 단계에 도달한다.

다시 의식이 깨어났을 때, 이현성은 세상에서 가장 단단한 방패가 되어 있을 것이다.

정희원이 떨리는 목소리로 물었다.

"그럼, 그럼 살아 있는 거죠?"

"예."

"정말이죠? 거짓말 아니죠?"

무너진 정희원의 볼을 타고 눈물이 흘렀다.

그녀는 이현성의 가슴에 손을 얹었다. 뛰지 않는 심장. 그 무심한 침묵을 느끼며, 정희원은 힘겹게 말을 이었다.

"이렇게, 아무 소리도 들리지 않는데……."

"앞으로도 그럴 겁니다."

"……네?"

나는 이현성을 내려다보았다.

순도 100퍼센트의 강철처럼 굳어버린 이현성의 심장. 이제 이현성의 심장은 다시는 뛰지 않을 것이다.

그게 무슨 의미인지, 지금의 정희원은 알지 못하겠지.

"하지만 현성 씨는 분명 살아 있습니다. 걱정하지 마세요."

"어쨌든 지금 당장은 도움이 안 되겠군."

격을 개방한 유중혁이 무심하게 말을 이었다.

"다들 정신 똑바로 차려라. 슬퍼하고 있을 때가 아니다."

쿠구구구구!

전장 건너편에서 우리 성운을 노려보는 두 세력이 보였다.

한쪽은 선, 그리고 한쪽은 악. 우리에게는 그저 적일 뿐인 존재들.

양 세력의 중심에는 '하늘의 서기관' 메타트론과 '지옥 동부의 지배자' 아가레스가 있었다.

[바르바토스를 쓰러뜨린 게 누구냐?]

그 물음에 전장 사이로 웅성거림이 퍼졌다.

마왕 서열 8위 바르바토스가 죽었다.

하지만 마왕들은 놀라기보다는 오히려 재미있다는 표정이었다.

['성마대전'을 건드리다니, 제정신이 아닌 녀석들이구나.]

우리 일행을 보는 녀석들의 시선에 비웃음이 담겨 있었다. 지금까지는 운이 좋아서 살아남았지만, 앞으로는 그럴 수 없을 거라는 확신이 담긴 조소.

그 짐작대로, 지금 〈김독자 컴퍼니〉 일행들은 제대로 싸울 수 있는 상태가 아니었다. 유중혁은 인드라와의 싸움으로 마력이 거의 고갈된 상태였고, 한수영도 대천사들과의 전투로 몹시 지쳐 있었다.

쓰러진 이현성이나 탈진한 정희원은 말할 것도 없었고.

그나마 도움이 될 만한 인원은 '넥스트 시티'에 다녀온 아이들이었다.

"아저씨, 걱정 마. 내가 다 쓸어버릴게."

가슴을 탕탕 치며 말하는 이지혜와 고개를 끄덕이는 신유승은 무척이나 믿음직스러웠다.

내 예상대로, 아이들은 '넥스트 시티'에서 가공할 성장을 거듭하고 돌아온 모양이었다.

이길영도 초롱초롱한 눈을 빛내고 있었다.

"형, 누구부터 죽일까요? 누가 경험치 제일 많이 줘요?"

압도적으로 불리한 이 상황에도 마치 게임이라도 즐기는 듯한 말투.

[화신 '이길영'의 배후성이 당신을 바라봅니다.]

나는 고개를 흔들었다.

안 된다. 아직, 이길영을 쓸 때가 아니다. 그리고 쓴다 해도 승산을 확신할 수도 없다.

곁에 있던 안나 크로프트가 물었다.

"정말 싸울 생각인가요? 승산이 없다는 건 알고 있죠?"

그렇게 묻는 안나 크로프트의 노림수는 뻔했다. 그녀는 이미 '선' 진영에 소속된 상황. 여차하면 내 뒤통수를 까버린 뒤 그쪽에 편승하는 것이 최선이겠지.

"승산이야 늘 없었죠. 다만 싸울 생각은 있고, 이길 자신도 있습니다. 어디까지나 그쪽이 배신하지 않을 때 이야기지만."

배신이라는 말에 안나 크로프트가 눈을 흘기며 한쪽 손을 치켜들었다. 그러자 그녀의 뒤쪽에 도열해 있던 셀레나 킴과 이리스가 한 발짝 앞으로 나왔다.

[성운, <아스가르드>가 <김독자 컴퍼니>를 지지합니다.]

대경한 성좌들과 마왕들이 고함쳤다.

[<아스가르드>, 제정신인가?]

[망치의 신이 드디어 자기 머리를 깨버린 모양이군.]

[장난의 신이여! 설마 여기서도 난동을 부릴 생각인가?]

진언이 난립하는 와중에도, 오히려 일이 흥미롭게 돌아간다는 듯 히죽거리는 이도 있었다.

서열 5위의 마왕, '검은 갈기의 사자' 마르바스였다.

[어리석은 선택이다, <아스가르드>여. 그대들은 강력한 성운이지만 참가한 성좌 수는 적어. 전장을 흔들기에는 턱없이 부족하다!]

"성운 하나가 아니야."

[그럼 또 누가 있지? <김독자 컴퍼니>? 성좌라고는 그대 하나뿐인 작은 동아리를 '성운'이라 칭하고 싶은 것인가?]

마왕들 사이에서 커다란 웃음소리가 들려왔다. 그리고.

[성좌, '부유한 밤의 아버지'가 성좌들을 차가운 시선으로 응시합니다.]

[성운, <명계>가 <김독자 컴퍼니>를 지지합니다.]

웃음소리가 뚝 그쳤다.

[〈명계〉?]

[〈올림포스〉여! 이게 어떻게 된 일인가! 저쪽은 그대들의 하위 성운이 아닌가!]

그 말이 끝난 것과 동시에 전장 한쪽이 개방되며 〈올림포스〉가 나타났다.

역시, 저들도 이 시나리오에 참전했던 모양.

선두에 선 이는 우리에게 익숙한 성좌였다.

[으음, 이거 곤란한데…… 여기서 〈기간토마키아〉를 재현할 수도 없고.]

참으로 난처하다는 듯 나를 보며 웃는 '술과 황홀경의 신' 디오니소스.

"디오니소스. 우리와 싸우실 겁니까?"

[후, 술 땡기게 하네 진짜.]

품속에서 병을 꺼낸 디오니소스가 벌컥벌컥 포도주를 들이켰다.

[아 몰라. 일단 좀 취한 다음 생각하지 뭐. 구원의 마왕, 너도 와서 한잔해. 우리 할 얘기가 많잖아. 안 그래?]

"감사한 제안이지만, 지금은 조금 곤란할 것 같군요."

피식 웃은 디오니소스가 나를 향해 건배했다. 그것으로 〈올림포스〉는 충분한 대답을 한 셈이었다.

우리를 지지하지는 않았지만, 우리에게 적의를 보이지도 않는다.

거대 성운 하나가 갑자기 참전을 보류하자, 선악의 진영에서 당혹하는 분위기가 번져갔다.

나는 그 틈을 놓치지 않고 끼어들었다.

"대충 선수 소개는 끝난 것 같으니, 슬슬 싸워보자고."

내 도발에, 양 세력의 성좌와 마왕들이 분노를 토해냈다.

설마 이렇게 직접적으로 말할 줄은 몰랐는지, 곁에 있던 안나 크로프트가 제정신이냐는 표정을 짓고 있었다.

한수영이 말했다.

"예언자가 생각보다 눈치가 없네. 가만히 보기나 해."

한수영의 핀잔에 안나 크로프트가 입을 다물었다.

그리고 마왕 하나가 새카만 칼을 뽑으며 앞으로 나왔다.

일촉즉발의 상황에도 아가레스와 메타트론은 침묵할 뿐이었다.

[다수의 마왕이 당신에게 강렬한 적의를 보입니다!]

날카로운 파공성과 함께 마왕의 검이 나를 향해 움직인 순간, 메시지가 들려왔다.

[같은 진영의 소속원들이 충돌했습니다!]

[혼돈 수치의 상승이 가속됩니다!]

[혼돈 수치가 1 올랐습니다.]

[현재 혼돈 수치: 76]

놀란 마왕이 눈을 끔뻑였다.

멀리서 표정이 굳어진 메타트론과 아가레스가 보였다. 그들은 〈스타 스트림〉의 밤하늘을 보고 있었다.

아마 그들은 눈치챘을 것이다.

나는 성좌들의 주목을 끌기 위해 진언을 발했다.

[지금 너희가 싸우려는 대상은, 선도 악도 아니야.]

〈김독자 컴퍼니〉에는 선과 악, 둘 모두가 포함되어 있다.

그런 우리 성운에 적의를 드러내는 것은 선과 악의 전쟁인 '성마대전'의 본질에 위배되는 것.

[우릴 죽이려 든다면 죽일 수는 있겠지. 하지만 너희는 어떻게 될까?]

하늘 저편에서 혼돈의 기운을 품은 구름이 소용돌이치고 있었다.

혼돈 수치가 80을 넘기면 멸망의 카운트다운이 시작될 것이다.

그러니 지금부터는 치킨 게임인 셈이다.

[가장 오래된 선이 당신을 노려봅니다.]

[가장 오래된 악이 당신을 노려봅니다.]

먼저 겁먹고 물러나는 쪽이 확실히 패배하는 게임.

[우리가 다 죽는 게 빠를까, 아니면 너희가 묵시룡에게 멸망하는 게 빠를까? 궁금하지 않아?]

나는 '부러지지 않는 신념'을 뽑아 들며 웃었다.

[나는 몹시 궁금한데.]

✳

2

내 선언을 해석하면 대충 다음과 같은 느낌이었다.

'우리를 죽이면, 너희도 반드시 죽는다.'

성좌들은 처음에 동요했고, 그다음에는 웅성거렸으며, 마지막에는 침묵했다.

누군가는 아가레스를, 누군가는 메타트론을 바라보았다.

이 전장의 가장 큰 결정권자.

하지만 결정권자들은 그저 알 수 없는 눈으로 침묵하고 있을 따름이었다.

어떤 명령도 떨어지지 않자, 뜻밖에도 전운은 가장자리에서부터 천천히 감돌기 시작했다.

[〈김독자 컴퍼니〉. 너희가 무슨 생각을 하는진 잘 알겠다.]

진언을 터뜨린 것은 〈파피루스〉 쪽 성좌였다.

[그런데 우린 너희에게 빚이 있어.]

"글쎄, 빚이 있는 게 대체 어느 쪽인지 모르겠군."

내 대꾸와 함께, 〈파피루스〉의 성좌들이 일제히 병장기를 뽑았다.

[너희는 선도 악도 아니라고 했지. 하지만 그 말은, 선이기도 하고 악이기도 하다는 뜻이다.]

성운 〈파피루스〉는 소속 진영으로 '악'을 택했다.

[적어도 '선'을 택한 놈들은 모두 죽여주마.]

현명한 선택이었다. 혼돈 수치는 선이 선과 싸울 때, 그리고 악이 악과 싸울 때만 오르니까. 〈파피루스〉는 전장의 규칙을 위배하지 않고 우리를 심판할 방법을 찾아낸 것이다.

[가장 오래된 악이 당신을 배제하길 원합니다.]

[가장 오래된 선이 당신을 배제하길 원합니다.]

이 '성마대전'에서 우리는 그저 바이러스에 불과하다. 정상적으로 돌아가려는 시스템에 훼방을 놓고, 병균을 퍼뜨리는 숙주.

〈파피루스〉를 중심으로 모여든 선악의 파도가 점점 커졌다.

조금 전까지 서로 반감을 불태우던 성좌들이 일제히 우리에게 적의를 돌리고 있었다.

경직된 일행들의 표정. 유중혁이 태세를 바꾸며 말했다.

"김독자."

유중혁도 알고 있을 것이다. 아무리 〈명계〉와 〈아스가르드〉가 함께하고 〈김독자 컴퍼니〉가 한데 모였다 한들.

저들과 정면으로 부딪친다면 우리 중 누군가는 반드시 죽는다.

순간 인지 능력이 가속하며 시간이 미미하게 느려졌다.

「생각보다 밀려드는 속도가 빠르다.」

「다수의 성좌가 너무 빨리 결정을 내렸어.」

「혼돈 수치 80을 먼저 찍어야 했나.」

머릿속을 스치는 무수한 문장들.

나는 멸살법을 떠올렸다.

누구에게 도움을 요청해야 이 상황을 이겨낼 수 있을까?

〈명계〉에 있을 양부모님?

아직 참전하지 않은 제천대성?

이계의 신격인 '은밀한 모략가'?

척준경과 한반도의 성좌들?

스승님과 장하영의 얼굴도 떠올랐다.

특히 장하영.

도움이 절실하긴 하지만, 장하영은 안 왔으면 좋겠다는 생각도 들었다.

['선악과'가 당신의 죄책감을 자극합니다.]

어쩌면 이것은 책임감인지도 모른다.

나 때문에 이 세계에 태어난 장하영이 시나리오에 휩쓸리지 않기를 바라는 마음.

오롯이 스스로의 의지로 자신의 이야기를 살았으면 좋겠다는 소망.

장하영에게 〈김독자 컴퍼니〉를 권유하거나 미래 정보를 좀처럼 제공하지 않는 것은 그런 양가감정 때문이었다.

"아아아아악!"

최전방에서 적을 맞이한 환생자의 대열이 무너지고 있었다.

쓰나미에 휩쓸린 환생자들이 비명을 지르며 찢어졌다.

[죽어라!]

진부한 대사를 늘어놓으며 달려드는 성좌와 마왕들을 향해, 한수영이 긴장한 미소를 흘렸다.

"우리가 이겼네. 원래 저런 대사 먼저 지껄이는 쪽이 빨리 뒈지거든."

한수영의 농담에 일행들이 힘껏 입꼬리를 움직였다.

"온다."

대사는 진부했으나, 그들의 무력까지 진부한 것은 아니었다. 선악은 이 세계에서 가장 진부한 설화지만 가장 강력한 설화 중 하나였다.

피부를 통해 전해지는 긴장감은 지금껏 겪은 어떤 전장에서와도 달랐다.

이것은 실제다.

이것이 '성마대전'이고, 성좌들의 진짜 힘이다.

콰콰콰콰콰!

대전장을 덮어버릴 선악의 격. 격의 해일은 순식간에 코앞까지 밀려왔다.

300미터.

200미터.

100미터.

유중혁이 말했다.

"지금."

모두 자신의 역할을 잘 알고 있었다.

〈김독자 컴퍼니〉가 동시에 격을 발출했다.

[성운, <김독자 컴퍼니>의 담화자가 모였습니다.]

[설화, '마계의 봄'이 이야기를 시작합니다!]

[설화, '신화를 삼킨 성화'가 이야기를 시작합니다!]

「마계의 봄」이 우리를 보호하듯 감쌌고, 「신화를 삼킨 성화」가 다가오는 모든 것을 물어뜯을 기세로 포효했다.

이것만으로는 저들을 막기에 역부족일 것이다. 같은 '거대 설화'라 해도 쌓아온 세월이 다르다.

카이제닉스의 오십 년만으로는 메울 수 없는 어마어마한 격차.

그럼에도 이것이 우리의 이야기였다.

30미터.

포신의 장전을 마친 이지혜가 검을 치켜들었다.

'해상전신'의 가호와 함께, 용머리 선수상이 붉게 달아오른 바로 그 순간.

"잠깐!"

내가 이지혜를 말렸다. 놀란 이지혜가 입을 벌렸고, 나는 허공에서 헤매는 그녀의 칼을 움켜쥐었다. 발사 직전의 포신이 에너지를 회수했다.

"무슨 짓이야 아저씨!"

내 기행에 놀란 것은 다른 일행들도 마찬가지였다.

죽을 둥 살 둥 싸워도 죽을 판에 갑자기 방해라니.

나는 대답하는 대신 반대편을 가리켰다.

"어?"

정확히 10미터를 남겨놓고, 거짓말처럼 선악의 파도가 멈춰 있었다.

츠츠츠츠츳!

무언가에게 강력한 통제를 받기라도 하는 것처럼.

씨근덕대는 성좌들, 욕설을 지껄이는 마왕들의 얼굴이 가까이서 보였다. 누군가는 불만스러운 얼굴이었고, 누군가는 안도하는 표정이었다.

"왜 갑자기……?"

이유는 금방 알 수 있었다. 굳어버린 해일의 꼭대기로, 하나의 성좌와 하나의 마왕이 떠오르고 있었다.

메타트론과 아가레스.

이 전장에서 가장 강력한 두 존재가, 처음으로 진언을 발했다.

[모든 성좌는 적의를 거두고 자신의 위치로 돌아오라!]

[전투를 잠시 중단한다.]

갑작스러운 휴전 선언에 나는 허공을 올려다보았다.

그곳에 휴전의 이유가 새겨져 있었다.

[혼돈 수치가 80을 넘어섰습니다.]

[멸망의 카운트다운이 시작됩니다.]

¤ ¤ ¤

혼돈 수치 80.

정말이지 아슬아슬한 타이밍이었다.

우리를 구한 것은 성좌도 마왕도 아니었다.

우리를 구한 것은 이 싸움에서 가장 영향력이 약한 이들이었다.

"아마 전방의 환생자들이 죽는 과정에서 같은 진영끼리 충돌이 있었던 모양이에요."

약한 선도 선이고. 약한 악도 악이다.

우리를 죽이는 데만 혈안이 되어 있던 선악은, 그런 '약자'

들을 경시한 대가로 멸망에 접어들고 있었다.

[이제부터 30분에 1포인트씩, 혼돈 수치가 상승합니다.]

혼돈 수치는 80을 넘기는 순간부터 증가 속도가 빨라진다.
지금부터는 아무 충돌이 없더라도 혼돈 수치가 오르게 되고, 정확히 열 시간이 경과한 후에는 임계점에 도달한다.
즉, 묵시룡의 부활이 확정된다.

[지옥의 가장 깊은 곳에서 오래된 재앙들이 즐거워합니다.]

〈스타 스트림〉 역대 최악의 재앙 중 하나, 묵시룡.
선이든 악이든 묵시룡을 부활시키고 싶은 쪽은 없었다.
묵시룡이 부활하면 〈스타 스트림〉의 성좌 중 사분의 일은 죽어나갈 테니까. 이 전장의 누구든 넷 중 하나가 되지 말라는 법은 없다.

['성마대전'의 대전장이 일시적으로 동결됩니다.]
[현재 선과 악의 대표들이 긴급 회담 중입니다.]

그러니 지금 허공에 떠 있는 저 메시지는, 어떻게든 살아남고자 하는 선과 악의 발버둥이었다.

[당신은 누구도 이루지 못한 업적을 달성했습니다!]

[당신에게 신화급 설화가 발아 중입니다!]

[당신의 새로운 수식언에 이 설화가 반영될 것입니다.]

"칫, 얼마나 강해졌는지 확인하고 싶었는데."

나는 투덜거리는 이길영의 머리를 쓰다듬었다.

일행들은 함선 '터틀 드래곤' 선실에 모여 앉았다. 정희원과 신유승이 죽은 듯 누워 있는 이현성을 간호했고, 이지혜는 떨떠름한 얼굴이었다.

"진짜 이게 끝이야? 우리 아직 제대로 싸워보지도 못했는데?"

그렇게 말하는 것치고 이지혜는 안도한 표정이었다.

[성좌, '악마 같은 불의 심판자'가 당신의 성공을 축하합니다.]

[성좌, '악마 같은 불의 심판자'가 당신에게 미안함을 가집니다.]

"우리엘? 진언으로 말씀해주셔도 되는데요."

선실 모퉁이에 쪼그려 있던 우리엘이 나를 보고는 고개를 숙였다. 어쩐지 그런 우리엘의 마음을 조금은 알 것 같았다.

지금 우리엘은 책임을 느끼고 있다. 자신의 성운이 〈김독자 컴퍼니〉를 공격한 것. 그리고 '절대선'이라 자칭하는 작자들이 저지른 일에 대해서.

[성좌, '악마 같은 불의 심판자'가 그렁그렁한 눈으로 당신을 올려다 봅니다.]

"걱정 마세요, 우리엘. 당신을 미워하지 않습니다. 그리고 〈에 덴〉에 대해서도…… 솔직히 별생각 없습니다. 지금껏 도움을 받기도 했고요."

[성좌, '악마 같은 불의 심판자'가 정말이냐고 묻습니다.]

거짓말이었다. 하지만 지금 내 증오를 드러내봤자, 우리엘 은 상처만 입을 뿐이다.

[성좌, '악마 같은 불의 심판자'가 서기관은 사실 그렇게 나쁜 존재는 아니라고 말…….]

"저도 압니다. 메타트론이 어떤 성좌인지는. 조금 쉬고 계십 시오."
나는 그렇게 말한 후 선실 밖으로 나왔다.

[30분이 경과했습니다.]
[혼돈 수치가 1만큼 상승합니다.]
[현재 혼돈 수치: 82]

전장의 창공에 거대한 회색빛 구체가 떠 있었다.

내부를 들여다볼 수 없는 구체. 아마 최상위권 마왕과 대천사가 모조리 들어가 회담을 진행하고 있을 것이다. 선과 악이 한마음 한뜻으로 〈김독자 컴퍼니〉와 '구원의 마왕'을 욕하고 있겠지.

"김독자."

흠칫해서 돌아보자 한수영이 나를 보고 있었다. 내가 먼저 말했다.

"요즘은 네가 내 이름 부르면 겁부터 나. 또 뭔가 사고 쳤을까 봐."

"사고는 네가 치겠지."

투덜거린 한수영이 허공의 구체를 올려다보며 물었다.

"대체 무슨 생각일까?"

"뭐가."

"너무 순순히 전개되잖아."

"자기들도 죽기 싫으니까 그렇겠지."

"정말 그게 전부라고 생각해?"

한수영이 눈을 가늘게 뜬 채 나를 노려보았다.

[설화, '예상표절'이 이야기를 지속합니다.]

하얗게 떠다니는 설화 파편들을 보니, 아무래도 한수영은 회담이 시작될 무렵부터 줄곧 「예상표절」을 가동 중인 모양이었다.

내가 물었다.

"네 생각은 어떤데?"

"너무 조용해. 아무리 묵시룡이 두렵다고 해도…… 뭔가 찜
찜하다고."

확실히 작가의 감이란 날카로운 데가 있다.

사실 나도 한수영 말에 동의했다.

선과 악의 회담. 말은 좋다. 하지만 내가 아는 메타트론은
절대로 이런 타이밍에 물러날 리가 없었다. 절대선의 온전한
실천을 위해서는 어떤 희생이라도 감수해야 한다는 게 그의
지론이니까.

나는 회색 구체를 바라보며 말했다.

"저쪽이 무슨 꿍꿍이인지 모르겠지만, 앞으로 무슨 일이 벌
어질지 알아낼 방법은 있지."

"뭔데?"

나는 한수영을 빤히 바라보았다. 한수영의 입이 천천히 벌
어졌다.

"빌어먹을, 그런 방법이 있었지 참."

회담이든 전쟁이든 결국 앞으로 아홉 시간 안에 결판날 것
이다.

그리고 그런 단기 미래라면, 이 세계에서 누구보다 잘 읽어
낼 수 있는 존재가 있었다. 우리는 후미 쪽 선실로 달려갔다.
우리가 찾는 존재가 이 배에 같이 타고 있었기 때문이다.

"야, 예언자!"

문을 박차고 들어서자 뜻밖에도 선객이 있었다.

사나운 얼굴의 유중혁이 안나 크로프트의 멱살을 잡고 있었다.

"그게 무슨 개소리지?"

"말 그대로예요."

놀란 한수영이 외쳤다.

"미친놈아! 지금 뭐 하는 거야?"

유중혁은 무표정하게 이쪽을 돌아보더니 멱살을 놓았다.

우리를 발견한 안나 크로프트가 싱긋 웃으면서 손을 흔들었다.

"살려줘서 고마워요. 역시 '구원의 마왕'이군요."

"뭐, 딱히 구해드리려던 건 아니지만."

"그쪽도 같은 이유로 저를 찾아왔겠죠?"

한수영과 내가 유중혁을 보았다. 뭘 보느냐는 듯 마주 노려보는 유중혁. 역시 유중혁이 이런 쪽으로는 머리가 잘 돌아간다. 저 녀석은 우리보다 빠르게 이 상황의 해결책을 찾아낸 것이다.

한수영이 분하다는 듯이 이를 갈았다. 하지만 유중혁은 전혀 승리자의 표정이 아니었다. 이유는 안나 크로프트가 알려주었다.

"결론부터 말하자면, 미래는 읽을 수 없었어요."

"무슨 말이야?"

순간 여러 가지 생각이 떠올랐다.

그러고 보면 안나 크로프트는 나와 관련된 미래는 좀처럼 예지하지 못했다. 아마 [제4의 벽] 때문이었던 걸로 기억한다.

뭐랬더라, 누가 낙서한 것처럼 미래에 노이즈가 꼈다고 그랬던가.

그런데 안나 크로프트가 고개를 흔들었다.

"미래에 노이즈가 낀 게 아니라, 아예 읽을 수가 없어요. 누군가가 페이지에 낙서를 한 게 아니라, 페이지 자체가 아예 존재하지 않는다고요."

한수영과 내가 서로 돌아보았다. 아주 천천히 밀려오는 불길한 예감.

"김독자, 이거……."

페이지에 낙서를 한 게 아니라, 페이지 자체가 사라져버리는 것.

아무리 생각해도 그런 종류의 미래는 하나뿐이다.

"설마?"

그리고 기다렸다는 듯, 허공에 메시지가 떠올랐다.

[혼돈 수치가 1만큼 상승합니다.]
[현재 혼돈 수치: 83]

"아직 삼십 분 안 지났는데?"
"시간이 경과해서 오른 게 아니다."

굳어진 유중혁의 목소리.

시간이 안 지났는데도 혼돈 수치가 오른다. 그렇다면 답은 하나뿐이었다.

[같은 진영의 소속원들이 충돌했습니다!]
[현재 혼돈 수치: 84]

누군가가 이 세계를 멸망시키려 하고 있었다.

$$\ast$$

3

[같은 진영의 소속원들이 충돌했습니다!]

[현재 혼돈 수치: 85]

떠오르는 시스템 메시지를 보며 우리는 동시에 망연해졌다.

"대체 누가."

쥐어짜내듯 던져진 한수영의 물음. 그러나 대답할 수 있는
이는 아무도 없었다.

"혹시 애들이 사고 치고 있는 건 아니겠지?"

"걔들이 넌 줄 아냐."

아무리 애들이라고 해도, 상황이 상황인데 그렇게 경거망동
할 리 없었다.

길영이가 조금 불안하긴 하지만…….

나는 안나 크로프트 쪽을 바라보며 말했다.

"안나 크로프트."

"찾고 있어요."

아무리 미래의 페이지가 찢어졌다고 해도, 그 페이지가 사라지기 이전까지의 일들은 남아 있을 것이다. 인쇄가 잘못되어 파본이 된 책이라고 해도 폐기되기까지 딜레이가 반드시 존재하는 것처럼.

[혼돈 수치가 상승하고 있습니다!]

"한가하게 기다릴 시간 없다."

먼저 몸을 날린 것은 유중혁이었다.

송골송골 이마에 땀이 맺힌 안나 크로프트는 열심히 미래의 페이지를 찾아 헤매는 중이었다.

결국 나와 한수영도 움직이기로 했다.

"안나, 알게 되면 전음으로 알려줘요."

우리는 안나 크로프트를 뒤로하고 선실 밖으로 몸을 날렸다.

갑판에는 이미 이상 징후를 느끼고 바깥으로 나온 일행들이 있었다.

"독자 씨, 무슨 일이죠?"

정희원의 물음에 나는 최대한 간결하게 상황을 전달했다.

"같은 진영을 공격하는 자들이 있습니다."

"엥? 왜 그런 짓을 해?"

이지혜가 도무지 이해할 수 없다는 듯 인상을 찌푸렸다.

"여기서 혼돈 수치 더 올리면 다 죽는다며? 그래서 천사랑 마왕들도 저기 들어간 거고."

"우리랑 같은 목적을 가진 이들이 있는 걸까요?"

"같은 목적이라면 하필 지금 혼돈 수치를 올리지는 않겠죠."

내가 딱히 설명하지 않아도 일행들은 벌써 해답을 찾은 듯했다.

"그럼 설마……?"

나는 고개를 끄덕였다.

"무슨 일이 있어도 막아야 합니다. 못 막으면 정말 끔찍한 일이 벌어질 거예요."

"어떤 미친놈들이…… 아니, 대체 왜?"

어째서 세계의 멸망을 초래하려 드는가.

나는 적확한 대답을 내놓기가 어려웠다.

하지만 〈스타 스트림〉에는 모든 불가해한 상황에 범용적으로 쓰일 수 있는 대답이 하나 존재한다.

"세상에는 정말 많은 종류의 '설화'가 있으니까요."

이 세계에는 '선악'만 존재하는 것이 아니다. 선도 악도 아닌 〈김독자 컴퍼니〉가 존재하듯, 세상에는 우리는 도저히 공감할 수 없는 설화를 추구하는 자도 있다.

어떤 이는 멸망을 막기 위해 살아가지만, 어떤 이는 멸망을 위해 살아간다.

츠츠츠츠츠츠!

허공의 개연성이 불안정하게 움직이고 있었다. 전장 곳곳에서 튀어 오르는 스파크.

이미 선수상에 올라 있던 유중혁은 개중 제일 큰 스파크의 위치를 감지한 모양이었다.

"총 다섯 군데다. 흩어져."

말을 마친 유중혁의 신형이 북쪽을 향해 사라졌다.

나는 일행들에게 지시했다.

"한수영은 동쪽. 유승이랑 지혜, 길영이는 남쪽으로. 희원 씨는 혹시 모르니 함선을 맡아주세요."

"독자 씨는요?"

"저는 서쪽으로 갑니다."

스파크는 모든 방위에서 터지고 있었다. 북쪽에 한 개, 동쪽에 한 개, 서쪽에 한 개, 그리고 남쪽에 두 개.

"혼란을 일으킨 게 어느 쪽 진영인지 모릅니다. 만약 같은 진영의 소속원이 저지른 짓이라면, 절대 싸우지 말고 다른 일행들을 부르세요."

이제 상황이 거꾸로 되어버렸다.

지금까지는 '선'에 '선'으로, '악'에 '악'으로 대처해 혼돈 수치를 키웠다면, 이제는 '선'에 '악'으로, '악'에는 '선'으로 대처해야 한다.

'성마대전' 본래 규칙을 지켜야만 혼돈 수치가 더 상승하는 것을 막을 수 있기 때문이다.

"젠장, 상황이 바뀌니까 갑자기 짜증 나네. 성좌들 열받을 만도 해."

"출발할게요!"

이지혜와 아이들이 먼저 출발했고, 뒤이어 나와 한수영도 움직였다.

[흑염]을 흩뿌리며 도약하는 한수영의 몸에는 크고 작은 상처가 많이 나 있었다. 나는 녀석을 향해 말했다.

"조심해."

슬며시 인상을 찌푸린 한수영이 동쪽으로 날아갔다.

자식이, 걱정을 해줘도.

—너나 조심해, 멍청아.

한 박자 늦게 날아오는 '한낮의 밀회'에 기분이 묘해진다.

유중혁도 한수영도 많이 변한 것 같다고 생각하면, 내가 오버하는 걸까.

[혼돈 수치가 상승하고 있습니다!]

[현재 혼돈 수치: 86]

나는 [바람의 길]을 발동해 허공을 주파했다. [마왕화]를 발동한 상태였기 때문에 스킬의 효과는 굉장했다. 순식간에 창공을 가르고 스파크의 근원지에 도착해서 주변을 샅샅이 살폈다.

숨어 있군.

전장 곳곳에 환생자의 시신이 널브러져 있었다. 공포에 질린 환생자 몇이 주저앉은 채 울부짖는 것도 보였다.
　분명 누군가가 여기서 같은 편 학살을 벌인 것이다.

　[전용 스킬, '독해력'이 발동합니다!]
　[전용 특성, '시나리오의 해석자'가 발동합니다!]
　[사건 정황을 수집해 상황을 진단하는 통찰력이 상승합니다!]

　나는 주변에 떨어진 설화 파편을 읽었다.
　학살이 있었던 건 맞다. 하지만 도주의 흔적은 감지되지 않는다.
　"사, 살려주세요. 마왕님!"
　무릎을 꿇은 환생자 여섯 명이 바닥에 부복했다.
　나는 그들을 내려다보았다. 대부분 전투에서 중경상을 입고 피와 설화를 질질 쏟고 있었다.
　그런데 단 하나, 설화가 매우 안정된 녀석이 있었다.
　"너."
　천천히 고개를 드는 남성의 눈에 사이한 빛이 떠올랐다.
　나는 그 눈을 마주 보며 말했다.
　"'종말의 구도자'냐?"
　순간, 사내가 득달같이 내게 달려들었다. 하지만 대비하고 있던 나는 가볍게 공격을 피하며 녀석의 목을 틀어쥐었다.
　"컥, 커헉……!"

[전용 스킬, '등장인물 일람'을 발동합니다!]

예상대로 이 녀석이 내가 찾던 범인이었다.

마왕의 권속.

굳이 특성창을 자세히 살펴볼 필요도 없는 녀석이었다.

"벌써 활동을 시작한 건가? 아직은 때가 아닐 텐데?"

목을 틀어잡힌 사내가 기분 나쁜 웃음을 발했다.

"위, 위대한 종말이 온다. 이미 모든 시나리오는 정해져 있다. 숭고한 절대 설화가 실현될 것이다!"

광신도처럼 번뜩이는 눈동자를 보며 나는 살짝 질리는 기분이었다.

맞다. 원작에서도 '종말의 구도자'는 대부분 이런 녀석이다.

이 세계를 지탱하는 단 하나의 '절대 설화'가 이미 만들어져 있으며, 모든 시나리오는 그 설화의 의지가 실현되는 거라고 믿는 녀석들.

「킥 킥킥」

머릿속에서 [제4의 벽]이 비웃는 소리가 들려왔다.

아마 '종말의 구도자'들은 모를 것이다.

그들이 아는 설화가 내가 읽은 한 권의 소설이라는 것을.

「원 래다 멸 망 할 운명 인 건 맞 지」

'운명 같은 건 없어.'

머릿속에 유중혁이 살았던 수많은 회차들이 흘러간다.

수백 번이나 반복되어온 '성마대전'.

그리고 그 '성마대전'의 마지막은 항상 비슷했다.

하지만 그건 어디까지나 '원작'일 뿐이다.

"말해. 몇 명이나 '성마대전'에 참가했지?"

그륵, 그르륵.

사내의 입에서 거품이 흘러나왔다.

"묵시룡을 해방할 셈이냐? 그런 짓을 하면 모든 게 끝장난다. 너희가 생각하는 설화의 결말에 도달하는 게 아니라, 그냥 설화 자체가 끝장나버린다고."

사내는 여전히 대답하지 않고 낄낄거렸다. 나는 한숨을 내쉬었다.

"대답할 생각이 없는 모양이네."

[마왕, '구원의 마왕'이 자신의 격을 개방합니다!]

격의 파동에 주변의 환생자들이 비명을 지르며 물러났다. 내 격을 정면에서 받아낸 사내가 부르르 떨더니 칠공에서 피를 쏟았다.

나는 입을 열지 않고 말했다.

[전장에 참가한 녀석들의 명단을 읊어라.]

아득한 격의 위협에도, 사내는 공포에 질리지 않았다.

오히려 그 반대였다.

"구, 원의, 마, 왕……."

쾌락과 환희에 젖은 표정. 입으로 피를 질질 흘리는 녀석은 마치 구원이라도 받은 듯한 목소리로 말했다.

"죽여, 죽여줘! 죽여줘어!"

이 미친놈들은 대체 머릿속이 어떻게 되어 있는 건지 모르겠다.

어쨌거나 더 시간을 끌 수는 없었다. 명단을 알아낼 수 없다면 직접 몸으로 뛰어 찾는 수밖에.

망설임 없이 녀석의 머리를 내리치려는 순간, 메시지가 떠올랐다.

[같은 진영의 소속원들이 충돌……!]

[현재 혼돈 수치: 87]

아차, 이 녀석은 '악'이었지.

재빨리 목줄을 틀어쥔 손을 뗀 찰나, 녀석의 칠공에서 흘러나오는 설화가 급격하게 늘어나며 몸이 팽창하기 시작했다.

괴이쩍게 웃는 사내의 얼굴.

자폭 시퀀스.

피하기에는 늦었다.

그리고 다음 순간, 어디선가 섬광이 날아와 사내의 몸을 일직선으로 꿰뚫었다.

콰지지지직!

마치 태양을 깎은 듯, 눈부신 섬광으로 만든 창.

환한 빛살 속에서 '종말의 구도자'는 감전이라도 된 양 몸을 떨었다. 외부로 팽창하던 폭발의 힘이 섬광의 창에 흡수되고 있었다.

순식간에 생기를 잃어버린 '종말의 구도자'는 새까만 재가 되어 사멸했다.

나는 사방으로 흩뿌려진 빛의 설화를 바라보았다.

이거 익숙한 설화인데?

[이런 축제에 나를 부르지 않다니. 섭섭하군, 구원의 마왕.]

진언을 듣는 순간 그가 누구인지 알 수 있었다.

"수르야!"

'지고한 빛의 신' 수르야.

그는 한때 〈베다〉의 성좌였으나, 지난 올림포스 전을 계기로 우리와 '거대 설화'를 공유하게 된 성좌였다.

[못 본 사이 대단한 격을 이루었구나. 그대가 인드라를 해치웠다는 이야기는 들었다.]

"운이 좋았습니다."

[얼빠진 인드라가 가끔 동네북처럼 여겨지긴 하지만, 운만으로 이길 수 있는 녀석은 아니지.]

〈베다〉를 탈퇴했기 때문인지, 수르야는 인드라의 이야기를 하면서도 그다지 기분이 나빠 보이지 않았다.

그는 자신이 멸한 '종말의 구도자'의 파편을 살피며 말했다.

[거대 설화 상태가 좀 묘하다 싶었더니, '종말의 구도자'가 벌써 여기까지 온 모양이군.]

"이들을 알고 계십니까?"

[〈베다〉에도 이 녀석들이 침투했었다.]

〈베다〉에도?

그러고 보니 베다 안에서 내분이 발생했다는 이야기는 들었다. 어쩌면 그게 '종말의 구도자' 때문인지도 모른다.

츠츳, 츠츠츳.

전장 곳곳에서 번쩍이던 스파크가 급속도로 잦아드는 것이 보였다.

아마 다른 일행들도 무사히 진압에 성공한 모양이었다.

"대충 정리는 된 것 같군요. 생각보다 침투한 녀석들이 많지 않았던 모양입니다."

'종말의 구도자'가 나타난 것치고는 싱거운 결말이었다.

그런데.

[같은 진영의 소속원들이 충돌했습니다!]

[현재 혼돈 수치: 88]

……뭐? 나는 황급히 전장을 둘러보았다. 하지만 전장 어디에도 스파크가 튀는 곳은 없었다.

같은 진영이고 다른 진영이고 할 것 없이, 아예 전투 자체가 없었다.

[같은 진영의 소속원들이 충돌했습니다!]
[현재 혼돈 수치: 89]

그런데도 혼돈 수치는 계속해서 증가했다.

등줄기로 서늘한 감각이 밀려들었다.

잠깐만, 이거 설마.

[아래쪽이 아니다.]

수르야의 말과 동시에 나는 반사적으로 하늘을 올려다보았다.

하늘에 뜬 회색빛 구체. 대천사와 마왕들이 회담을 위해 들어가 있던 그 구체가 무지막지한 스파크를 뿜어대며 진동하고 있었다.

'종말의 구도자'가 저 안에 있다고?

[같은 진영의 소속원들이 충돌했습니다!]
[현재 혼돈 수치: 90]

혼돈 수치는 오직 같은 진영끼리 전투가 벌어졌을 때만 상승한다.

그런데 저 안에서 그런 일이 벌어지려면…….

[대전장의 기후가 변화하기 시작합니다!]

하늘에 모여든 구름이 거대한 소용돌이를 그리기 시작했다.

[지옥의 가장 뜨거운 자리에서 재앙의 기운이 눈을 뜨기 시작합니
다!]

빌어먹을.
쿠구구구구!
수르야도 표정이 심각하게 굳어졌다.
[어쩌면 오늘 내 무덤을 찾아왔는지도 모르겠군.]
그리고 차마 보고 싶지 않던 메시지가 떠올랐다.

[혼돈 수치가 90을 넘어섰습니다!]
[종말의 거대 설화가 준동합니다.]
[거대 설화, '묵시록의 최후룡'이 이야기의 시작을 준비합니다!]

대전장 전체를 뒤흔드는 지진.
95번 시나리오에서 느낀 아득한 절망이 되살아나고 있었다.

＊

4

[<스타 스트림>의 모든 성좌가 재앙의 존재를 감지했습니다!]
[다수의 성좌가 공포에 질립니다!]

　격변하는 기후 속에서, 휴전 중이던 성좌들이 고함과 진언을 반복했다.
　이게 무슨 일인지 당황하는 이들. 재앙의 격을 느끼고 겁에 질려버린 이들. 어떻게든 이 시나리오에서 탈출하기 위해 관리국에 문의하는 성좌들까지.
　살아남기 위한 별들의 발악으로 인해 전장은 아비규환이 되고 있었다.

　[<스타 스트림>의 관리국이 비상사태에 대응합니다!]

그리고 마침내 관리국이 나섰다.

성좌들의 메시지가 급격하게 줄어드는 것으로 보아, 관리국 쪽에서도 이번 사태를 심각하게 여기는 모양이었다.

[<스타 스트림>의 관리국이 해당 사안을 두고 회담을 진행 중입니다.]

설마 '성마대전'이 이렇게까지 커질 줄은 관리국도 몰랐을 것이다. 애초에 '혼돈 수치'는 성마대전의 빠른 진행을 위해 양념으로 뿌린 장치였으니까.

그런데 그 수치가 선악 수치를 앞질러버렸고, 심지어 묵시룡을 깨우려 하고 있었다.

묵시룡이 깨어나면 무수한 성좌가 죽게 될 것이다.

달리 말하면 관리국의 고객이 급격하게 줄어들 것이란 얘기였다.

[관리국이 나선다 해도 깨어나는 재앙을 없었던 것으로 할 수는 없다.]

나도 수르야의 말에 동의했다.

이것은 80번대의 메인 시나리오다. 아무리 관리국이라도, 이미 발생한 '거대 설화'를 없었던 것으로 만들 수는 없다.

그러니 지금은 관리국의 대처를 믿을 때가 아니었다.

"묵시룡이 깨어나려면 혼돈 수치 10이 더 필요합니다."

약간이지만 아직 시간은 있었다.

묵시룡의 해방을 막지 못하면 여기서 일행들은 높은 확률로 전멸한다.

어떻게 해야 이 상황을 막을 수 있는가.

당장 생각나는 방법은 물론 있었다.

혼돈 수치를 올리는 원인을 제거하는 것.

문제는 그 원인이 저 '구체' 안에 있다는 점이었다.

츠츠츠츠츳……!

"아무리 '종말의 구도자'라도 저 안에서 오래 버틸 수는 없을 겁니다."

나는 멸살법을 통해 '종말의 구도자'의 리스트를 알고 있었다. 그들 중 누구라 해도, 저 구체 안에서 오랜 시간을 버틸 수는 없다.

저 안에는 무려 메타트론과 아가레스를 비롯하여 이 세계의 최상위 격 성좌들이 들어가 있으니까.

아무리 늦어도 지금쯤이면, 대천사와 마왕들이 '종말의 구도자'를 알아서 정리했을 것이다. 그러면 혼돈 수치의 상승도 멈출 것이고…….

[같은 진영의 소속원들이 충돌했습니다!]

[현재 혼돈 수치: 91]

허공에서 스파크가 내리친 것은 그때였다. 진동하던 구체의 일부가 희미하게 벌어지며, 뭔가가 하늘에서 떨어져 내리기 시작했다.

찢어진 여섯 장의 날개. 내가 알고 있는 대천사였다.

나는 [바람의 길]을 발동해 몸을 날렸다.

안아 든 대천사의 몸은 가벼웠다. 물씬 풍겨오는 푸른 향기. 등줄기를 가른 깊은 상처에서 설화가 꽃잎처럼 떨어졌다.

"가브리엘."

[성좌, '물병자리에 핀 백합'이 당신을 바라봅니다.]

대천사 가브리엘. 그녀는 나와 함께 1,863회차를 겪고 돌아온 대천사였다.

미래에 자신이 〈에덴〉을 배신하게 된다는 것을 깨닫고, 큰 충격에 빠졌던 성좌.

얼핏 그녀가 이번 사안의 방아쇠가 아닐까 하는 추리를 해봤지만 그럴 턱이 없었다. 애초에 원작에서도 가브리엘의 배신에는 합당한 이유가 있었고, 엄밀히 말해 그건 배신이라 부르기도 어려웠다.

가브리엘의 입술이 힘겹게 움직였다.

목소리가 제대로 들리지 않았다. 나는 채근했다.

"저 안에서 무슨 일이 벌어진 겁니까? 말씀해주십시오."

가브리엘은 지친 표정으로 나를 올려다보더니 무언가를 건넸다.

가브리엘의 설화였다.

떨리는 입술을 움직이는 가브리엘.

목소리는 들리지 않지만, 그 입이 전하는 말을 분명히 들을 수 있었다.

「<에덴>을 구해줘.」

가브리엘의 설화가 이야기를 시작했다.

☒ ☒ ☒

메타트론은 곁에 정렬한 천사들과, 맞은편에 도열한 마왕들을 한 번씩 바라보았다.

다들 초조한 기색이었다. 어쩌다가 이런 상황까지 오고 말았는지 도저히 이해가 안 된다는 얼굴들.

그 중심에 메타트론의 오랜 라이벌이 있었다.

[고작 성운 하나 때문에 이런 자리까지 오다니, 어이가 없군.]

두 번째 마계의 주인, '지옥 동부의 지배자'.

아가레스가 굵은 궐련에 불을 붙이며 물었다.

[승패 결정은 어떻게 할 셈이지? 3차 성마대전을 따로 열건가? 솔직히 나는 반대다. 다시 이만한 개연성을 모으는 건 불가능에 가까울 테니까.]

이번 '성마대전'을 개최하기 위해 〈에덴〉과 〈마계〉는 모두 막대한 손실을 감수해야 했다.

'성마대전'은 〈스타 스트림〉의 거대 설화 중에서도 역대급 스케일. 만약 이 시나리오가 무화된다면, 간신히 그러모은 선악의 설화가 흐트러져 선악이 모두 사멸의 길을 걸을 수도 있었다.

메타트론은 회색 구체 바깥으로 흐릿하게 비치는 하늘을 바라보았다.

불길하게 몰려든 먹구름 너머로 드문드문 천둥이 쳤다.

세기말적인 분위기 때문일까, 메타트론은 문득 오래전 일을 떠올렸다.

[아가레스, 첫 번째 마계의 주인이 승천한 지도 벌써 수천 년이나 지났군요.]

[한가로운 추억이나 나눌 시간은 없다.]

[그날을 기억하십니까?]

[내가 이 빌어먹을 '벽'을 넘겨받은 날인데, 잊을 턱이 있나.]

['선악을 가르는 벽'이 으르렁거립니다.]

아가레스의 화신체에서 불길한 스파크가 튀어 올랐다. 그러자 메타트론의 화신체에서도 비슷한 현상이 발생했다.

[‘선악을 가르는 벽’이 추억에 잠깁니다.]

그것은 둘이자 하나인 벽.

세상의 선악을 결정하는, 최후의 벽의 파편.

그 벽을 사이에 두고, 〈에덴〉과 〈마계〉의 대표가 서로 마주 보았다.

[오랫동안, 당신과 내가 줄곧 이 세계의 ‘선악’을 결정해왔지요.]

무엇이 선인가.

〈에덴〉의 수장인 메타트론조차 그것은 알지 못한다. 선은 그저 무수한 설화의 집합체일 뿐이니까.

메타트론은 선대의 설화를 읽고 이해하며 선을 배웠다. 그리고 그 선들은 스스로를 설명하는 대신 다른 설화들을 가리키며 이렇게 말했다.

「저것은 선이 아니다.」

그렇게 악이 만들어졌다.

정의正義가 정의定義되었고, 분노가 발명되었다.

「고로 우리는 악이 아니다.」

그렇게 선이 만들어졌다.

그 간단한 이분법이 〈스타 스트림〉을 반으로 찢어놓았다.

단순하고 확고한 원칙일수록 파급력도 강하다.

수많은 성좌가 선악의 원칙에 편승했다.

[네놈은 모를 거다. 이 세계에 '악'으로 존재한다는 게 얼마나 지루한 일인지.]

아가레스가 궐련의 연기를 뿜으며 말을 이었다.

['선악'을 이렇게 만든 것은 결국 네놈이다. 악의 세부를 지우고, 빌어먹을 '권선징악'을 유행병처럼 퍼뜨린 네놈이야말로 선악의 설화를 망가뜨린 원흉이란 말이다.]

시나리오에 어떤 세부가 존재했든, 어떤 슬픔과 고통이 존재했든 상관없었다.

중요한 건 마지막이었다.

선이 악을 징벌했다. 그것이면 모두 눈물을 흘리며 박수를 쳤다.

분명 그런 시절도 있었다.

메타트론이 말했다.

[당신도 찬성했던 이야기 아닙니까.]

[그때는 그것만이 살아남을 방법이었으니까.]

선은 악을 처벌함으로써 살아남았고, 악은 선에 대항함으로써 연명했다.

그렇게 수만 년의 세월. 선악은 희미해졌고 정의는 사라졌다. 선과 악은 지루한 늙은이들의 관념이 되었다.

이제 아무도 권선징악 따위에는 환호하지 않는다.

툭, 아가레스가 피우던 궐련이 바닥에 떨어졌다. 그는 벌레를 터뜨리듯 꽁초를 짓이겼다.

[시나리오의 반복 속에 선은 따분한 권태가 되었고, 악은 고루한 클리셰가 되었다. 이제 이 짓도 그만해야 할 때가 아닌가 싶군.]

아가레스의 말에 마왕들이 일제히 병기를 빼 들었다.

메타트론이 말했다.

[여기서 싸우면 공멸하게 될 겁니다.]

[악은 언제나 선보다 쉽다. 너희가 사라져도, 우리는 사라지지 않을 것이다.]

[세상이 선을 잊었다 해서, 나도 선을 잊은 것은 아닙니다.]

[그럼 증명해봐라.]

아가레스의 눈동자가 불타올랐다.

[이젠 같잖은 '권선징악'에 놀아나지 않을 것이다. 나는 '악'이다. 태생부터 '악'이었고, 너희를 증명하는 것이 나의 존재 이유였다. 그리고 오늘부로 나는 그 이유에서 벗어날 것이다.]

마왕들이 함성을 내질렀다.

당장이라도 대천사들을 쓸어버릴 듯이 범람하는 격.

그런데 바로 그때.

[같은 진영의 소속원들이 충돌했습니다!]

[현재 혼돈 수치: 83]

시스템 메시지가 허공을 덮었다. 갑작스레 상승하는 혼돈 수치에 대천사들이 놀란 얼굴로 서로 돌아보았다.

[무슨 일이 벌어지는 거지?]

[바깥이다! 바깥에서 누가 같은 진영을 학살하고 있어!]

아가레스와 마왕들도 당황하긴 마찬가지였다.

그런 혼란의 중심에서 오직 메타트론만이 침착하게 웃고 있었다.

[오랫동안 생각해봤지만 역시 방법은 이것뿐인가 봅니다.]

[무슨······.]

[싸움을 원한다면 얼마든지 싸워드리지요. 하지만 여기서 우리끼리 싸워 성마대전을 끝낸다면 무슨 의미가 있습니까? 이런 작은 구체 안에서 조악하게 멸망해간 선악을, 대체 누가 기억해줄 거라 생각하십니까?]

메타트론의 목소리는 기묘한 광기에 젖어 있었다.

심상치 않은 기색을 느낀 아가레스가 외쳤다.

[메타트론! 대체 무슨 생각을 하고 있는 거냐!]

[이런 생각입니다.]

메타트론의 말과 함께, 대천사들의 선두에 있던 미카엘이 검을 뽑았다.

최강의 대천사가 검을 뽑자 마왕들도 기합을 내지르며 격을 방출했다.

그리고 다음 순간, 미카엘의 검이 누군가를 찔렀다.

[미, 카엘?]

믿을 수 없다는 듯 파르르 떨리는 눈꼬리.

미카엘이 찌른 존재는 마왕이 아니었다. 미카엘이 웃었다.

[아쉽군. 우리엘을 제일 먼저 죽이고 싶었는데.]

믿을 수 없다는 듯 도리질을 반복하던 대천사 라구엘이, 설화를 쏟아내며 그대로 절명했다.

동족을 살해한 미카엘의 전신에서 마기가 끓어오르고 있었다. 타락 천사의 권능은 같은 대천사를 죽임으로써 더욱 강고해진다.

[같은 진영의 소속원들이 충돌했습니다!]

[현재 혼돈 수치: 87]

신화급 성좌에 육박하는 격이 폭발했고, 도륙이 시작되었다. 달아날 곳을 잃은 천사들이 황급히 격을 발출했으나, 제대로 된 싸움조차 해보지 못하고 죽어갔다.

본래 미카엘에게는 같은 절대선의 천사를 공격할 수 없는 금제가 걸려 있다. 그런데도 이런 일이 가능했다는 것은—

[서기관, 어째서……!]

새하얀 빛을 내뿜는 메타트론의 책.

이 학살은 '하늘의 서기관'의 묵인하에 벌어지고 있었다.

[같은 진영의 소속원들이 충돌했습니다!]

[현재 혼돈 수치: 88]

천사가 천사를 살해하는 지옥도.

강 건너 불구경 하듯 그 모습을 지켜보던 마왕들이 공포에 떨며 물러났다. 환한 미소를 지은 미카엘이 뺨에 묻은 천사들의 피를 닦으며 말했다.

[이제 '선'은 영원히 기억될 것이다.]

[가장 오래된 선이 이야기를 시작합니다.]

성마전쟁은 결국 설화들의 전쟁. 그리고 설화들은 어떻게 해야 자신들이 기억될 수 있는지 잘 알고 있었다.

대로한 아가레스가 외쳤다.

[설마 네놈들, 묵시룡을……!]

아가레스가 황급히 격을 발출하려는 순간, 뭔가가 그의 등을 파고들었다.

그의 격을 위협하는 은밀하고 지독한 마기.

[가장 오래된 악이 이야기를 시작합니다.]

아가레스가 휘청거리며 돌아보았다.

[……네놈이 왜?]

[당신이 말했잖습니까.]

심장을 도려내는 날카로운 클로의 느낌.

종말의 구도자, 아스모데우스가 웃고 있었다.

[악은 언제나 선보다 쉽다고.]

¤ ¤ ¤

가브리엘의 설화는 아주 짧았다. 짧지만, 모든 것을 이해하기에는 충분했다.

저 구체 안에서는 지옥이 펼쳐지고 있었다.

「**"달아나, 가브리엘. 녀석들에게 도움을 요청해."**」

라파엘을 비롯한 소수의 대천사들은 마지막 순간 자신의 격을 희생해 가브리엘을 구체 밖으로 내보냈다.

[선과 악의 정의가 격변하고 있습니다!]

[같은 진영의 소속원들이 충돌했습니다!]

[현재 혼돈 수치: 92]

"김독자."

어느새 유중혁과 한수영이 곁에 와 있었다.

설명을 요구하는 눈빛.

나는 구질구질한 설명을 보태는 대신 본론만 말했다.

"메타트론이야. 녀석은 처음부터 '묵시룡'을 깨울 작정이었어."

이미 무슨 일이 벌어졌는지 알고 있는 듯 한수영이 인상을 썼다.

"그 자식, 1,863회차에 대해 아는 거 아니었어?"

1,863회차에서 〈에덴〉은 묵시룡에 의해 멸망한다.

메타트론 또한 그 사실을 알고 있었다.

"이것이 멸망하지 않을 방법이라 믿었을 것이다."

그 말을 한 것은 유중혁이었다.

"묵시룡이 깨어나면 적어도 이번 '성마대전'은 〈스타 스트림〉이 멸망할 때까지 잊히지 않는 설화가 될 테니까."

"아니, 다 뒈져버리는데 그게 무슨 소용이야?"

"다 죽지는 않는다. 적어도 살아남은 녀석들은 선악을 영원히 기억하게 되겠지."

〈에덴〉과 〈마계〉가 멸망해도 선악이 사라지지 않는다면 이야기는 달라진다. 모든 것이 멸망해도 그 정신은 계승되니까.

무수한 성좌와 화신이 죽겠지만, 묵시룡은 '악'으로 명명될 것이다.

그리고 세계는 그 재앙과 대적하기 위해 싸울 것이다.

〈에덴〉과 〈마계〉는 영원히 기억될 것이다.

그 지독한 의지에 한수영이 부르르 몸을 떨었다.

"저 미친 새끼들이……."

[같은 진영의 소속원들이 충돌했습니다!]

[현재 혼돈 수치: 93]

올라가는 혼돈 수치를 보며 조금씩 암담함이 밀려왔다.

이 모든 것이 메타트론의 시나리오였다.

"김독자. 이제 어쩔 거야?"

멀리서 다른 일행들과 우리엘이 이쪽으로 날아오고 있었다.

생각해야 한다. 어떻게 여기까지 왔는데.

츠츠츠츠츳!

허공에서 스파크가 내리치며 포털이 열린 것은 그때였다.

"도깨비?"

[대도깨비, '허주虛主'가 시나리오에 현현했습니다!]

[대도깨비, '허체虛體'가 시나리오에 현현했습니다!]

각각 검은색과 흰색 정장을 갖춰 입은 대도깨비가 위엄 있는 격을 흩뿌리며 지상으로 내려왔다. 급하게 온 듯, 구겨진 와이셔츠와 넥타이가 강풍에 펄럭거렸다.

그들은 곧장 나를 향해 다가오더니 이렇게 말했다.

[구원의 마왕, 이 '암흑 단층'은 곧 소멸한다. 그리고 너는 매우 높은 확률로 사망할 것이다.]

슬슬 관리국이 나설 것이라 생각은 했다. 하지만 대도깨비가 직접 올 줄은 몰랐는데.

"멸망을 예고하러 온 거라면 좀 늦으셨군요. 벌써 시스템이 한창 떠들어대고 있으니까요."

내 태연한 대답에 놀란 듯, 대도깨비들이 서로 돌아보았다.

[소문대로 헛바닥이 긴 녀석이군.]

[그래서 왕께서도 관심을 가지시는 거겠지.]

그게 대체 무슨 소리냐고 물으려는 순간, 대도깨비가 미소를 지었다. 거절할 수 없는 제안을 하겠다는 듯이.

[마왕이여, 단도직입적으로 말하지. '성마대전'을 포기해라.]

즐거운 듯 웃는 대도깨비가, 쓰러진 가브리엘을 보며 말을 이었다.

[그러면 너를 '마지막 시나리오'에 데려가주겠다.]

✳

5

마지막 시나리오.

내가 원하는 것이 무엇인지 안다는 듯, 흑백이 대조되는 정장을 입은 두 도깨비가 채근했다.

[지금 결정해라. 여기서 죽을지, 아니면 우리와 함께 마지막 시나리오로 떠날지.]

대도깨비 허주와 허체.

이 대도깨비 형제에 대해서는 나도 아는 바가 있었다. 멸살법 후반부에서도 제법 빈번하게 등장하는 녀석들이니까.

그나저나 제 입으로 '마지막 시나리오'를 언급하다니……

드디어 도깨비도 이 세계의 끝을 준비하는 모양이었다.

성좌나 화신이 생존을 위한 투쟁을 반복하듯, 이야기꾼에게는 반드시 전해야만 하는 이야기가 있다.

지금 대도깨비들은 그 최후의 이야기를 준비하는 것이다.

ㅡ마지막 시나리오? 쟤들 지금 무슨 소리 하는 거야?

한수영은 모르는 눈치였다.

1,863회차의 한수영이 마지막 시나리오에 대해서는 알려주지 않은 모양이지.

나는 나와 같은 백색 코트를 입은 한수영을 떠올렸다. 그 꼼꼼한 녀석이 빠뜨렸을 리 없으니, 아마 일부러 알려주지 않은 것일 터다.

ㅡ지금 설명하려면 길어.

이유는 모르겠지만, 알려주지 않는 편이 3회차에 더 유리하다고 판단했겠지.

오랜만에 떠올린 1,863회차의 한수영 생각에 기분이 묘해졌다.

내가 방문한 1,863회차는 최종전을 앞두고 있었다. 그 최종전에서 한수영은 살아남았을까. 살아남았다면 지금은 어떤 존재가 되었을까.

고개를 돌리자 유중혁이 나를 보고 있었다.

ㅡ제안을 받아들일 건가?

ㅡ그걸 질문이라고 하냐?

유중혁은 그럴 줄 알았다는 듯 고개를 돌렸다.

재미없다는 듯한 표정. 만약 내가 받아들인다고 했다면 이 자리에서 목을 쳤을지도 모르겠다.

대도깨비들은 여전히 나를 기다리고 있었다.

[결정은?]

"뭐, 예상하셨겠지만…… 안 합니다."

[어째서지?]

"수상하니까요."

[수상하다?]

"애초에 제안 내용부터가 이상합니다. '성마대전'을 포기하면 마지막 시나리오에 데려가주겠다…… 여기서 뭐가 빠졌는지 정말 모르시겠습니까? 이야기꾼이시면서 제 설화에 대한 이해도가 굉장히 낮으시군요."

대도깨비 허체가 어이없다는 듯한 눈으로 나를 보더니 대도깨비 허주에게 눈짓했다. 그러자 허주가 고개를 끄덕이며 말했다.

[제안을 받아들인다면 이곳에 있는 〈김독자 컴퍼니〉는 모두 살아남을 수 있게 도와주겠다.]

뜻밖의 선언에 유중혁과 한수영이 동시에 나를 바라보았다.

이곳의 〈김독자 컴퍼니〉를 모두 살리면서, 마지막 시나리오로 갈 방법.

"아무리 관리국이라도 멋대로 그런 일을 벌이면 개연성의 저울이 기울어질 텐데요."

[그건 우리가 알아서 할 일이다.]

어쩌면 이것은 다시 없을 기회였다.

모두를 살리고 마지막 시나리오에 도달할 기회.

너무나 탐스러워서, 거부할 엄두조차 내지 못할 그런 제안.

그럼에도 내 머릿속은 그 어느 때보다 더 차가웠다.

"당신들도 이제 똥줄이 타시는 모양이군요. 그쪽 제안은 내가 '성마대전'을 그만두는 게 전부가 아니지 않습니까?"

[······!]

"당신들과 '스트림 계약'을 맺는 게 그 대가겠죠. 아닙니까?"

스트림 계약. 언젠가 비형과 내가 맺은 계약이었다.

대도깨비들의 놀란 표정이 보였다. 나는 한 방을 더 먹였다.

"'최후의 이야기꾼'이 되기 위해, 제 설화를 당신들 것으로 가져다 쓰려는 거잖습니까."

[어떻게 그런 것을 알고 있지?]

"제안은 받아들이지 않겠습니다."

[그러면 너희는 여기서 죽는다.]

"그건 모르는 일이죠. 그쪽도 말하지 않았습니까. '매우 높은 확률'이라고. 그러면 매우 낮은 확률로 죽지 않을 수도 있다는 거겠죠."

[다른 세계선에서 재앙을 보고 온 것 아니었나?]

이번에는 내가 놀랄 차례였다.

이제 대도깨비들도 1,863회차의 일을 어느 정도 알게 된 모양이지.

[묵시룡은 일개 성좌나 성운이 막아낼 수 있는 재앙이 아니다.]

나도 안다. 그 끔찍한 묵시룡의 위용을 미래의 세계선에서 직접 느껴봤으니까. 그럼에도 나는 웃었다.

"재미있는 시나리오를 만드는 게 도깨비의 본분 아닙니까? 중계 준비나 잘하시죠."

내 말에 반응하듯, 허공에서 짠 하고 비유가 나타났다.

[바앗!]

[다수의 성좌가 당신의 선택에 경악합니다.]

[소수의 성좌가 당신이 미쳤다고 생각합니다.]

[성좌, '심연의 흑염룡'이 킬킬 웃습니다.]

[후원계의 큰손이 당신의 패기에 300,000코인을 후원했습니다.]

역시 건수가 커서 그런지 들어오는 후원 액수도 크다.

대도깨비는 알 수 없는 눈길로 잠시간 나를 노려보더니 이내 스르르 자취를 감추었다.

[후회하게 될 것이다.]

연기처럼 흩어지는 대도깨비의 신형.

모든 일행이 확실하게 살아남을 방법 하나가 사라지는 순간이었다.

[그대의 판단은 매번 나를 놀라게 하는군.]

이번만큼은 수르야도 감탄했다는 듯한 뉘앙스였다.

나는 내 품에서 의식을 잃은 가브리엘을 내려다보았다.

함께 그녀를 응시하던 한수영이 물었다.

"김독자."

"왜. 또. 뭐."

"오래 생각하고 한 판단 맞지? 같잖은 동정심이라든가, 순간적인 충동은 아니지?"

나는 고개를 끄덕였다.

"그럼 됐어."

한수영의 말투에서는 희미한 원망이 느껴졌다.

내가 말했다.

"화내도 돼. 난 방금 엄청난 기회를 걷어찬 거니까."

"……."

"하지만, 이렇게 하지 않으면 —"

"뭐, 그래. 이유가 있겠지. 솔직히 나도 네가 거절할 거라고 생각했어."

"뭐? 왜?"

한숨을 푹푹 쉬며 대답하는 한수영의 말을 받은 것은 유중혁이었다.

"그게 네놈이 살아가는 방식이니까."

평소와 같은 눈으로 이쪽을 응시하는 유중혁을 보며, 두 사람이 내게 무엇을 양보했는지 깨달았다.

맞다. 이것이 내가 살아가는 방식이다.

그리고 그것은 한수영이나 유중혁의 방식은 아니다.

"빌어먹을 〈김독자 컴퍼니〉의 설화엔 이런 방식이 어울리긴 하지. 오늘 일, 나중에 꼭 회고록에 쓸 거야. 물론 여기서 살아남을 때 이야기겠지만."

"지금부터 어떻게 할 것인지나 생각하지."

한수영과 유중혁. 너무나 다른 두 사람.

새삼 깨닫게 된다.

두 사람이 각자의 방식으로 존재했기 때문에 내가 여기까지 올 수 있었다. 각자의 방식으로, 내 의견을 존중해주었기 때문에.

그래서 생각했다. 두 사람이 있다면, 아직 해볼 만하다고.

[같은 진영의 소속원들이 충돌했습니다!]

[현재 혼돈 수치: 96]

하늘에서는 여전히 스파크가 튀고 있었다. 지금쯤이면 회색 구체 안의 전투도 마무리되고 있을 것이다.

이 세계를 파멸로 몰아가는 대가로 살아남을 선과 악이, 저 안에서 곧 모습을 드러내겠지.

한수영이 물었다.

"저거 막을 거야?"

유중혁이 고개를 저었다.

"저 구체는 바깥에서는 침투가 불가능하다."

"그럼?"

"혼돈 수치가 100이 되는 것은 막을 수 없다. 묵시룡은 깨어날 것이다. 그리고 아마 '최초의 꼬리짓'이 시작되겠지."

최초의 꼬리짓.

유중혁도 그 재앙에 관해 아는 모양이었다.

나는 멸살법에 등장하는 묵시룡의 예언을 떠올렸다.

「가장 뜨거운 지옥의 중심에서, 머리가 일곱이고 뿔이 열인 용이
깨어날 것이다.」

「그는 용 중의 용. 혼돈의 중심에서 태어난 모든 용의 수장이자 세
계에서 가장 늙은 증오.」

「그 용은 하늘을 한 번, 땅을 한 번 보고 꼬리를 내리칠 것이다. 한
번의 꼬리짓에 별들이 추락하고 세계의 한 방위傍位가 사라지리라.」

1,863회차에서는 그 '꼬리짓'을 보지 못했다. 그곳의 묵시
룡은 완전 해방 상태가 아니었으니까. 하지만 이번에는 다를
것이다.

유중혁이 결연하게 주장했다.

"맞서 싸우는 수밖에 없다."

"그딴 소리 할 줄 알았어."

한수영은 허탈한 목소리였다.

[같은 진영의 소속원들이 충돌했습니다!]

[현재 혼돈 수치: 98]

이제 남은 혼돈 수치는 2.

근처에 도착한 일행들이 내 쪽으로 다가왔다.

"아저씨!"

"독자 형!"

신유승과 이길영. 그리고 함선을 이끌고 다가오는 이지혜와 정희원도 보였다. 착잡한 표정의 우리엘도 있었다.

그녀는 내 품에 안긴 가브리엘을 발견하고 대경했다.

[가브리엘!]

나는 가브리엘을 넘겨주었다. 자세히 설명할 시간이 없기 때문에 일행들을 먼저 돌아보았다.

"아저씨, 진짜 묵시룡이 깨어나는 거예요?"

나는 고개를 끄덕였다. 군기라도 잡듯 한수영이 다그쳤다.

"다들 각오해. 이번엔 진짜 장난 아니니까."

"언제는 장난이었어요?"

이지혜의 대답과 함께 일행들도 준비를 마쳤다.

한수영도, 유중혁도, 신유승도, 이길영도, 정희원도, 이지혜도. 모두 굳은 각오를 마친 얼굴들이었다.

나는 마지막으로, 쓰러진 이현성의 얼굴을 바라보았다.

[같은 진영의 소속원들이 충돌했습니다!]

[현재 혼돈 수치: 99]

그리고 묵시룡의 부활이 임박했다.

[다수의 성좌가 공포에 질렸습니다!]

[<스타 스트림>의 성좌들이 혼돈에 빠집니다.]

[성운, <올림포스>가 재앙을 대비합니다!]

[성운, <베다>가 재앙을 대비합니다!]

[성운, <홍익>이…….]

섬 깊은 곳에서 뭔가가 꿈틀거리며 세상천지가 뒤흔들렸다. 창공이 거대한 날갯짓으로 뒤덮이는 느낌. 주변 정경이 잘못 끼운 블록처럼 위태롭게 느껴졌다. 작은 설화들이 조금씩 부서지고 있었다.

지금껏 존재하던 모든 '재앙'의 이름을 박탈하듯, 어마어마한 설화가 깨어나고 있었다.

"김독자. 묵시룡이 깨어나면 제일 위험한 것은 성좌다."

"예언대로라면 그렇지."

"그리고 너는 성좌다."

최초의 꼬리짓은 하늘의 방위를 부순다. 즉, 해당 방위에 위치한 모든 별과 수식언의 맥락이 파괴된다는 이야기였다.

한수영이 이죽거렸다.

"김독자 넌 어느 방위에 있냐? 동쪽? 아니면 서쪽? 재수 없으면 네가 제일 먼저 죽겠네?"

"그럴 수도 있지. 그래서 죽기 전에 살려달라고 좀 빌어보려고."

"뭔 개소리야? 설마 너 묵시룡이랑도 아는 사이야?"

말투는 아니꼬웠지만, 한수영의 눈동자는 빛나고 있었다.

나는 그 기대에 부응해주기로 했다.

"'묵시룡'은 본래 '특정한 용'을 지칭하는 게 아냐. '가장 오래된 선'이나 '가장 오래된 악'이 특정 성좌를 칭하는 게 아닌 것처럼. '묵시록의 최후룡'은 거대 설화 그 자체를 말한다고."

"잠깐, 그러면……."

"아직 이 시점에서 '누가 묵시룡이 되느냐'는 정해지지 않았다는 이야기지."

한수영의 입이 희미하게 벌어졌다.

[현재 혼돈 수치: 100]
[혼돈 수치가 한계점에 도달했습니다!]

등골이 오싹한 느낌과 함께, 세상이 새카맣게 물들기 시작했다.

지반을 뚫고 올라온 불온한 아우라가 섬 전체를 잠식했다.

[가장 뜨거운 지옥에서 '마룡전魔龍殿'이 개방됩니다!]

눈부신 빛살과 함께 공간이 부서져나갔다.

그 공간을 부수고 나타난 거대한 그림자들이 있었다.

이 세계에는 성좌나 초월좌, 이계의 신격을 제하고도 그들의 힘에 육박하는 괴물이 있다.

세상 모든 괴수종의 정점.

그오오오오오 —!

심신을 얼어붙게 만드는 드래곤 하울링.

멸망한 도시의 그림자들이 스치며 오랜 세월 속에 잊힌 고대의 용왕종들이 깨어나고 있었다.

[크아아아아악!]

용의 브레스에 맞은 성좌들이 비명을 흘리며 산화했다.

허공을 뒤덮은 수백 개의 그림자.

아득한 격의 파랑에 〈스타 스트림〉의 성좌들이 경악했다.

하나하나가 성좌의 힘에 육박하는 용왕종.

그 무수한 용들이, 이 세계를 파멸시킬 단 하나의 묵시룡을 뽑기 위해 이 자리에 나타난 것이다.

[거대 설화, '묵시록의 최후룡'이 이야기를 시작합니다.]

[거대 설화, '묵시록의 최후룡'이 재앙의 용을 선별합니다!]

나는 그 압도적인 풍경을 올려다보며 말했다.

"마침 우리한테도 용이 하나 있지."

내 말에 신유승이 내 쪽을 바라보았다. 아이의 곁에는 전신에 두꺼운 철갑을 덧댄 드래곤이 앉아 있었다.

1급 용왕종, 키메라 드래곤.

신유승의 착실한 사육으로 인해 '키메라 드래곤'은 이제 어지간한 성좌에게도 밀리지 않을 정도로 강해졌다.

마계의 낙원에서 태어난 용이 하늘을 향해 거센 포효를 터뜨렸다.

날아오르는 키메라 드래곤을 보며 한수영이 물었다.

"저 녀석이 '왕'이 될 수 있을 거라고 생각해?"

나는 고개를 저었다. 키메라 드래곤은 굉장한 성장력을 지닌 개체지만, 아직 묵시룡의 후보가 되기에는 무리였다.

"그럼 대체 뭘 믿고—"

"한 마리가 더 있잖아."

"뭐? 어디—"

한수영이 멍청한 표정을 지었다.

그녀의 오른손이 뭔가에 반응하듯 격렬하게 꿈틀거렸다.

다음 순간 허공이 갈라지며 새카만 어둠이 폭발했다.

근방에 있던 수십 마리의 용이 비명을 지르며 추락했다. 하늘이 암전되듯 깜빡였고, 새카만 천둥이 지면을 내리쳤다.

심연 사이로 뭔가가 모습을 드러내고 있었다.

흑요석으로 빚은 듯이 고귀한 비늘을 가진 용. 다른 고대룡과는 비교할 수조차 없는 격. 홍옥처럼 빛나는 눈동자가 창공을 오시하자 다른 용들이 몸을 떨며 물러났다. 세상의 어둠을 깎아 만든 날개가 움직일 때마다 황홀한 흑염이 창공을 뒤덮었다.

나는 그 아름다운 유선형의 생명체를 올려다보며 말했다.

"부디 네 배후성이 승리하기를 빌자고."

현시점에서 누구보다 묵시룡에 가까운 존재.

[성좌, '심연의 흑염룡'이 시나리오에 현현했습니다!]

77
Episode

최후룡

Omniscient Reader's Viewpoint

✳

1

　메타트론은 폐허가 된 회담장을 응시했다. 조금 전까지 병장기를 쥐고 있던 마왕들과 대천사들이 모조리 누워 있었다.

　흩어지는 선악의 설화.

　임계점을 넘어선 혼돈 수치의 영향이 회색 구체 안까지 침범하고 있었다.

　아직 의식이 있는 천사 중 하나가 그를 향해 손을 뻗었다.

　[서기관······.]

　퍼거걱, 하는 소리와 함께 미카엘의 뒷발이 천사의 머리를 으깼다. 미카엘은 절명한 천사를 걷어찬 후, 품속에 감추고 있던 어린아이 크기의 대천사를 끄집어냈다.

　혼절한 대천사는 미카엘의 손아귀에 대롱대롱 붙잡혀 올라왔다.

[라파엘도 죽일까? 이렇게 보내긴 조금 아까운데……]

[원한다면 살려둬도 상관없습니다. 혼돈 수치는 모두 채웠으니까요.]

[그럼 저 마왕은?]

메타트론은 여전히 치열한 공방이 오가는 구체의 가장자리를 바라보았다.

전신이 넝마가 된 아가레스가 그곳에 있었다.

아스모데우스를 비롯해 '종말의 구도자'들이 합동 공격을 퍼부었지만, 마왕 아가레스는 여전히 쓰러지지 않았다. 전신에서 설화를 줄줄 흘리며, 악귀 같은 원한을 두 눈동자에 새긴 채로.

치열한 전투 속에서도 아가레스는 여전히 궐련을 입에 물고 있었다. 심지어 하나도 아니라 여러 개를.

[성흔, '괴력의 한 개비 Lv.???'가 발동 중입니다.]

[성흔, '민첩의 한 개비 Lv.???'가 발동 중입니다.]

[성흔, '마력의 한 개비 Lv.???'가 발동 중입니다.]

아가레스의 성흔인 [만능 궐련]이었다.

오랫동안 골초로 살아온 아가레스의 주특기. 화신체의 성능을 오버클로킹하는 설화가 잠재된, 오직 아가레스만의 성흔.

무려 대여섯 명의 마왕에게 합공을 받고서도 여전히 버티는 아가레스를 보며, 아스모데우스가 말했다.

[과연 '지옥 동부의 지배자'의 명성이 헛것이 아니었군요.

하지만 언제까지 그렇게 버틸 수 있을까요?]

아가레스는 대꾸하는 대신 새로운 궐련을 꺼내 불붙였다.

정리된 전장을 가로질러 메타트론과 미카엘이 그에게 다가 갔다.

아가레스가 말했다.

[메타트론. 다시 생각해라. 이런 식으로는 선악을 지킬 수 없다. 모두가 절멸한 후 기억되는 것이 대체 무슨 의미가 있단 말이냐?]

[기억되기만 한다면 언젠가 부활할 수도 있을 겁니다.]

[부활? 저 빌어먹을 타천사처럼 말인가?]

미카엘이 인상을 찌푸렸다.

[마왕, '타락 천사들의 왕'이 자신의 격을 개방합니다!]

폭풍처럼 밀려오는 미카엘의 격에 아가레스가 설화를 쏟으 며 물러났다.

하지만 여전히 그의 시선은 메타트론을 향해 있었다.

[그런 식으로 연명한다 한들 무슨 소용이지? 그건 우리가 아니다. 그렇게 되살아난 우리는 '메타트론'이나 '아가레스'가 아니라, '하늘의 서기관'과 '지옥 동부의 지배자'일 뿐이다!]

[그것이 우리입니다. 지옥 동부의 지배자여.]

메타트론의 등 뒤로 유구한 설화가 흐르고 있었다.

그가 읽고, 그가 살고, 그가 믿어온 설화들이었다.

[가장 오래된 선이 미소를 짓습니다.]

'하늘의 서기관'. 이 세계의 선을 기록하는 자.

무엇이 선인지 정하고, 그 기준이 되는 존재.

자신의 오랜 숙적을 바라보며, 아가레스 또한 자신의 곁을 유유히 흐르는 설화를 느꼈다.

[가장 오래된 악이 고개를 갸웃합니다.]

그것은 그가 추종해온 기나긴 악의 역사였다.

선에게 맞서고, 배제되고, 징벌된 역사.

그 순간, 아가레스는 자신의 수천 년이 하나의 쉼표로 집약되는 것을 느꼈다.

이 흐름은 끝나지 않을 것이다.

'지옥 동부의 지배자'가 살아 있고, '하늘의 서기관'이 있는 한. 그들이 맞서 싸우고, 전쟁을 반복하는 한.

메타트론과 아가레스가 죽어도 또 다른 누군가가 '하늘의 서기관'이 되고 '지옥 동부의 지배자'가 될 것이다.

[그딴 것이 선악이라면…….]

퉤, 하고 바닥에 가래침을 뱉은 아가레스가 쓰게 웃었다.

[나는 이제 악을 그만두겠다.]

아가레스의 손끝에서 퀄런이 튀어 올랐다.

허공을 회전하며 연기를 그리는 퀄런.

아스모데우스가 다급히 외쳤다.

[막아!]

소용돌이치는 연기가 아가레스의 전신을 휘감았다.

[성흔, '비겁의 한 개비 Lv.???'가 발동합니다!]

희뿌연 연기가 폭발하며, 공격이 쏟아졌다.

이윽고 연기가 걷힌 자리에 남은 것은 바닥을 구르는 궐련한 개비뿐이었다. 종말의 구도자들이 허탈하게 병장기를 회수했다.

메타트론은 바닥의 궐련을 내려다보았다. 아직 꺼지지 않은 담배 끝에서 매캐한 연기가 피어올라 허공을 맴돌았다.

적수는 떠났고, 이제 선은 홀로 남았다.

이것은 외로움일까 아니면 일종의 해방감일까. 메타트론은 알 수 없었다.

누군가가 널브러진 꽁초를 짓밟아 껐다.

[가장 오래된 악이 새로운 악을 눈여겨봅니다.]

고개를 들자 아스모데우스가 새침하게 웃고 있었다.

[아쉽게 되었군요. 아가레스의 '벽'은 제가 가질 생각이었는데.]

아스모데우스를 보며 메타트론이 말했다.

[곧 가지게 될 것입니다.]

어쨌거나 이것으로 소기의 목적은 달성했다.

[현재 혼돈 수치: 100]

혼돈 수치는 모두 차올랐고, 묵시룡은 부활 시퀀스에 돌입했다.

곧 멸망이 시작될 것이다.

[회담장이 붕괴됩니다.]

회담장을 감싸던 회색 구체가 조금씩 무너지면서, 대천사들의 시체가 바닥으로 낙하하기 시작했다.

그 광경이 즐거운지, 아스모데우스가 물었다.

[그런데 진짜로 괜찮은 건가요?]

메타트론은 침묵했다. 무엇이 괜찮고 안 괜찮고를 논할 수 있는 시기는 이미 오래전에 지났다.

추락하는 천사들을 보며, 메타트론은 가장 교과서적인 답변을 꺼냈다.

[모든 것이 선의 뜻입니다. 가장 이상적인 ■■에 도달하기 위한.]

■■.

모든 성좌의 염원이자 별들의 이야기가 끝나는 곳.

그러자 아스모데우스가 말했다.

[■■이라…… 그런 것을 추구하는 성좌는 결국 비슷해지는 모양이군요. 당신은 내가 아는 누군가와 정말 닮았습니다. 성향은 완전히 반대지만.]

그게 누구냐고 물으려는 순간, 메타트론은 창공을 찢는 용의 하울링을 들었다.

그아아아아아—!

수천 마리는 족히 되어 보이는 용들이 하늘을 쏘다니며 격전을 펼치고 있었다. 끊임없이 터지는 폭음. 날개가 찢어진 용들이 바닥으로 추락했다.

메타트론이 기대하던 정경은 아니었다.

아직 묵시룡이 부활하지 않았다고?

[뭘 그렇게 놀랍니까? ■■을 추구하는 건 우리만이 아닙니다.]

지상에서 이쪽을 올려다보는 한 사내를 내려다보며, 아스모데우스가 웃었다.

※ ※ ※

[성좌, '심연의 흑염룡'이 포효합니다!]

'심연의 흑염룡'은 강했다.

천공을 뒤덮은 수십 마리의 용을 단숨에 찢어발기며 급부

상한 녀석은, 그야말로 패도적인 격으로 존재감을 과시하고
있었다.

역시 멸살법 최강의 성좌 중 하나다웠다.

자신의 배후성이 활약하자 신이 난 한수영은 붕대를 흔들
며 외쳤다.

"처음으로 자랑스럽네, 흑염룡! 다 죽여버려!"

"힘내, 키메라 드래곤!"

양손을 꼭 잡은 신유승도 간절한 얼굴로 하늘을 올려다보
고 있었다.

['심연의 흑염룡'의 존재감이 강해집니다!]

['키메라 드래곤'의 존재감이 강해집니다!]

심연의 흑염룡과 키메라 드래곤이 다른 용을 쓰러뜨릴 때
마다 그들의 위상도 상승했다.

장렬한 전투를 보고 있으려니 나까지 심장이 거칠게 뛰는
느낌이었다.

나는 용들을 보다가 유중혁에게 눈짓했다.

"알겠다."

내 눈짓을 받은 유중혁은 일행들과 함께 움직였다.

녀석이 맡은 일은 묵시룡이 움직이기 전까지 주변 성운들
과 접촉하는 것이었다.

그리고 내게도 해야 할 일이 있었다.

나는 허공의 용을 하나하나 관찰하며 생각했다. 묵시룡의 부활은 이번이 처음이 아니다.

아마 저 가운데 지난번의 '묵시룡'도 있을 것이다.

[몇몇 용왕종이 당신의 존재를 인식했습니다.]

"이런."

콰아아아아아!

나는 반사적으로 [전인화]를 발동해 브레스를 막아냈다. 몇몇 용왕종이 나를 노려보다가 고개를 갸웃하며 다시 날아갔다. 뭔가 이상한 것이라도 본 것처럼.

왜들 저러지? 난 드래곤도 아닌데.

그리고 메시지가 떠올랐다.

[당신은 '용의 제전'에 참가할 수 있습니다.]

뭐?

['용의 제전'에 참가하시겠습니까?]

갑작스레 떠오른 메시지에 어안이 벙벙해졌다.

아니, 난 성좌이긴 해도 용은 아닌데 왜 이런 메시지가.

"그대는 왜 참가하지 않는가?"

대체 언제 다가왔을까. 바로 곁에서 들려오는 목소리가 있었다.

나는 경계심을 늦추지 않은 채 그쪽을 돌아보았다.

성별을 알 수 없는 미형의 인간이 서 있었다. 환하게 빛나는 붉은 머리카락. 강력한 격은 느껴지지 않지만, 어딘가 신비한 기운이 감도는 외모였다.

환생자인가?

그럴 수도 있다. 이 섬에는 일권무적 유호성처럼 실력을 숨긴 극소수의 강자가 있으니까.

"그대는 왜 참가하지 않는지 물었다."

"무슨 말씀이신지 모르겠지만, 저는 자격이 없습니다."

"왜지? 그대도 용의 심장을 가지고 있지 않은가."

그 말을 듣고서야 퍼뜩 깨달았다.

[설화 파편, '어린 골드 드래곤의 망가진 심장'이 약동합니다!]

그러고 보니 내 심장은 골드 드래곤의 것이었다.

언젠가 '이야기의 지평선'에서 흡수한 설화 파편.

[설화 파편, '어린 골드 드래곤의 망가진 심장'이 용의 제전에 참가하고 싶어합니다.]

아까부터 심장이 거칠게 뛰는 게 이상하다 싶었는데, 그래서였나.

환생자가 물었다.

"그대가 진정 용이라면, 마땅히 이 상황에 분노해야 한다."

"이 상황이 어떤 상황인데요?"

"위대한 용들이 한낱 시나리오의 소재 거리로 쓰이는 상황이지."

거칠게 뛰던 심장이 아주 천천히 차갑게 식는 기분이었다.

환생자는 말을 이었다.

"선악, 소통, 윤회…… 〈스타 스트림〉의 거대한 테마 속에서, 용들은 끊임없이 이용당해왔다. 그대도 용이라면 제전에 참가하라. 묵시를 실천할 최후룡이 되어, 세상의 멸망에 기여하라. 그대에게서 존재를 박탈한 시나리오의 최후를 목도하라."

나는 환생자를 유심히 들여다보았다.

선악, 소통, 윤회…… 아주 오래 살아온 환생자라면 〈스타 스트림〉의 그 테마를 모두 겪었을 수 있다.

정말, 아주 오랫동안 살아온 환생자라면.

나는 잠시 고민하다가 말했다.

"시나리오의 모든 이야기가 꼭 불행으로만 점철되는 것은 아닙니다. 시나리오가 존재하기에 발견할 수 있는 것도 있습니다. 환생자들의 섬에만 있어서 모르시겠지만, 시나리오는 분명 변하고 있습니다."

이런 말을 하는 내가 싫지만, 그럼에도 절반 정도는 진심이었다.

멀리서 성좌들과 접선하는 유중혁과 동료들이 보였다.

환생자가 나와 같은 광경을 보며 말했다.

"변하고 있다? 시나리오가 어떻게 변했지? 이제 용이나 괴수도 설화의 주인공이 될 수 있다는 건가?"

"그런 설화는 이미 있습니다."

"하지만 인기가 없을 텐데?"

"인기 있는 설화도 있습니다. 과거에도 있었고요. 당신도 알잖습니까? 「니벨룽겐의 노래」라든가 「성 제오르지오 전설」에서도……."

"거기서 용들은 주인공이 아니었어."

허공에서 몇몇 용이 길을 잃고 부딪치며 추락했다.

환생자가 말을 이었다.

"용들은 항상 사냥당하는 존재였을 뿐이야. 만악의 근원으로 불리며, 인간 공주를 납치하거나 황금 따위를 모으는 볼품없는 악당이었지. 지금 생각해보면 우스운 일이야. 용이 왜 금이나 다른 종족의 암컷 따위에 관심을 가져야 하지?"

"그런 이야기만 있는 것은 아닙니다. 인간 세상에 나와 유희를 즐기는 드래곤이 활약하는 시나리오도 많습니다. 가령 —"

"'미형의 인간으로 폴리모프polymorph한 드래곤'. 그게 정말 순수한 드래곤이라고 생각하나?"

나는 아무 말도 할 수 없었다.

환생자가 말했다.

"수만 년 전에도 용의 쓰임새는 한결같았지. 결국 다른 종족을 위한, 성좌들을 위한 시나리오들이었다."

목소리가 이어질 때마다 환생자의 목소리에 심상치 않은 격이 묻어 나오고 있었다.

"용을 용으로 대우한 시나리오는 하나도 없었다. 용은 늘 소비되었고, 규정되었고, 시나리오의 공략 대상이 되었지. 지금도 크게 다르지 않을 것이다."

조금씩 숨을 쉬는 것이 버거워졌다. 주변 공기가 달라지고 있었다.

설화급 성좌인 나를 옭맬 정도의 격.

하늘에서 포효하는 '심연의 흑염룡'이 이쪽을 향해 날아오고 있었다.

흑염룡을 보며 내가 말했다.

"제가 바꿀 겁니다."

"그대가? 어떻게?"

"다신 용들이 불행해지지 않도록 만들 겁니다."

[성좌, '은밀한 모략가'가 당신을 바라봅니다.]

별들의 시선이 모이고 있었다.

[절대다수의 성좌가 당신을 바라봅니다.]
[다수의 성좌가 당신의 곁을 보며 경악합니다!]

환생자가 무표정한 눈으로 나를 보고 있었다.

"흥미롭군."

환생자의 외형이 변하기 시작했다.

폴리모프.

유희를 즐기는 드래곤이 즐겨 쓰는 마법.

"수만 년 전에도 내게 비슷한 제안을 한 도깨비가 있었지. 용이 시나리오의 주인이 될 수 있는 세계를 만들어주겠다고 했다."

눈앞이 캄캄해지는 느낌이었다. 오감이 말을 듣지 않았다. 어둑해진 시야가 정신없이 흔들렸고, 코에서는 설화가 주룩주룩 쏟아졌다.

응원하던 신유승이 실 끊어진 인형처럼 쓰러졌다.

한수영도 입과 코에서 피를 쏟아내며 나를 보고 있었다. 고막이 터질 듯한 이명 속에서 한수영의 메시지가 들려왔다.

―김, 독자, 이게, 무슨 일…….

손발이 벌벌 떨렸다.

나는 바닥에 주저앉은 채 어떻게든 고개를 들려고 애썼다.

이런 것을 '격'이라 부를 수 있는가.

[성좌, '악마 같은 불의 심판자'가 당신에게 도망치라고 말합니다!]

[성좌, '가장 어두운 봄의 여왕'이 다급한 표정으로 당신을 바라봅니다!]

[성좌, '부유한 밤의 아버지'가……!]

아득한 용언龍言이 귓가로 밀려들었다.

[나를 속였던 그 도깨비는 '도깨비 왕'이 되었다.]

태양이 사라지고, 세상이 누군가의 그림자로 덮이고 있었다.

종말의 용. 묵시록의 최후룡이 마침내 재앙의 날개를 펼쳤다.

※

2

['제4의 벽'이 격렬하게 반응합니다!]

　전대의 묵시룡이 날아오르며 설화의 폭풍이 발생했다.

　시야가 위태롭게 흔들리고, 나는 고정대를 잃은 허수아비처럼 흔들렸다.

　순식간에 창공까지 날아오른 용이 울음을 토하자 세상의 모든 소리가 잠들었다. 화신체들은 머리가 터져버렸고, 전장의 성좌들은 귀를 막은 채 설화를 쏟아냈다.

　<u>츠츠츠츠츠……</u>

　묵시룡이 지나간 하늘에 새카만 구멍이 뚫려 있었다.

　우왕좌왕하는 용족들이 겁에 질려 달아났고, 분수를 모르고 덤벼들던 용들은 묵시룡의 날개에 스쳐 핏덩이가 되었다.

하늘의 중심에서 '심연의 흑염룡'이 묵시룡을 기다리고 있었다.

[성좌, '심연의 흑염룡'이 자신의 적수를 바라봅니다.]

포효한 흑염룡이 묵시룡을 향해 달려들었다.
두 용이 뒤엉키며 허공에서 격전이 펼쳐졌다. 사실 격전이라기보다는 어른과 열다섯 살의 싸움에 가까웠다.

[성좌, '심연의 흑염룡'이 분노합니다!]

흑염룡도 다른 용보다 몇 배는 커다란 몸집인데, 묵시룡 앞에서는 그런 흑염룡이 해츨링처럼 보였다.
"지지 마! 지면 나한테 죽는다!"
자신의 배후성을 응원하는 한수영의 몸에서도 설화들이 흐르고 있었다.
그녀의 거대 설화들이 자신의 배후성을 위해 이야기하고 있었다.
"파멸의 아포칼립스! 심연의 어비스! 이런 거 몇 번이고 말해줄 테니까 지지 마! 제발!"
그녀의 말에 부응하듯, 심연의 흑염룡이 브레스를 뿜어냈다.
브레스에 맞은 용들이 불에 타는 연처럼 떨어졌다. 하늘 전체가 검은 불꽃으로 뒤덮이는 듯했다.

[강한 용이구나. 내가 잠들기 전에는 너와 같은 존재가 없었지.]

[주접 떨지 마, 늙은이. 그런 꼰대 같은 소리나 들으려고 현현한 게 아니니까.]

[버릇을 고쳐줄 필요가 있어 보이는군.]

날갯짓으로 브레스를 피해낸 묵시룡이 브레스로 반격했다. 피할 틈도 없는 카운터였다.

슈우우우우—

일격을 피해낸 것은 흑염룡의 기지였다. 순간 열다섯 살 소년으로 변신한 흑염룡이 용언 마법으로 [메테오 스트라이크]를 사용했다.

떨어지는 운석 조각에 맞은 묵시룡이 분노했다.

[폴리모프? 네놈도 결국 똑같구나.]

[지랄! 너도 아까 폴리모프 했잖아.]

[그건 순수한 용이 해서는 안 되는 짓이다.]

으르렁거리며 본체의 모습으로 돌아간 흑염룡이 외쳤다.

[나는 내가 원하는 대로 하며 살 거야! 인간이 되든, 오크가 되든, 내 맘이야!]

[모든 용을 대표하기엔 부족한 놈이군.]

물고 할퀴는 격전에 스파크가 튀었다.

흑염룡의 공격을 묵묵히 받아내던 묵시룡이 천천히 입을 벌렸다.

흑염룡도 곧장 브레스를 모았다.

브레스와 브레스의 대결.

짙은 흑염의 숨결과 묵시룡의 홍염이 부딪쳤다.

다음 순간, 하늘의 색깔이 일제히 바뀌었다.

눈앞에 태양이 있는 듯한 열기.

장관이지만 그것을 보고 감탄할 수 있는 이는 없었다. 열기를 견디지 못한 환생자들은 황홀한 불꽃을 눈에 새긴 채 잿더미가 되었다.

[거대 설화, '묵시록의 최후룡'이 '최후룡'을 정했습니다.]

'심연의 흑염룡'은 이 자리에서 가장 '묵시록의 최후룡'에 가까운 후보였다.

하지만 반대로 말하면, 아직 '최후룡'은 아니란 뜻이었다.

['용의 제전'의 승자가 가려졌습니다.]

붉은 구름 아래로, 뭔가가 힘없이 추락했다.

"흑염룡!"

날개 외피가 불타오르고, 동체 곳곳이 찢긴 흑염룡.

분하다는 듯, 추락하는 흑염룡의 눈이 나를 향해 말했다.

「아아, 한 손만으로 싸우는 건 무리였나…… 뒤는 너에게 맡긴다, 보이.」

전개는 내가 아는 원작과 마찬가지였다.

전대의 묵시룡은 원숙한 신화급 성좌의 힘을 가진 존재.

이제 저 용은 그 격마저 아득히 뛰어넘는 재앙으로 다시 한 번 진화할 것이다.

입에서 피를 한 사발 토해낸 한수영이 다그쳤다.

"김독자! 이거 뭔데! 네 계획이랑 다르잖아!"

"원작대로야."

"무슨 뜻인데? 잘 되고 있다는 거야 안 되고 있다는 거야?"

뒤쪽에서 유중혁의 메시지가 들려왔다.

ㅡ부를 수 있는 녀석들은 모두 불렀다, 김독자.

유중혁의 배후로 성좌들이 모여들고 있었다. 모두 망연한 표정으로 하늘을 응시하고 있었다.

쿠구구구구!

세상의 빛을 삼킨 용의 거체에 〈스타 스트림〉의 개연성이 모이고 있었다.

[저건 대체······.]

묵시룡의 부활은 이미 결정되어 있었다. 시나리오에는 사건이 필요하고, '묵시룡'은 사건 그 자체. 〈스타 스트림〉의 의지가 사건을 원하는 한, 묵시룡의 부활은 정해진 것이다.

원작에서도 이 부활을 막기 위한 다양한 시도가 있었지만, 한 번도 성공한 적은 없었다.

그럼에도 여기서 얼쩡거리며 전대의 묵시룡을 찾아 헤맨 것. 용의 설화에 관한 이야기를 나눈 것. 그리고 심연의 흑염룡이 자신의 격을 희생하며 질 싸움을 이어간 것.

　모두 시간을 벌기 위해서였다.

　[거대 설화, '묵시록의 최후룡'이 이야기를 시작합니다!]

　웅웅거리는 소리와 함께 품속의 스마트폰이 빛을 뿌리기 시작했다.

　「지옥의 가장 뜨거운 자리에서 묵시록의 재앙이 눈을 떴으니」

　tls123이 보낸 최종본에도, 묵시룡의 부활은 예정되어 있었던 모양이다.

　「지난한 설화 속에서 삶을 잃은 용들이 포효하고」
　「바야흐로 붉은 종말의 계절이 찾아오리라」

　추락한 용들이 처절한 울음을 토했다. 설화 속에 희생되고, 넋마저 빼앗긴 채 이름으로 박제된 용들이 자신들의 왕을 향해 경배하고 있었다.

　하늘 건너편에서 메타트론과 아스모데우스의 모습이 보였다. 회담장의 전투도 이제 막 끝난 모양이었다.

　메타트론이 묵시룡의 거체를 올려다보며 말했다.

　[왔는가. 하르마게돈의 악룡이여…….]

거대 설화 「하르마게돈」의 악룡.

한때는 악의 표상이었으나, 가장 오래된 악조차 그 무게를 감당하지 못한 태초의 악.

그 악룡이 선악의 성좌들을 오연히 내려다보았다.

[늙은 설화들이여. 이제 멸망의 약속을 지킬 때가 되었다.]

공기가 거칠게 폭발하며, 묵시룡의 거체가 대기권을 관통했다. 묵시룡이 사라진 하늘의 바깥에서 어마어마한 스파크가 튀고 있었다.

[메인 시나리오가 갱신 중입니다!]

[재앙의 개연성이 시나리오의 한계치를 초과했습니다.]

[시나리오의 난이도가 자동 조정됩니다.]

[재앙의 난이도에 알맞은 시나리오가 재할당됩니다.]

그럴 줄 알았다. 내 기억이 맞는다면, 원작에서 '묵시룡'은 85번 메인 시나리오의 재앙이다. 그리고 '성마대전'은 80번 메인 시나리오다.

[시나리오 도약이 발생했습니다!]

[재앙의 난이도가 비정상적으로 높습니다.]

[과도한 시나리오 도약으로 화신체에 이상이 발생했습니다.]

(…)

[89번째 메인 시나리오가 시작됩니다.]

〈메인 시나리오 #89 - '묵시록의 최후룡'〉

분류: 메인

난이도: 측정 불가

클리어 조건: '묵시록의 재앙'을 막아내시오.

제한 시간: 해당 시나리오는 제한 시간이 존재하지 않습니다.

보상: '묵시록의 최후룡'과 관계된 거대 설화, ???

실패 시: 〈스타 스트림〉의 멸망 가속

* 이 시나리오는 페이즈가 구분되어 있습니다. 시스템 메시지를
  참고하여 재앙에 대비하세요.

나는 침중한 마음으로 시나리오 메시지를 읽었다.

89번 시나리오라.

시나리오 번호가 원작보다도 후반부였다.

시나리오는 후반부로 갈수록 허용되는 개연성이 커진다.

즉, 지금부터 강림할 묵시룡은 원작보다 더 강력하다는 뜻
이었다.

[〈스타 스트림〉 전역에 재앙 경고가 울려 퍼집니다!]

[곧 부활한 묵시룡이 활동을 시작할 것입니다.]

[<스타 스트림>의 모든 지역이 89번 시나리오의 대상이 됩니다.]

"독자 씨. 모두 데려왔어요."

뒤를 돌아보자 정희원과 <김독자 컴퍼니>, 그리고 우리를 따르는 성좌들의 모습이 보였다. 몇 시간 전까지 치고받으며 싸우던 이들. 나와 흑염룡이 시간을 버는 동안 유중혁이 규합해 온 아군들이었다.

[미안하다. 생각보다 많이 모아오진 못했어.]

디오니소스가 민망하다는 얼굴로 뒤통수를 벅벅 긁었다. 그의 뒤쪽으로 <올림포스>의 신좌들이 도열해 있었다.

'사랑과 미의 여신', 아프로디테.

'흉포의 군신', 아레스.

'정의와 지혜의 대변자', 아테나.

'하늘 걸음의 주인', 헤르메스.

'화산의 대장장이', 헤파이스토스.

'순결한 달빛의 사냥꾼', 아르테미스…….

모두, 우리와 함께 <기간토마키아>를 만든 장본인들이다.

[아버지나 생선 아찌한테도 연락은 해봤는데…….]

'번개의 좌' 제우스나 '해역의 경계를 긋는 창' 포세이돈은 참가하지 않은 모양이었다. <기간토마키아>에서 신화급 성좌들이 보여준 위용을 생각하면 아쉬운 일이었다.

[이걸론 부족하지?]

"솔직히 말씀드리면…… 그렇습니다."

〈올림포스〉는 강력하지만, 이들만으로 묵시룡을 막기는 불가능했다.

'최초의 꼬리짓'이 원작의 묘사 그대로라면 지금의 전력만으로는 꼬리짓의 첫 번째 충격파를 견뎌내기도 힘들 것이다.

그리고 누군가의 진언이 들려왔다.

[내 옛 동료들도 돕겠다는군, 구원의 마왕.]

북쪽의 하늘에서 빛이 일었다.

[성운, 〈베다〉의 성좌들이 시나리오에 현현했습니다!]

황홀한 불길과 함께, 먹구름을 꿰뚫고 나타난 성좌들이 있었다. 그들의 외양을 보는 순간, 머릿속에서 멸살법의 페이지가 넘어갔다. 언젠가 만날 것이라 예상은 했지만, 이런 식으로 만날 줄은 몰랐던 존재들.

'야차신왕夜叉神王', 쿠베라.

'정화의 불꽃', 아그니.

거기다 '그치지 않는 폭풍', 바유까지.

모두 '지고한 빛의 신' 수르야와 함께 〈베다〉의 '로카팔라'에 소속되어 있던 설화급 성좌였다.

　[묵시룡이란 녀석은 어디에 있지?]

　[오랜만에 괜찮은 설화를 얻을 기회로군.]

　[인드라 녀석은 부상이 심해서 오지 못했다.]

　그것이 시작이었다.

[성운, <파피루스>의 성좌들이 시나리오에 현현했습니다!]

　동쪽의 하늘에서.

[성운, <수호의 나무>의 성좌들이 시나리오에 현현했습니다!]

　다시 서쪽의 하늘에서.

[성운, <아스가르드>의 성좌들이 시나리오에 현현했습니다!]

[성운, <십이지>의 성좌들이 시나리오에 현현했습니다!]

……．

　한때 적이던 성좌들이 〈스타 스트림〉의 재앙 앞에 하나둘 모이고 있었다.

　눈부신 별들의 현현에 유중혁과 한수영을 비롯한 〈김독자 컴퍼니〉 동료들이 내 곁에 붙어섰다. 다들 긴장한 얼굴이었다.

　"주눅 들 필요 없습니다. 우리도 이제 저들 중 하나니까."

실제로 우리를 보는 성좌들의 시선은 예전과 달랐다. 처음 〈김독자 컴퍼니〉가 만들어졌을 때 우리에게 쏟아진 시선이 경멸이나 멸시에 가까웠다면, 이제 그들의 눈빛은 시기에 가까웠다.

〈김독자 컴퍼니〉는 스스로의 힘으로 여기까지 왔다.

다시 스스로의 힘으로 '마지막 시나리오'까지 나아갈 것이다.

아직 대전장에 합류하지 않고 있던 국지전장의 성좌들까지 합류하자, 이제 모여든 성좌는 오백이 훌쩍 넘었다.

그런데 새로 합류한 녀석들에게 정신적인 문제가 있었다.

[고작 용 한 마리에 무려 거대 설화라니. 한참 남는 장사로군.]

[모두 꺼져라. 묵시룡은 우리 성운에서 사냥하겠다.]

[아뇨, 저 묵시룡은 우리 〈수호의 나무〉가 처리하겠습니다.]

[수르야, 우릴 저 묵시룡까지 태워주겠어요?]

이야기를 들은 수르야가 어처구니없다는 표정을 지었다.

[미친놈들이군. 방금 무슨 일이 있었는지 보지 못한 건가?]

[아아, 봤죠. 그 이상한 시나리오 연출.]

그 말을 한 것은 국지전장에서 막 합류한 '새벽 별의 여신' 바카리네였다.

[고작 일개 괴수종이 그런 격을 가질 턱이 없잖아요, 수르야. 〈베다〉에서 탈퇴하더니 코인이 궁했던 모양이죠?]

[그건 연출이 아니었─]

[열차 기관장께선 겁먹으신 것 같으니 우리끼리 공략 들어

갑시다.]

〈스타 스트림〉의 모든 성좌가 묵시룡을 아는 것은 아니었다. 묵시룡이 부활한 것은 이미 수만 년도 더 전의 이야기니까.

어떤 신화는 성좌들에게도 까마득한 옛날의 일인 것이다.

재앙을 겪은 이도, 재앙 후에 태어난 이도 모두 재앙을 잊기에 충분한 시간.

메타트론이 경고하듯 입을 열었다.

[다들 진정하십시오. 독단적인 행동은 곤란합니다. 저 묵시룡은—]

[그쪽은 찌그러져 있어. 당신이 한 짓 때문에 '성마대전'의 설화가 통째로 날아갔으니까.]

그리고 기다렸다는 듯 시스템 메시지가 떠올랐다.

['묵시록의 최후룡'이 활동을 시작했습니다!]

3

〈스타 스트림〉의 사분의 일이 궤멸한다.

그야말로 어마어마한 페이즈 정보였다.

그런데 시나리오 메시지를 읽은 성좌들은 여전히 긴가민가하는 투였다.

[사분의 일이 죽어? 관리국도 농담을 할 줄 아는군.]

[도깨비놈들도 뻥카가 늘었다니까.]

성좌는 대부분 시나리오를 진행하기보다는 시나리오를 관람하는 데 익숙한 자들이었다.

자신의 삶을 위로받기 위해 다른 이의 이야기를 착취하는 존재들.

그들은 도깨비의 고객이고, 그렇기에 관리국이 그들 모두를 절멸시킬 시나리오를 만들 턱이 없다고 믿었다.

하지만 아직 모르고 있었다. 이 세계의 어떤 이야기는, 관객조차 시나리오의 대상으로 만든다는 것을.

대기권 너머에서 힘을 비축하는 묵시룡을 향해 성좌들이 일제히 도약했다.

[거대 설화는 우리 것이다!]

성좌들의 눈동자에 탐욕이 내비쳤다.

「묵시록의 최후룡」은 '성마대전'을 대체하는 시나리오.

만약 여기서 '묵시룡'을 쓰러뜨릴 수만 있다면, 최강의 '거대 설화'를 얻게 될 것이다.

그 움직임에 조급해졌는지, 기존 성운의 성좌들도 일제히 대기권으로 도약했다.

[성좌, '새벽 별의 여신'이 자신의 격을 해방합니다!]

[성좌, '야차신왕'이 자신의 격을 해방합니다!]

가장 먼저 나선 이들은 '새벽 별의 여신' 바카리네와 '야차 신왕' 쿠베라였다.

[성운, <수호의 나무>가 소속 성좌에게 개연성을 할당합니다!]
[성운, <베다>가 소속 성좌에게 개연성을 할당합니다!]

멀어지는 성좌들을 보며 일행들의 표정이 다급해졌다.
"우리도 가야 하는 거 아니에요?"
"절대로 안 됩니다."
나는 신신당부하듯 말했다.
부나방처럼 뛰어든 성좌들을 제외하고, 연식이 오래된 대부분의 성좌는 우리처럼 자리를 지키고 있었다. 이 싸움의 결과를 알고 있는 듯했다.
시치미를 뚝 뗀 채 상황을 지켜보는 메타트론에게 내가 물었다.
"메타트론. '묵시룡의 봉인구'를 만들 겁니까?"
나를 물끄러미 내려다보던 메타트론이 온화하게 웃었다.
[물론 그럴 겁니다. 1,863회차에서도 그랬으니까요. 세상에 악이 도래했으니 이제 모두를 구해야 하지 않겠습니까.]
몇 시간 전까지 서로 목숨을 노리고 대치했던 건 까맣게 잊었는지, 메타트론의 눈빛은 성스러운 빛으로 물들어 있었다. 예전부터 이상한 낌새를 느끼긴 했는데, 이렇게 보니 진짜로 미친 것 같다.

"그 계획이 성공하면 당신도 목숨을 잃을 텐데요. 그러면 세상에 '선'은 사라질 겁니다."

[제가 사라지는 것이지, 선이 사라지는 건 아닙니다.]

벽창호와 얘기하는 기분이었다. 나는 고개를 절레절레 흔들며 돌아섰다.

뒤쪽에서 비유만큼 작아진 '심연의 흑염룡'과 그런 흑염룡을 쓰다듬고 있는 한수영이 보였다.

지친 흑염룡이 허공을 향해 작은 불길을 토했다.

한수영이 말했다.

"김독자."

"왜."

"너 뭐 얘기 안 한 거 있지?"

나는 잠깐 멈칫했다가 되물었다.

"뭔 소리야?"

"아니, 수상하잖아. 평소의 너라면 정보부터 다 공유하고 시작했을 텐데…… 너 이번 시나리오에 대해선 왜 정확히 말을 안 해?"

눈을 가늘게 뜬 한수영이 나를 노려보며 말을 이었다.

"이길 방법이 있기는 한 거지?"

"있어."

"확신할 수 있어? 또 이상한 방법 쓰려는 건 아니고?"

"이상한 방법이 뭔데?"

한수영이 손가락으로 자신의 목을 콱 그었다.

내가 웃으며 답했다.

"걱정 마. 안 그럴 거야."

하지만 한수영은 전혀 납득한 얼굴이 아니었다.

말을 보탠 것은 신유승이었다.

"아저씨, 그럼 저 성흔은 왜 켜놓은 거예요?"

[성흔, '희생의지 Lv.8'가 발동 중입니다!]

내가 만든 유일한 성흔이, 허공에서 메시지를 띄우며 일행
들 몸에 힘을 불어넣고 있었다.

정희원이 말했다.

"이제 끄면 안 돼요? 아까부터 계속 거슬리는데."

"게다가 성흔 레벨은 또 왜 이렇게 높담……."

이지혜도 투덜거렸다.

나는 변명하듯 말했다.

"이건 그냥 여러분의 힘을 증폭하려고 켜둔 것뿐이에요. 진
짜로 이상한 생각은 없습니다."

그러자 이길영이 끼어들었다.

"근데 그 성흔, 동료를 위해 희생하려 할 때만 발동하는 거
잖아요."

"아저씨 지금 우리 속이려는 거지?"

"설마 독자 씨 또……."

일행들에게서 일어나는 무시무시한 살기에 주변 성좌들이

흠칫 몸을 떨었다. 멀리서 상황을 지켜보던 유중혁이 칼을 뽑고 있었다.

나는 다급히 묵시룡 쪽을 가리켰다.

"잠깐만요. 지금 그런 거 신경 쓰실 때가 아닙니다. 저기 재밌는 구경거리 있으니까 다들 저거 보세요."

유성처럼 뻗어나간 성좌들의 꼬리가, 마침내 묵시룡의 지척에 다다르고 있었다.

"이제 저 친구들, 다 죽을 거예요."

"다들 준비해라. 곧 시작된다."

유중혁도 흑천마도를 뽑으며 말을 이었다.

"놈의 꼬리짓은 총 3단계로 이루어져 있다. 강력한 재앙인 만큼, 세 번에 걸친 충격파가 날아올 거다."

"세 번이나 온다고요?"

이지혜의 물음에 내가 대신 첨언했다.

"충격파는 시발점에서 가까울수록 상쇄가 쉬워. 그리고 처음 두 번은 죽어라 노력하면 버틸 만한 정도니까 너무 걱정하지 마."

중요한 것은 '세 번째 충격파'다.

그리고 그것을 막아내지 못하면 우리는 모두 죽고 〈스타 스트림〉의 사분의 일이 날아갈 것이다.

멀리서 성좌들과 묵시룡이 충돌하는 모습이 보였다. 바카리네가 쏘아 보낸 빛의 파랑이 묵시룡에게 직격했고, 쿠베라의 거환도가 묵시룡의 등을 베었다.

묵시룡의 꼬리가 움직인 것은 바로 그 순간이었다.

['최초의 꼬리짓'이 시작됩니다!]
['첫 번째 충격파'가 발현합니다!]

순간 무슨 일이 벌어진 것인지 알 수 없었다.

멀리서 새파란 빛이 터졌다. 고도로 응축된 스파크라는 것을 깨달은 것은 차후의 일이었다.

〈스타 스트림〉의 개연성을 너무나 끌어 쓴 까닭에, 후폭풍 그 자체가 되어버린 파멸의 전격.

저것이 바로, 묵시룡의 꼬리가 만든 '첫 번째 충격파'였다.

[이깟 것, 이깟 것 따위 —]

쿠베라가 반항하며 소리쳤고, 바카리네가 놀라서 소리를 질렀다.

묵시룡에게 도전한 수십의 성좌들이 동시에 자신의 격을 방출했다. 그리고.

뭔가가 부서졌다.

[성좌, '새벽 별의 여신'이 소멸했습니다.]
[성좌, '야차신왕'이 소멸했습니다.]
[성좌, '깊은 밤의 늑대'가 소멸했습니다.]
……

빗발처럼 쏟아지는 간접 메시지.

일대의 별들이 대폭발을 일으키며 동시에 산화하고 있었다.

이지혜가 멍한 목소리로 중얼거렸다.

"저게 버틸 만하다고?"

대답할 말이 없었다. 나도 실제로 꼬리짓을 목격한 것은 이번이 처음이기 때문이었다.

성좌들을 불태우며 체구를 더욱 불린 전격파는 〈스타 스트림〉 전역으로 뻗어나갈 준비를 마쳤다.

그리고 그 시작점에 우리가 있었다.

[미친, 달아나!]

겁에 질린 몇몇 성좌가 몸을 틀었다.

하지만 지금 달아난다고 달아날 수 있는 공격이 아니었다.

나는 진언으로 소리쳤다.

[모두 진정하세요. 막아낼 방법은 있습니다.]

[미친 소리 하지 마! 저거 못 봤어?]

[꼬리짓이 만든 충격파는 같은 속성의 격으로 흡수하거나, 반대 속성의 격으로 무화할 수 있습니다. 그걸 버틸 개연성만 있다면 말입니다.]

번져오는 전격파의 속도가 점점 빨라졌다. 가속이 붙은 전격파가 이내 우리를 삼켜버리겠다는 듯 탐욕스러운 이빨을 드러냈다.

[모두 비켜라.]

그리고 앞으로 나온 성좌가 있었다.

전신에 눈부신 번개를 두른 그 성좌는 자신의 성유물인 거대한 망치를 하늘 높이 치켜들고 있었다.

[나는 오딘의 아들, 목요일의 천둥.]

언젠가 미식협에서 만난 '목요일의 천둥', 토르였다.

[이곳에서 묵시룡의 천둥을 묻겠다!]

성유물 묠니르에 내리치는 벼락이 꽂혔다. 바이킹 같은 기상으로 달려나간 그는, 일말의 두려움도 없이 묵시룡의 전격파에 몸을 던졌다.

츠츠츠츠츠츳!

놀랍게도 그는 전격파를 견뎌냈다. 몰려오던 전격파의 대부분이 망치 묠니르에 쏠리고 있었다. 번개를 받는 피뢰침처럼 그가 고통으로 몸부림쳤다.

〈아스가르드〉의 모든 성좌가 토르에게 개연성을 빌려주고 있었다.

[오 오 오 오 오 오 오 ─!]

토르의 혈관이 불거지고 충혈된 눈이 튀어나왔다. 조각 같던 근육이 전격으로 새카맣게 물들고 있었다.

첫 번째 충격파는 꼬리짓 자체가 아니라 꼬리짓에서 비롯된 부산물에 불과했다. 그런데 고작 그 부산물만으로, 설화급 성좌가 비참하게 죽어가고 있었다.

[으아아아아아아아아!]

견디지 못한 토르가 마침내 망치를 놓으려는 순간, 누군가 그 망치를 함께 잡았다.

[북유럽 신화에는 별 흥미가 없었는데, 제법이군.]

그는 전혀 뜻밖의 성좌였다.

토르가 경악하며 외쳤다.

[놔라! 네놈 따위가 잡을 수 있는 망치가 아니다! 네놈은 번개를 다룰 수도 없지 않느냐!]

[나도 조금은 할 수 있어. 아버지가 번개의 신이거든.]

번개의 좌의 계승자.

제우스가 떠난 후 디오니소스가 〈올림포스〉의 계승자가 된 게 맞는 모양이었다. 〈올림포스〉에서 번개의 격을 계승할 수 있는 것은 오직 제우스의 후계뿐이니까.

[설화, '번개의 사육제'가 이야기를 시작합니다!]

언젠가 내가 물려받을 수도 있었던 그 설화가, 디오니소스의 전신에서 용솟음쳤다. 허리춤에 찬 포도주를 벌컥벌컥 들이켠 디오니소스가 짜릿한 비명을 질러댔다.

[끄아아아아— 좋다!]

번갯불에 지져지면서도 디오니소스는 웃었다.

〈아스가르드〉와 〈올림포스〉의 합작.

동료 성좌들이 몰아준 설화의 힘으로 그들은 버텼다. 하지만 그것도 오래가지 않았다. 범람하는 묵시룡의 격은 이내 두 성운을 합한 것보다도 더 커졌다.

수르야가 침음했다.

[이럴 때 인드라가 있었다면…… 그 동네북이 그리워질 줄이야.]

원작에서 첫 번째 충격파는 번개의 3신에 의해 중화된다.

그런데 하필 〈김독자 컴퍼니〉가 인드라를 쓰러뜨리는 바람에, 3신 중 하나인 인드라의 자리가 공석이 되고 말았다.

[번개를 다룰 수 있는 성좌는 더 없는가!]

본래 여기서 나설 생각은 아니었지만 방법이 없었다.

"제가 돕겠습니다."

['마왕화'를 발동합니다!]

나는 번개의 성좌는 아니다. 하지만, 비슷한 걸 사용할 수는 있다.

[5번 책갈피가 활성화됐습니다!]
[전용 스킬, '전인화 Lv.23(+13)'가 활성화됐습니다.]
[현재 당신의 육체 구성이 해당 등장인물의 육체 구성과 상이합니다.]
[당신의 '격'이 육체 조건의 페널티를 극복합니다.]

전신을 휘감은 백청의 무공.

나는 눈부신 전운을 흩뿌리며 토르와 디오니소스의 곁에 합류했다.

[거대 설화, '마계의 봄'이 이야기를 시작합니다.]

[거대 설화, '신화를 삼킨 성화'가 이야기를 시작합니다.]

두 개의 거대 설화가 나를 지지했고, 전격의 폭풍이 나를 덮쳤다.

이걸 짜릿하다고 말하다니, 디오니소스는 제정신이 아니다.

[한잔하면 버틸 만해. 마실래?]

그렇게 말하는 디오니소스는 하반신 전체가 검게 물들어 있었다.

이미 숯 검댕이 되어버린 토르가 낄낄 웃었다.

[구원의 마왕, 여기서 같이 죽게 생겼군.]

[너랑 같이 죽는다면 그것도 괜찮은 이야기가 되겠어. 다 같이 널리 남는 구전 설화가 되자고.]

[흠, 그럼 그건 〈아스가르드〉의 설화인가, 아니면 〈올림포스〉의 설화인가?]

[헛소리들 그만하시고 집중하시죠.]

손바닥부터 아득한 통증이 밀려왔다. 나는 토르, 그리고 디오니소스와 함께 밀려오는 전격을 둑처럼 막아섰다.

이윽고 첫 번째 충격파의 기세가 조금씩 줄어들기 시작했다.

어떻게든 이것만 버티면 된다. 조금만 더, 조금만 더.

하지만 충격파가 줄어드는 속도보다 우리가 밀리는 속도가 더 빨랐다.

디오니소스가 소리쳤다.

[빌어먹을, 넘친다―!]

여기서 전력이 방전되면 뒤쪽의 동료들은 모두 끝장나고 만다.

그것을 알고 있는데도 막을 방법이 없었다. 동료들에게 피하라고 외치려던 바로 그때.

누군가의 손이 무너지려는 둑을 받쳤다.

전격의 신이 또 남아 있었나?

그럴 수도 있다. 세계 광포 설화에는 전격을 다루는 존재가 제법 있으니까. 하지만 당장 떠오르는 이름은 없었다. 심지어 전격을 흡수하는 속도가 나와 토르, 디오니소스의 수준을 훨씬 상회하고 있었다. 대체 어디서 이런 성좌가…….

[수련을 게을리한 모양이구나. 아직 이 정도 전격도 받아내지 못하는 수준이라니.]

목소리를 듣는 순간 헛웃음이 나왔다.

놀란 토르가 물었다.

[네놈은 누구냐? 너 같은 성좌는 처음 보는데.]

그 말에 고고한 격이 물결치며 분노를 토해냈다.

보통 미남은 얼굴이 작다고들 하는데, 그렇게 따지면 세계에 이 사내보다 미남은 존재하지 않을 것이다.

[나는 성좌가 아니다.]

멍청하게도 잊고 있었다. 〈스타 스트림〉에서 가장 전격을 잘 다루는 존재는 성좌가 아니라 바로 이 사내라는 것을.

허공에 흐트러진 하늘빛 머리카락에서 영롱한 백청의 전격이 폭발했다.

[나는 키리오스 로드그라임. 이 게으른 제자 녀석의 스승이다.]

＊

4

키리오스의 합류와 함께 첫 번째 충격파는 점차 상쇄되어
갔다.

거기다 키리오스 이후에 합류한 일부 성좌가 연성을 빌려
주기 시작하면서, 처음으로 성좌들의 개연성이 묵시룡의 충격
파를 넘어서는 순간이 찾아왔다.

[우오오오오오오—!]

전격파에 그을려 새카맣게 변한 토르와 디오니소스가 반쯤
돌아버린 목소리를 냈다. 디오니소스는 얼마나 포도주를 마셔
댔는지 까맣게 탄 몸에 얼굴만 붉게 달아올라 있었다.

[술이 넘어간다 쭉쭉쭉쭉쭉!]

[〈올림포스〉산 술맛이 궁금하군. 나도 좀 줘보게!]

그렇게 첫 번째 충격파의 후폭풍이 꺼질 즈음, 두 성좌는 완

전히 고주망태가 되어 있었다.

한심한 눈길로 그들을 보던 키리오스가 물었다.

[제자여, 저놈들도 네 동료인가?]

"남입니다."

[첫 번째 페이즈가 종료됩니다.]

[축하합니다. '최초의 꼬리짓'의 첫 번째 충격파를 무사히 견뎌냈습니다!]

해냈다. 저 빌어먹을 '꼬리짓'의 첫 번째를 견뎌낸 것이다.

나는 뒤를 돌아보았다.

"모두―"

말을 이을 수가 없었다. 황폐해진 전장 곳곳에 전격파에 탄 시체들이 강을 이루고 있었다. 누군가는 우리가 막아내지 못한 전격에 휩쓸렸고, 누군가는 인근의 후폭풍을 감당한 것만으로 화신체가 터져버렸다.

오백은 족히 넘던 성좌들이 방금의 일전으로 인해 절반 이하로 줄어들었다. 거짓말 같은 죽음이었다.

이걸 버텼다고 말할 수 있을까.

겨우 첫 번째에서 이 정도인데 두 번째와 세 번째는 어떨 것인가.

고개를 들자, 발광하듯 밤하늘을 밝히는 별들의 메시지가 보였다.

[절대다수의 성좌가 시나리오의 난이도에 경악합니다!]
[다수의 성좌가 관리국에 해당 시나리오의 개연성을 항의합니다!]
[일부 성좌가 있을 수 없는 시나리오라고 주장합니다!]
[다수의 성운이 시나리오 취소를 요청합니다!]

시나리오 취소라.
아직도 그런 망상을 하는 녀석들이 있다니 우스웠다.

[해당 시나리오는 취소되지 않습니다.]
[시나리오 지역 내 모든 성좌는 다음 페이즈에 대비하기 바랍니다.]

멸망은 계속된다.
 경악하는 성좌들의 메시지가 이어지는 한편, 반대쪽 하늘에
서는 여전히 후원 세례가 이어지고 있었다.

[성좌, '번개의 좌'가 당신을 들여다봅니다.]
[성좌, '해역의 경계를 긋는 창'이 당신을 노려봅니다.]
[성좌, '흙으로 사람을 빚은 대모신'이 당신이 얻을 설화에 관심을 가
집니다.]
[마지막 시나리오의 성좌들이 당신을 주목합니다.]
[마지막 시나리오의 성좌들이 당신의 활약에 흥미로워합니다.]
[3,000,000코인을 후원받았습니다.]

'번개의 좌' 제우스, '해역의 경계를 긋는 창' 포세이돈, 거기다 '흙으로 사람을 빚은 대모신' 여와를 비롯한 '마지막 시나리오'의 성좌들.

시나리오에 참여하지는 않았으나, 애초에 이번 사태로 위협을 느끼지도 않는 〈스타 스트림〉의 최정상에 군림하는 존재들이 그곳에 있었다.

〈스타 스트림〉 최종 시나리오 지역은 이번 '최초의 꼬리깃'의 파괴 구역에서 제외된다.

이 세계의 '결'을 앞둔 그들에게는 동료 성좌들의 파멸조차 일개 유희에 지나지 않는 것이다.

[10분 뒤, 두 번째 페이즈가 시작됩니다!]

막간의 십 분. 나는 한숨을 돌리며 키리오스를 바라보았다.

예전보다 훨씬 웅장해진 키리오스의 격.

"그간 또 새로운 깨달음을 얻으셨나 봅니다."

[그걸 알아볼 정도는 된 모양이구나.]

투덜거리는 키리오스의 말투에 가시가 돋쳐 있었다. 얼굴만 유중혁 뺨치는 게 아니라 말투도 성격도 유중혁 뺨치는 스승이다.

냅다 뛰어온 이지혜가 내 어깨를 흔들며 말했다.

"아저씨! 전기 오징어구이 되는 줄 알았잖아!"

넌 꼭 비유를 해도…….

"키리오스 할아버지! 우리 대사부는요? 같이 안 오셨어요?"

[파천검성은 일이 있어서 늦을 것이다.]

차가운 목소리로 대답한 키리오스가 내 쪽을 흘겨보다가 고개를 돌렸다.

[지금쯤 내 제자 놈이 반쯤 죽어 있을 것 같아서 서둘렀다. 그런데 생각보단 멀쩡하구나.]

아쉽다는 건지 다행이라는 건지 모를 말투였다.

"조금 더 늦게 오셨다면 반쯤 죽은 게 아니라 그냥 죽었을 겁니다. 그보다, 이제 두 번째 페이즈를 대비해야 합니다."

내 말과 함께 유중혁이 기다렸다는 듯 다가왔다.

"「하르마게돈」의 구전에 따르면 '두 번째 충격파'의 속성은 염열炎熱이다."

멀찍이 보이는 묵시룡의 꼬리가 붉게 달아올라 있었다. 아주 천천히 움직이는 것처럼 보였지만, 사실 저 꼬리는 엄청난 속도로 진동하고 있었다.

시공간의 축을 비틀어버릴 정도로 강력한 마찰열.

새카맣게 익은 내 손목을 잡으며 신유승이 입을 열었다.

"아저씨. 다음 페이즈에는……."

신유승과 이길영. 아이들의 결연한 눈을 보는 순간, 그들이 무슨 말을 할지 깨달았다.

유중혁이 끼어들었다.

"너희 둘은 안 된다."

그 냉정한 선포에 아이들이 즉각 반발했다.

"왜요? 우리도 〈김독자 컴퍼니〉예요!"

"네가 뭘 알아 시키면 놈아! 너한테 물어본 것도 아니거든?"

이길영의 도발에도 유중혁은 무뚝뚝한 표정으로 답했다.

"의지의 문제가 아니라 효율의 문제다. 너희는 '화염' 속성을 가진 성흔이나 스킬이 없다."

충격파를 상쇄하기 위해서는 같은 속성의 '격'이 필요하다. 하지만 신유승이나 이길영에게는 화염 계통 스킬이 없었다.

분한 듯 어깨를 떨던 이길영이 외쳤다.

"그럼 너도 못 싸우겠네! 너도 그런 거 없잖아!"

"나는 있다."

유중혁은 한쪽 입꼬리를 올리며 자신의 검을 들었다.

다음 순간 '흑천마도'의 칼날 위에 불꽃 강기가 덧씌워졌다.

[등장인물 유중혁이 '열화신검 Lv.???'을 발동 중입니다.]

"이, 이……!"

나는 울먹거리는 이길영의 어깨를 토닥여주었다.

원작에서도 명시되어 있듯, 유중혁이 가지지 못한 속성은 거의 존재하지 않는다.

그런데 저 자식, 생각해보니 전격 속성도 가지고 있는데 왜 처음부터 도와주지 않은 거지?

유중혁이 나를 향해 눈을 가늘게 뜨고 있었다.

"네놈이 돕지 말라고 징징댄 건 잊었나?"

"아, 그랬지 참."

말하고 나서 흠칫했다.

이 자식, 말도 안 했는데 어떻게 내 속내를 읽었지?

"다음 페이즈에 참가할 성좌를 발표하겠다."

어느새 성좌들 중심에 선 유중혁이 선별을 시작했다.

❊ ❊ ❊

〈스타 스트림〉에 역대급의 재앙이 찾아왔고, 성좌들은 처음으로 온전한 죽음에 노출되었다.

유중혁의 지휘 아래, 자존심 강한 성좌들이 하나둘 전선에 배치되었다.

[그대는 회귀자라고 들었다. 이 상황에 대한 정보도 알고 있는 건가?]

"물론."

성좌들의 동공에 희미한 신뢰가 감돌았다. 위급한 상황일수록 정보는 권력이 된다. 성좌들 사이에 퍼져 있던 유중혁에 대한 소문이, 유중혁의 통제력에 힘을 실어주고 있었다.

순식간에 전력 배치를 끝낸 유중혁이 전선의 중심에 섰다.

그 모습을 보며 한수영이 중얼거렸다.

"패왕은 패왕이네."

곁에서 검을 닦던 정희원도 고개를 끄덕였다.

"확실히 인정할 수밖에 없는 부분이 있지."

"분하지만 〈한수영 코퍼레이션〉 다음으로 우리 성운에 어울리는 이름은 〈유중혁 컴퍼니〉일지도 모르겠어."

"대표가 바뀌기 전에 일단 노조부터 설립해야겠는데."

"노조라……."

한수영이 피식 웃으며 정희원을 보았다.

이번 '염열파'의 선발대에는 두 사람도 함께였다. 흑염룡의 [흑염]에는 홍염의 격이 담겨 있고, 우리엘의 [지옥염화]에도 지옥불의 힘이 새겨져 있다. 그러니 두 사람은 이번 전선의 최고 주력인 셈이었다.

"너랑 같이 싸우게 될 줄은 몰랐네."

"피차 마찬가지야."

정희원이 '심판자의 검'에 붙은 잔여 먼지를 후후 불어 털어냈다.

무광택의 단단한 칼날. 한수영은 오래전 '별의 증명'의 무대에서 저 검과 맞선 적이 있다. 그 후 정희원과 단둘이 이야기를 나눈 적은 없었다. 서로 딱히 할 말이 없기 때문이기도 했고, 그런 부류의 말재간에는 재능이 없기 때문이기도 했다.

하지만 그런 한수영도 이번만큼은 정희원에게 묻지 않을 수 없었다.

"근데 그건 왜 짊어지고 다니는 거야?"

"아, 이거."

정희원은 자신의 등에 매달린 거대한 덩어리를 보다가 쓰게 웃었다.

철골로 만든 십자가에 둘둘 묶인 이현성이 매달려 있었다.

"이렇게 해줘야 보호할 수 있어."

"이미 성스러운 죽음을 맞이한 것처럼 보이는데? 십자가는 어디서 난 거야?"

"내 배후성."

[성좌, '악마 같은 불의 심판자'가 흐뭇하게 고개를 끄덕입니다.]

"뭔가 신성 모독적인 비주얼인데. 우리엘 진짜 천사 맞아?"

"뭐, 마왕도 저 모양이니까."

두 사람의 시선이 동시에 전열의 뒤쪽을 향했다.

전열 밖 성좌들 무리에 김독자가 있었다. 음울한 얼굴로 바닥에 손가락을 대고 있는데, 무언가 끄적이는 눈치였다.

한수영이 말했다.

"유서라도 쓰는 건가?"

"그럴지도 몰라. 저거 죽기 직전에 짓는 표정이잖아."

끔찍하다는 듯 정희원이 이를 갈았다.

"또 그런 일이 벌어지면 이번엔 진짜—"

['최초의 꼬리짓'이 재개됩니다!]

그리고 전방에서 커다란 빛이 터져나왔다.

"준비."

유중혁의 신호와 동시에 성좌들이 일제히 병장기를 그러쥐었다.

[성좌, '악마 같은 불의 심판자'가 경고합니다!]

환하게 작열하는 염열파. 하늘과 땅을 가리지 않고 모조리 불태워버리는 자욱한 홍염에 한수영은 질린 기색이었다.
"제기랄, 염룡이 자식이 지지만 않았더라도……."

[성좌, '심연의 흑염룡'이 놈을 너무 얕봤다고 말합니다.]
[성좌, '심연의 흑염룡'이 처음부터 양손으로 싸웠다면…….]

"닥쳐!"
그리고 염열파가 성좌들을 삼켰다.
쿠구구구구!
범람하는 염열파의 중심에서 한수영은 필사적으로 [흑염]을 발동했다. 흑염룡의 격이 그녀의 전신에 깃들며, 염열파의 열기가 몸속으로 빨려들었다. 머릿속이 하얗게 변하며 지금껏 쌓아온 설화들이 녹아버리는 느낌이 들었다.
김독자가 이런 걸 버텼다고?
그나마 위안이라면 곁에 정희원이 있다는 점이었다.
아니, 정희원뿐만 아니라 불에 관해서 둘째가라면 서러울 성좌들이 그녀의 곁을 지키고 있었다.

가장 대표적인 이는 전방에서 불꽃을 받아내는 '정화의 불꽃' 아그니였다.

아그니는 신화급 3신을 제외하면 〈베다〉 최강의 성좌 중 하나였다. 강력한 성좌답게 막강한 힘을 쏟고 있는지, 아예 전신이 불꽃으로 화해 염열파를 견뎌내는 중이었다. 심지어는 눈이 하얗게 돌아가면서……

"저 자식 불타고 있잖아!"

타닷, 하는 소리와 함께 아그니의 몸이 잿더미로 부서지기 시작했다.

그것을 기점으로 곳곳에서 성좌들의 비명이 들려왔다.

[끄아아아아악—!]

라인이 밀리고 있었다. 전격파를 상대할 때보다 훨씬 빠른 속도였다.

염열파에 녹아내린 성좌들이 몸부림치며 고통을 호소했고, 불길은 그런 성좌들을 장작 삼아 더욱더 강렬한 화마를 일으켰다.

밀린다.

격으로 보호하고 있는 두 눈이 익어버릴 것 같았다. 밀려오는 열기에 숨쉬기가 힘들어졌다. 어느새 염열파는 한수영의 지척까지 와 있었다.

정희원이 숨을 몰아쉬며 외쳤다.

"우리엘!"

우리엘과 흑염룡의 힘이 더해지며 일시적인 방호벽이 구축

되었다. 염열파는 한순간 주춤거리는 듯했지만, 이내 조금씩 그들을 밀어내기 시작했다.

한수영과 정희원은 어깨를 맞댄 채 버텼다. 흑염룡도 우리엘도 조금씩 힘이 빠지고 있었다.

애초에 흑염룡은 '용의 제전'에서 힘을 많이 소비한 상태였고, 〈에덴〉의 반파로 개연성을 나눠 받지 못한 우리엘도 상황은 비슷했다.

[성운, <베다>가 개연성의 일부를 회수합니다.]
[성운, <파피루스>가 개연성의 일부를 회수합니다.]

개연성을 공급하던 성운들도 하나둘 철수하고 있었다.

당연한 일이었다. 그들이 가진 거대 설화 이상의 개연성을 사용하면, 성운들은 이번 거대 설화를 얻어도 남는 것이 없다.

묵시룡에 의해 멸망하든 개연성의 후폭풍으로 멸망하든 성운 입장에서는 마찬가지였다.

핏자국을 남긴 채 말라비틀어진 입술을 깨물며 한수영이 말했다.

"젠장, 김독자 걱정할 때가 아니었네."

"내 걱정?"

한순간 청량감이 흐른다 싶더니, 익숙한 힘이 둘의 등을 감싸왔다.

한수영이 투덜거렸다.

"유서는 다 쓴 거냐?"

"뭔 소리야?"

[성운, <김독자 컴퍼니>가 개연성을 제공합니다.]

〈스타 스트림〉에서 개연성은 곧 바람이다. 모든 이들이 포기한 이야기를 끝까지 포기하지 않는 마음. 아직 이 시나리오를 포기하지 않은 소수의 소망이 그들을 지탱하고 있었다.

한수영이 쓰게 웃었다.

"미련하긴. 다들 그냥 도망가지 그랬어?"

"가긴 어딜 가겠어요."

이지혜의 '터틀 드래곤'이 화포를 쏘며 전진했다. 미래 기술이 집약된 '터틀 드래곤'의 철갑이 무너지는 정희원과 한수영을 대신해 염열파를 받아냈다.

[거대 설화, '넥스트 시티'가 부서지고 있습니다.]

홀로 불길을 견디는 이지혜가 고통에 몸부림쳤다. 아무리 '터틀 드래곤'이 강력한 설화병기라 해도, 이런 상황을 대비해 제작된 전함은 아니었다.

한수영이 절망적으로 외쳤다.

"망할! 아무라도 좋으니까 빨리 와서 도와! 불 속성 가진 놈들 많잖아!"

하지만 밤하늘에는 응답하는 이가 없었다.

[절대다수의 성좌가 성운, <김독자 컴퍼니>를 응시합니다.]
[절대다수의 성좌가 염열파로부터 대피합니다!]
[마지막 시나리오의 성좌들이 시나리오를 지켜봅니다.]

약한 성좌들은 두려움에 달아나기 바빴고, 고강한 성좌들은 이 구경거리를 놓치고 싶지 않은 모양이었다.

"진짜 우리뿐이야?"

'터틀 드래곤'의 외피가 녹았고, 열화신검을 발동한 유중혁이 쓰러진 이지혜를 업었다.

주변의 모든 것을 태워버린 염열파가 다시 한번 범람했다. 이번에는 막아낼 수 없는 크기였다.

우리엘도, 흑염룡도, 해상전신도, 심지어는 키리오스나 저 유중혁이라 해도…….

"버텨주셔서 감사합니다."

그리고 김독자가 말했다.

"이제 괜찮습니다. 좀 헷갈렸어요. 저도 처음 해보는 거라."

그게 무슨 소리냐고 물으려는 순간, 뒤쪽의 바다에서 뭔가가 솟아났다. 아까 김독자가 쪼그려 앉아 있던 자리였다.

바닥에 넓게 펼쳐진 어둠의 육망성. 그 육망성 위로 뭔가가 소환되고 있었다.

콰콰콰콰콰콰!

밀려드는 염열파를 그대로 받아내는 거체.

한수영이 눈을 크게 떴다.

"플루토?"

거신병 플루토였다. 그런데 그냥 플루토가 아니었다. 아무리 플루토라고 해도, 단신으로 저 염열파를 버틸 수 있을 리 없었다.

콰아아아아아!

플루토에 탑승한 누군가가, 설화급 성좌들조차 견디지 못한 염열파를 단신으로 받아내고 있었다.

플루토에 쥐어진 서슬 퍼런 낫을 보는 순간, 한수영은 그게 누군지 깨달았다.

설화병기 플루토는 본래 김독자의 것이 아니었다.

[거대 설화, '명계'가 이야기를 시작합니다.]

오직 소수만이 바라는 이야기라 해도, 그 소수가 누구냐에 따라 개연성의 크기는 달라진다. 그리고 지금 나타난 존재는 그런 개연성을 홀로 감당할 수 있는 위대한 존재였다.

[성좌, '부유한 밤의 아버지'가 시나리오에 현현했습니다!]

〈올림포스〉의 가장 뜨거운 지옥을 지키는 성좌.

신화급 성좌 하데스가 〈명계〉를 이끌고 전장에 강림했다.

＊

5

뒤쪽에서 어둡지만 따뜻한 기류가 감겨왔다.

그 격이 누구의 것인지 아는 나는 가볍게 미소 지었다.

[소환 개연성을 〈명계〉에 부담시키다니…….]

"아직은 부모님께 의지하고 싶은 나이라서요."

[한반도의 젊은이는 일찍 독립한다고 들었는데, 잘못 알고 있었네.]

처음으로 친척 집에서 나와 고시원에 들어가던 날이 생각났다.

열일곱 살의 일이었다. 나는 짐짓 어깨를 으쓱하며 웃었다.

"저 같은 젊은이도 있어야 균형이 맞는 법이잖아요."

[성좌, '가장 어두운 봄의 여왕'이 시나리오에 현현합니다!]

문득 가슴 한쪽이 아려왔다. 학생 시절, 학교 행사가 열릴 때면 늘 비어 있던 부모님 자리. 나는 늘 친구들의 마음이 궁금했다. 저 자리가 채워져 있다는 것은, 부르면 달려와줄 누군가가 있다는 것은 대체 어떤 기분일까.

[성좌, '가장 어두운 봄의 여왕'이 자신의 격을 드러냅니다!]

이제 나도 그 심정을 알 것 같았다.

내 곁에 선 페르세포네가 염열파를 견뎌내는 하데스를 보며 말했다.

[이번에는 내가 플루토에 타기로 했잖아요. 하여간 성격 급하기는.]

하데스가 막아낸 뜨거운 열기의 잔재가 허공에 잿가루처럼 퍼지고 있었다.

강력한 상대가 나타난 것을 알았는지 묵시룡도 기세를 올렸다.

콰아아아아아!

최전방에서 염열을 감당하던 플루토가 조금씩 밀려났다. 그럴 수밖에 없었다. 하데스는 지금 자신의 격을 온전히 드러낸 상태가 아니었다.

[성좌, '부유한 밤의 아버지'가 주춤거리며 자신의 아내를 돌아봅니다.]

[내가 혼자선 안 될 거라고 했죠?]

[성좌, '부유한 밤의 아버지'가 불행한 얼굴로 자신의 아내를 돌아봅니다.]

돌아가는 상황을 보니 대충 어떻게 된 일인지 알 것 같았다.

하데스가 탄 플루토의 장갑에서 설화들이 옴지락거리며 요동치고 있었다.

[설화, '아내 말을 들으면 자다가도 떡이 생긴다'가 이야기를 시작합니다!]

한숨을 푹 내쉰 페르세포네가 지휘라도 하듯 손을 들어 올렸다. 그 손끝에서 작은 음표 같은 것들이 떠올랐다. 클래식 음악의 서두처럼 설화가 열리고 있었다.

[성좌, '가장 어두운 봄의 여왕'이 <명계>의 개연성을 움직입니다!]

〈명계〉는 하데스 혼자만의 것이 아니다.

페르세포네는 저승의 '왕비'가 아니라 '여왕'.

즉, 둘은 성운 〈명계〉에서 동등한 지분을 가진 부부라는 뜻이다.

하데스의 속성은 어둠과 불.

〈올림포스〉의 밤과 지옥을 수호하는 그의 진정한 격이 깨어나고 있었다.

[성좌, '부유한 밤의 아버지'가 자신의 격을 개방합니다!]

순간 전신을 구타당한 것처럼 막대한 충격이 찾아왔다. 어질어질한 시야에 비틀거리며 고개를 들자, 어둠과 불의 화신처럼 서 있는 플루토가 보였다.

[마지막 시나리오의 성좌들이 몹시 불쾌해합니다!]
[마지막 시나리오의 성좌들이 '부유한 밤의 아버지'를 견제합니다!]
[마지막 시나리오의 성좌들이 〈명계〉의 참견을 탓합니다!]
[상당수의 성좌가 '부유한 밤의 아버지'의 참전에 감탄합니다!]

〈베다〉의 아그니가 죽었고, 〈아스가르드〉나 〈황제〉에서 불을 담당하던 성좌들은 이미 꽁무니를 빼버린 상황이었다. 그나마 자신의 빛으로 유사 불꽃을 생성한 수르야가 분투 중이었지만, 그 역시 전신의 설화가 반파된 상태였다.

수백이 넘는 성좌가 달려들어도 막을 수 없던 재앙.

그 재앙을 하데스가 단신으로 막아내고 있었다.

[하데스, 이렇게 날뛰는 건 오랜만이죠?]

하데스의 포효에 맞춰 힘차게 지휘를 이어가는 페르세포네.

그녀의 손끝에서 흘러나온 설화들이 플루토의 전신에 깃들고 있었다.

〈올림포스〉의 오랜 그늘 속에 가려져 있던 〈명계〉의 저력. 그들이 자신의 힘을 증명하고 있었다.

[설화병기, '플루토'가 성유물, '이지스의 방패'를 사용합니다!]

〈올림포스〉의 성좌들도 힘을 보탰다. 아테나는 자신의 방패를 내주었고, 다른 성좌들 또한 본연의 거대 설화 개연성까지 희생해 힘을 빌려주고 있었다.

지금껏 한 번도 밤하늘의 성좌들이 대단하다고 생각해본 적 없었다.

그런데 오늘 처음으로 그 생각이 바뀔 것 같았다.

[다수의 성좌가 명왕의 현현에 감사해합니다.]
[절대다수의 성좌가 '부유한 밤의 아버지'를 존경합니다.]
[절대다수의 성좌가 '가장 어두운 봄의 여왕'을 찬양합니다!]

세상의 파멸을 막아내는 하데스의 모습을 보고 있자니, 처음으로 신화라는 게 무엇인지 실감이 났다.

세계의 명운 앞에서 자신의 목숨조차 아끼지 않는 마음. 어쩌면 저것이, 1세대 도깨비들이 성좌들에게 보여주고 싶었던 영웅 서사였으리라.

"뭘 그렇게 넋 놓고 있는 거지? 아직 끝난 것도 아니니 정신 차려라."

돌아보니 유중혁이 딱딱한 표정으로 나를 노려보고 있었다.

대의를 위해 자신을 희생하는 것은 유중혁도 마찬가지다.

하데스를 보면서 유중혁은 무슨 생각을 하고 있을까.

[하하하, 지하철 메뚜기남! 이게 진짜 내 힘이라고! 큭큭큭 큭!]

플루토의 머리에서 흘러나오는 김남운의 목소리.

쟤도 있었지, 참.

[성좌, '심연의 흑염룡'이 플루토의 광기를 좋아합니다.]

하여간 누가 원작 짝꿍 아니랄까 봐.

[곧 두 번째 페이즈가 종료됩니다.]

어쨌거나 상황은 나쁘지 않았다.

염열파의 불길은 급격하게 줄어들었고, 하데스는 잘 버티고 있었다. 플루토의 내구도는 충분했고, 개연성을 보태는 성좌도 조금씩 수가 늘어났다.

얼마나 더 지났을까. 마침내, 염열파의 불길이 멎었다.

[두 번째 페이즈가 종료됩니다.]

[축하합니다. '최초의 꼬리짓'의 두 번째 충격파를 무사히 견뎌냈습니다!]

이번 페이즈를 버틴 것은 모두의 협력 덕분이었다.

정희원과 한수영이 힘내주지 않았더라면, 이지혜가 자신의 함선을 돌격시키지 않았더라면, 〈명계〉가 제때 와주지 않았더라면…….

하나라도 빠졌다면 절대 막을 수 없었다.

[절대다수의 성좌가 이 '거대 설화'를 좋아합니다.]
[마지막 시나리오의 성좌들이 이 '거대 설화'를 불편해합니다.]

세 개의 페이즈 중 두 개를 버텨냈다.

'최초의 꼬리짓'의 모든 페이즈는 초반에 진압해야만 피해를 최소화할 수 있다. 원작이었다면 지금쯤 이미 수십 개의 성운이 작살나고 하늘은 팔분의 일이 무너진 상태였을 것이다.

그리고 이제 다시 페이즈 준비 시간이 주어질 것이다.

쿠구구구구구!

"독자 씨! 저기!"

정희원의 목소리에 뒤를 돌아보자, 묵시룡의 꼬리에서 뭔가가 흘러나오고 있었다.

분명 염열파 페이즈는 끝났는데? 있을 수 없는 일이었다.

내 생각을 대신해서 말한 것은 메타트론이었다.

[예상보다 너무 빠르군요.]

[신화급 성좌의 개입에 시나리오 개연성이 조정됩니다.]
[시나리오의 개연성이 페이즈의 진행 속도를 올립니다.]
[30초 뒤, '세 번째 페이즈'가 시작됩니다!]

페이즈 시작을 막아보려는 듯, 하데스가 자신의 격으로 묵시룡을 압박했다. 페르세포네도, 그 외의 성좌들도 모두 심각한 표정이었다.

지금 세 번째 페이즈가 시작되면 하데스라고 해도 막아낼 수 없다.

하데스의 속성은 불과 어둠.

그는 세 번째 충격파를 막아내기에 적합한 성좌가 아니었다.

나는 메타트론을 향해 물었다.

"봉인은 얼마나 더 걸립니까?"

[제시간에 해낼 수 있을지 모르겠군요.]

메타트론의 표정에도 희미한 절망이 떠돌고 있었다. 그는 이제 자신이 무슨 짓을 저질렀는지 슬슬 깨닫는 중일 것이다.

[내가 시간을 벌지.]

그 말을 한 것은 줄곧 격을 비축하고 있던 미카엘이었다.

하데스의 활약을 보며 자극받았는지, 전신의 격을 해방하며 날개를 퍼덕였다.

절반의 선과 절반의 악.

미카엘의 얼굴에 아른거리는 설화를 보며 메타트론이 말했다.

[구원의 마왕, 알고 있겠지만 세 번째 충격파는 오직 '혼돈'의 힘을 가진 존재만이 막아낼 수 있습니다.]

멀리서 충격파의 준동이 시작되었다.

지금껏 겪은 두 번의 충격파는 엄밀히 말하면 충격파가 아니라 '세 번째'의 전조일 뿐이었다.

지금부터 우리가 상대할 충격파야말로 '최초의 꼬리짓'의 본질이다.

메타트론이 물었다.

[당신 쪽에도 '혼돈'의 힘을 가진 존재가 있습니까?]

나는 일행들과 성좌들을 돌아보았다.

사실 돌아보나 마나였다. 유중혁조차 혼돈 속성은 사용할 수 없다.

혼돈은 속성이 아니라 반속성이니까.

본래 '혼돈'은 성좌나 마왕에게 허락된 힘이 아니었다.

['선악과'의 힘이 당신의 내면에서 꿈틀거립니다.]

그리고 나는 성좌이자 마왕이었다.

선악과를 먹은 마왕.

둘 중 무엇이라 규정할 수 없는 존재.

[당신은 가능하겠군요.]

나는 고개를 끄덕였다.

혼돈의 본질은 반질서다.

두 개의 질서를 무너뜨리는 나라면, 혼돈의 힘에도 대응할 수 있을 것이다.

그때 누군가가 내 어깨를 붙잡았다.

"저도 가능해요."

"희원 씨?"

정희원의 눈동자에 혼돈의 고리가 보였다. 새하얗게 탈색된 그녀의 머리카락이 신비하고 불길한 아우라 속에 떠올랐다.

순간 나는 그녀가 무엇으로 각성했는지 깨달았다.

"좋습니다. 해봅시다."

나는 하늘을 올려다보았다.

사실 아까부터 밤하늘에서 성좌의 기척을 찾고 있는데, 보이질 않았다. 그 성좌가 도와준다면 어떻게든 해볼 수 있을 텐데. 거기에 맞춰 계획을 세워두었는데―

['세 번째 페이즈'가 시작됩니다!]

아무래도 이번에는 너무 늦은 모양이었다.

[마왕, '타락 천사들의 왕'이 자신의 격을 해방합니다!]
[성좌, '타락의 구원자'가 자신의 격을 해방합니다!]

하나의 존재가 가진 두 개의 수식언.

미카엘이 진정한 힘을 선보이며 전방을 향해 달려나갔다.

과연, 자신감을 발휘할 만한 격이었다.

[저지먼트 필드].

나를 쥐어 터뜨리던 그의 주특기가 혼돈의 충격파를 향해 뻗어나가고 있었다. 신의 은총이 내린 절대적인 심판의 벽.

콰콰콰콰콰!

무적의 필드는 너무도 쉽게 부서졌다. 막아내기는커녕 시간 조차 벌지 못했다.

유리창처럼 깨지는 [저지먼트 필드]를 보며 미카엘이 비명을 질렀다.

89번 시나리오의 재앙. 원작의 그것조차 넘어선 혼돈의 충격파는 그대로 미카엘의 몸을 짓이기며 터뜨려갔다.

뒤쪽에서 유중혁의 목소리가 들려왔다.

"피해라!"

유중혁도 뭔가 눈치챈 모양이었다. 이번 충격파는 앞선 두 번의 충격파와는 차원이 다르다.

결심을 마친 내가 앞으로 나서려는 순간, 정희원이 내 앞을 막았다.

"희원 씨."

"닥쳐요. 내가 이럴 줄 알았어."

마치 내가 무슨 일을 할지 알고 있다는 듯, 등을 보인 채 미동도 하지 않았다. 그녀의 등에는 이현성의 거구가 매달려 있었다. 누군가를 지키기 위해 강철의 잠에 빠져든 사람의 얼굴.

나는 재차 입을 열었다.

"희원 씨. 만약에 누군가가 목숨을 걸어야만—"

"낌새 보이지 말아요. 나 진짜 미쳐버리니까."

[설화, '구원의 마왕'이 이야기를 시작합니다.]

[거대 설화, '마계의 봄'이 이야기를 시작합니다.]

그 감정에 동조하듯 두 개의 설화가 이야기를 시작했다.

모두 비슷한 일을 겪으며 얻어낸 설화들.

[성흔, '희생의지 Lv.8'가 발동 중입니다!]

비슷한 일을 겪으며 얻은 성흔이었다. 이 성흔이 정희원에
게 얼마나 큰 고통을 주는지 알고 있다.

그럼에도 나는 말해야 했다.

"여기서 저걸 못 막으면 현성 씨는 정말 죽습니다."

누구보다 잔인해져야 했다.

"막을 수 있는 방법이 있습니다. 희원 씨가 저라면 어떻게
했겠습니까."

"듣기 싫으니까, 제발!"

돌아선 정희원의 눈이 붉어져 있었다.

"또 뭔가 방법이 있겠죠. 알아요! 독자 씨 그런 사람이니까.

자기만 아는 빌어 처먹을 방법이 있고, 그 방법을 쓰면 본인이 죽겠죠!"

"뭔가 오해하시는 거 같은데, 저 안 죽습니다."

그녀에게는 [거짓 간파]가 없다.

"전이랑 지금은 다릅니다. 희원 씨도, 다른 일행들도 그때랑은 다르잖아요. 이건 여러분을 믿기 때문에 하는 선택입니다. 그러니까."

나는 고개를 돌리며 말했다.

"저를 꼭 구해주세요, 희원 씨."

[바람의 길]과 [전인화]의 힘이 정희원을 뒤쪽으로 날려버렸다.

"김독—"

코앞까지 밀려온 충격파를 마주한 순간, 나는 온 힘을 다해 진언을 터뜨렸다.

[수르야!]

내 외침과 함께, 뒤쪽에서 달려온 열차가 나를 태웠다. 급조한 열차였기에 선두만이 존재하는 기묘한 형태였다.

[가지.]

전신의 흐름을 떠받드는 수르야의 격을 느끼며, 열차가 출발했다.

[거대 설화, '신화를 삼킨 성화'가 이야기를 시작합니다!]

거대 설화를 연료로 삼아 열차가 출진했다.

설화의 파편을 넘어, 혼돈의 충격파 속으로.

콰드드드득.

몸 전체가 부서지는 듯한 충격과 함께 열차 파편이 날아다녔다.

폭풍 속에서 반쯤 부서진 미카엘의 화신체가 나를 보고 있었다.

[네놈―]

나는 녀석을 지나쳐 계속해서 달렸다. 정신이 까마득해지는 느낌이었다. [제4의 벽]이 경고성을 발했고, 내가 가진 모든 설화가 절규했다.

이건 버틸 수 없다.

분명히 죽는다고 모든 설화들이 입을 모아 외치고 있었다.

존재를 무화시키는 충격파의 너머로 묵시룡의 시선이 느껴졌다.

「그대는 막을 수 없다.」

그 시선을 느끼며 나는 웃었다.

맞다. 나는 당신을 못 막는다. 당신은 죽일 수 있는 존재가 아니라 '재앙' 그 자체니까. 성좌와 마왕조차 아득히 뛰어넘는 무엇. 그런 재앙에게 일개 성좌인 내가 대적할 수 있을 리가 없다. 그리고 나는 저런 재앙을 또 알고 있다.

[<스타 스트림>의 성좌들이 당신의 속셈을 깨닫고 경악합니다!]
[마지막 시나리오의 성좌들이 당신의 생각에 대경합니다!]
[관리국의 모든 도깨비들이 시나리오의 개연성을…….]

무시무시한 스파크가 허공에 몰아쳤다. 그저 이름을 부르는 것만으로도 이 정도였다. 성좌들이 몰아준 모든 개연성을 허공에 폭발시키며, 나는 다시 한번 누군가의 이름을 불렀다.

진명을 알더라도, 누구도 시나리오로 초대하지 않는 존재.

[오라! ■■■■■■■!]

충격파의 하늘 너머로 〈스타 스트림〉의 우주가 보였다.

어긋난 개연성이 자아낸 후폭풍이 몰려오고 있었다.

거대한 암무暗霧의 진격 속에 별과 성운들이 지워지고 있었다. 뇌리를 뒤덮는 전율. 끝을 알 수 없는 안개의 저편에서 거대한 눈이 이쪽을 응시하고 있었다.

언젠가 73번째 마계에서 나는 저 녀석을 본 적이 있었다. 그때는 녀석의 분체였다.

그런데 이번에는 아니었다.

['형용할 수 없는 아득함'이 '묵시록의 최후룡'을 내려다봅니다.]

혼돈에서 태어난 이계의 신격.

나의 마계를 멸망시킨 대재앙이 환생자들의 섬으로 다가오고 있었다.

*

1

전신의 근육이 흠씬 두들겨 맞은 것처럼 아렸다.

순간적으로 사라졌던 의식이 되돌아왔고, 나는 새카만 공허 속에서 설화를 토하며 눈을 떴다. 주변에 보이는 것은 아무것도 없었다. 하지만 이곳이 어디인지는 알 수 있었다.

['형용할 수 없는 아득함'이 당신을 일별합니다.]

'형용할 수 없는 아득함', 더 네임리스 미스트The nameless mist.

나는 73번째 마계에서 이 녀석의 분체를 마주한 적 있었다.

고작 분체의 힘만으로도 내 마계를 멸절시키고, 설화급 성좌와 초월좌들을 거꾸러뜨린 녀석.

나는 다시는 마주치고 싶지 않던 재앙의 아가리 속에 들어와 있었다.

「김독자는 생각했다. 이것만이 묵시룡을 막을 수 있는 방법이다.」

그래, 네가 왜 가만히 있나 했지.

「세계의 재앙을 막기 위해 또 다른 재앙을 불러온다. 그런 건 회귀자 유중혁이나 할 만한 발상이었다.」

허공에 떠오르는 [제4의 벽]의 메시지를 보며 나는 쓰게 웃었다.

「그럼에도, 김독자는 이렇게 해야만 했다.」

주변을 흐르는 후폭풍의 영향이 여전히 남아 있었다.

―너는 지나치게 많은 개연성을 어그러뜨렸다.
―이대로면 조만간 네가 쌓은 개연성의 업보가 폭발할 거야. 무슨 뜻인지 알지?

이것이 지금껏 내가 쌓아온 개연성의 업보였다.
성좌들이 경고했고, 도깨비들이 말했던 바로 그 업보.

「소중한 것을 잃지 않는 설화는 존재하지 않는다.」

〈스타 스트림〉의 위대한 설화는 모두 상실의 설화다.

영웅은 각성을 위해 무언가를 희생하고, 연인과 친구는 사랑과 우정의 완성을 위해 어느 한쪽을 잃어야만 한다.

존재는 무언가를 잃고 설화는 그것으로 완성된다.

「김독자는 그게 싫었다.」

아무것도 잃지 않는 대가를, 언젠가 치르게 될 거라고 생각했다.

이야기를 비틀고 개연성을 어그러뜨린 대가를 받는 순간이 올 것이라고.

「그래서 김독자는 그것을 이용하기로 했다.」

츠츠츠츠츳!

입에서 설화 덩어리가 쏟아졌다.

'형용할 수 없는 아득함'이 나를 공격하기 때문만은 아니었다.

나를 공격하는 것은 뒤틀린 개연성이었다. 이계의 신격을 불러내기 위해 축적한 세계의 뒤틀림이 시나리오에서 나를 배제하려 하고 있었다.

[설화, '구원의 마왕'이 이야기를 계속합니다.]

내가 버틸 수 있었던 것은 설화들 덕분이었다.

내 귓가에 이야기를 속삭이는 설화들.

너는 구원의 마왕이다. 사람들을 구해야 한다.

마치 메타트론과 아가레스에게 그랬듯, 설화들이 내게 말하고 있었다.

[설화, '왕이 없는 세계의 왕'이 이야기를 계속합니다.]
[거대 설화, '마계의 봄'이 이야기를 계속합니다.]
[거대 설화, '신화를 삼킨 성화'가 이야기를 계속합니다.]

진동하는 암무 속에서, 나는 바깥 정경을 짐작할 수 있었다.

['묵시록의 최후룡'이 '형용할 수 없는 아득함'에게 적의를 드러냅니다!]
['형용할 수 없는 아득함'이 움직입니다.]

모든 게 계획대로 흘러가고 있었다.

나를 먹어치우러 왔다가 더 먹음직스러운 사냥감을 발견한 이계의 신격은, 이제 '묵시록의 최후룡'을 노리기에 여념이 없었다.

재앙과 재앙의 싸움이 시작되고 있었다.

묵시록의 최후룡 대 더 네임리스 미스트.

녀석들의 공멸은 다른 모든 존재의 희망이 될 것이다.

중요한 건 시간을 버는 것이다.

성좌들이 다시 모일 수 있도록, 저 빌어먹을 별들이 이름에 걸맞게 다시 한번 별자리를 맺을 수 있도록 시간을 버는 것.

[화신체의 손상이 심각합니다!]

[아득한 존재의 격이 당신의 '수식언의 맥락'을 갉아먹습니다.]

[설화와 설화 사이의 결속이 느슨해집니다.]

[<스타 스트림>이 당신의 경이로운 업적에 놀랍니다.]

[당신을 위한 거대 설화가 깨어나고 있습니다.]

멀리서 어슴푸레한 노래 같은 것이 들렸다.

아주 오래전 들은 멜로디. 어머니의 것이었는지, 동료들의 것이었는지, 아니면 다른 누군가의 것이었는지는 모르겠다.

다만, 그 희미한 노래를 들으며 나는

[설화, '생과 사의 동료'가 이야기를 계속합니다.]

죽고 싶지 않다고 생각했다.

¤ ¤ ¤

쿠구구구구.

세계와 세계가 충돌하고 있었다.

묵시룡의 충격파에 정면으로 노출되어 있던 김독자에게 새카만 암무가 덧씌워졌다. 이제 충격파를 감당하는 것은 김독자가 아니라 저 끔찍한 이계의 신격이었다.

혼돈에서 태어난 두 힘이 부딪치자, 주변의 모든 것이 공허 속으로 빨려 들어갔다.

[성좌, '만다라의 수호자'가 침음합니다.]

다행히 그 충돌 지점이 생각보다 멀었기에 일행들은 무사했다.

묵시룡에 이어 이계의 신격까지 목도한 성좌들은 대부분 얼굴이 거무죽죽하게 물들어 있었다.

천공에서 왕처럼 누비던 세월이 거짓말이었던 것처럼, 설화급 성좌조차 감당할 수 없는 재앙들이 전쟁을 벌이고 있었다.

그제야 밤하늘의 성좌들은 절감했다.

세계의 멸망이 정말로 코앞에 와 있다.

하지만 누군가에게는, 세계의 멸망보다 한 존재의 희생이 더 커다란 비극이었다.

"아저씨이이이이 —!"

처절한 고함을 내지른 이지혜가 암무를 향해 포화를 쏘았다. 물론 포연은 더 네임리스 미스트의 본체에 아무런 타격을 주지 못했다. 애초에 어디부터 어디까지가 몸통인지조차 알 수 없는 대상.

하지만 일행들은 폭주하는 감정을 제어할 수 없었다.

"안 돼, 안 돼, 안 돼!"

같은 말을 반복하는 병에 걸린 것처럼, 신유승은 발작적으로 외쳤다. 그 감정에 동조하듯 키메라 드래곤이 허공을 향해 브레스를 쏘아 올렸다.

그 옆에 있던 이길영도 동공이 반쯤 풀려 있었다. 부르르 떠는 소년의 전신에서 심상치 않은 마기가 흘러나오고 있었다.

"계약…… 한다…… 안 한다…… 한다…….”

세 사람의 앞으로 또 다른 세 사람이 나왔다. 자신이 생각하던 가장 끔찍한 재앙 앞에서, 일행은 모두 다른 방식으로 광기를 잃았다. 누군가는 밀려오는 감정 앞에 이성을 놓았고, 누군가는 정교하게 망가진 이성을 지켰다.

초월형을 개방한 유중혁.

흑염룡을 두른 한수영.

신살의 눈을 뜬 정희원.

누가 말릴 틈도 없이 세 사람은 동시에 앞으로 나왔고, 서로 쳐다보았다.

그리고 누군가가 그 앞을 막았다.

안나 크로프트였다.

"다들 멈추세요! 전장을 이탈하면 안 됩니다!"

[성운, <아스가르드>가 전장을 통제합니다.]

안나 크로프트의 목소리와 함께 <아스가르드>의 거대 설화가 세 사람을 제자리에 묶었다.

유중혁의 표정이 구겨졌다.

"꺼져라."

"이건 구원의 마왕이 바라는 게 아닙니다!"

"'구원의 마왕이 바라는 것'?"

더 이상 들을 필요도 없다는 듯, 한수영의 왼손에 [흑염]이 맺혔다.

안나 크로프트가 말했다.

"미래가 조금씩 보이기 시작했어요."

그녀의 [대악마의 눈동자]에 설화들이 흐르고 있었다.

"어쩌면 그가 해낸 건지도 모른단 뜻입니다."

안나 크로프트는 진심으로 감탄한 기색이었다. 그녀는 머나먼 창공에서 벌어지는 두 재앙의 격전을 보며 말했다.

"그는 정말 이 세계를 구하려고……."

"세계 멸망 따위가 중요한 게 아니야. 우리는—"

"그의 희생은 숭고해요. 정말로 그 의미를 모르겠습니까?"

"아가리 안 닥쳐?"

폭발한 한수영이 쏘아붙였다. 그 무시무시한 기파에 안나 크로프트도 순간적으로 입을 다물었다.

"김독자가 왜 세계를 구해야 돼? 그 새끼가 왜 자기 목숨 희생해서 헛짓거릴 해야 되냐고! 이딴 세계에 그럴 가치가 있어?"

한수영의 목소리가 격앙되어 있었다. 분노를 참고 또 참아 온 사람의 목소리.

그런 한수영을 보며, 예언자는 오래전 들은 이야기를 떠올렸다.

"구원의 마왕도 언젠가 당신과 똑같은 말을 했습니다."

—이 세계가 과연 지킬 가치가 있는지 없는지는 두고 봐야 알겠지.

미식협 때던가. 구원의 마왕이 그런 말을 한 적이 있었다.

안나 크로프트도 그 말이 무슨 뜻인지 안다.

이 세계는 도깨비와 성좌들이 지배하는 세계. 그녀 또한 세계를 바꾸기 위해 '차라투스트라'를 만들었으니까.

안나 크로프트는 다시금 하늘을 올려다보았다. 구원의 마왕이 지금도 세계에 대한 질문을 거듭하는지 예언자는 알 수 없었다. 다만.

"그는 지금 저기에 있습니다. 당신들과 함께 살아온 세계를 지키기 위해서."

어떤 설화는 말이 아니라 행동을 통해 증명되는 법이다.

"이런 세계에서 당신들이 만났잖습니까."

그 말에 처음으로 세 사람의 얼굴이 같은 표정이 되었다.

안나 크로프트가 신중한 목소리로 말을 이었다.

"예언자인 제 말을 믿으세요. 힘을 비축해야 합니다. 두 재앙이 서로 싸워 공멸하는 순간을 노려야 해요. 그렇게 해야만 우리 모두 생존할 수 있습니다."

"예언자? 미래를 아는 게 너뿐인 줄 알아?"

그제야 안나 크로프트는 뭔가를 깨달았다.

한수영의 주변에서 「예상표절」의 설화가 흐르고 있었다. 회귀자 유중혁 또한 [현자의 눈]을 통해 끊임없이 상황을 통찰하고 있었다.

미래를 예측할 수 있는 것은 예언자만이 아니다. 이들 또한, 누구보다 미래에 대해 뛰어난 통찰력을 가지고 있었다.

그럼에도 그들은 김독자를 구하는 길을 택했다.

검을 뽑은 정희원이 말했다.

"난 미래 같은 건 몰라. 하지만 하나는 알아. 당신은 세계를 구하고 싶다고 했지? 나도 마찬가지야."

그녀의 의지가 '심판자의 검'에 깃들며 새하얀 불꽃을 토했다.

"그 사람이 내가 구하고 싶은 세계야."

그 말과 함께 세 사람이 허공을 향해 도약했다. 거대 설화의 개연성도, 성운의 억압도 그들을 막을 수는 없었다.

안나 크로프트가 다급히 손을 뻗었지만, 이미 그들은 천공을 향해 치솟고 있었다.

그런 그들을 막은 것은 성운도 개연성도 아니었다.

'그것'을 제일 먼저 발견한 건 한수영이었다.

"뭐야? 미친—"

쿠구구구구구!

재앙과 재앙의 사투 속에 하늘의 균형이 무너지고 있었다.

문제는 무너진 균형의 추가 이쪽으로 넘어오고 있다는 것이었다.

[저것은……]

성좌 중 하나가 중얼거렸다. 하늘을 뒤덮은 암무 속에서 뭔가가 움지럭거리며 분열하고 있었다.

'형용할 수 없는 아득함', 더 네임리스 미스트가 묵시룡을 압박하는 것으로도 모자라, 자신의 분체를 만들어내기 시작한 것이다.

"아, 아아. 아아아……."

암무 사이로 드러난 샛노란 공포의 눈동자. 예전의 악몽이 떠오르는 듯, 신유승의 어깨가 덜덜 떨렸다.

신유승은 저 눈을 본 적이 있다. 저 눈을 본 화신들은 모두 정신을 지탱하지 못해 이계의 생명체로 전락한다.

그날, '공단'의 모든 존재는 재앙 앞에서 너무나 무력했다.

하지만 누군가는 그날의 기억을 전혀 다르게 각인하고 있었다.

[그때보다는 조금 작군.]

척준경이었다.

*

2

척준경은 자신의 검을 뽑으며 앞으로 나섰다. '환생자들의 섬'에서 다져진 그의 설화들이 그의 몸을 감싼 채 근육처럼 꿈틀거렸다.

[가지, 작은 초월좌여.]

척준경의 어깨에 키리오스가 올라섰다. 두 사람은 전에도 '형용할 수 없는 아득함'을 상대하며 합을 맞춘 적이 있었다.

허공을 향해 도약한 척준경의 검 위로 키리오스의 [전인화]가 흘렀다. 환한 백청의 기류가 척준경의 몸을 감싸자 그는 번개의 신처럼 번쩍였다.

[나 척준경은 오로지 이날만을 기다려왔다!]

호기로운 격이 기세를 드러냈다.

산을 베고, 바다도 베던 그의 검이 베지 못한 적이 눈앞에 있었다.

오직 이 순간을 위해 그는 미완성이던 사검四劍을 수련해왔다.

측량할 수조차 없는, 저 막막한 공허에 대적할 단 하나의 검식을 만들기 위해 시간을 쌓아왔다.

그리고 이것이 그 결과였다.

꾹꾹 눌러 담은 척준경의 설화가 발화했고, 키리오스의 전격이 맹렬히 회전했다.

지상의 성좌들이 그것을 올려다보았다.

하나의 성좌와 하나의 초월좌.

그 둘의 격이 우습다는 듯, '형용할 수 없는 아득함'의 분체가 그들을 향해 입을 벌렸다. 그 암무의 주둥이가 별의 빛을 삼키려는 순간.

제사식第四式.

척준경의 검이 빛을 뿜었다.

사검참허四劍斬虛.

안개의 중심부가 천천히 갈라지기 시작했다. 짐승 뱃가죽이 갈라지듯 중심부에서 뭔가 흘러내리고 있었다. 암무 속에 도드라진 노란 눈동자가 꾸역꾸역 설화를 토해내며 무너졌다.

[다수의 성좌가 '고려제일검'의 무위에 눈을 떼지 못합니다!]

[다수의 성좌가 믿을 수 없는 광경에 입을 벌립니다!]

지상의 모든 성좌가 경악했다.

아무리 분체라고는 해도, 상대는 '형용할 수 없는 아득함'이었다.

〈스타 스트림〉의 청소부이자 뒤틀린 개연성을 잡아먹는 재앙.

누구도 상대할 수 없다고 알려진 재앙을 척준경이 베었다.

심지어는 검식의 형태조차 제대로 본 이가 없었다.

오직 유중혁만이 그 검을 알아보았다. 별을 베었던 유중혁조차 그 순간만큼은 놀란 얼굴이었다.

"의형검意形劍……."

자신의 의지만으로 세계를 베는 힘. 무공을 통해 도달할 수 있다는 최고의 경지. 척준경은 성좌가 되어서야 그 고절한 경지에 오른 것이었다.

[나의 검이 벨 수 없는 것은 존재하지 않는다!]

터지는 빛살 속에서 무력하게 흩어지는 안개를 보며, 척준경 또한 해방감을 느꼈다.

저것을 베기 위해 인내한 시간이 얼마던가.

무상無想의 경지에 올라, 자신의 의지가 곧 검이 되던 순간의 희열. 사검식 '사검참허'는 그가 통찰한 무공의 정화였다.

그는 유중혁 쪽을 보며 외쳤다.

[가거라, 후인들이여! 가서 김독자를─]

그러나 척준경은 말을 끝까지 잇지 못했다. 뒤쪽에서 전해진 엄청난 충격이 그의 화신체를 망가뜨렸다.

낙하한 척준경은 운석처럼 떨어져 땅바닥에 틀어박혔다.

흔들리는 사위 속에서 간신히 위를 올려다보았을 때, 척준경은 무슨 일이 벌어졌는지를 깨달았다. 누군가 중얼거렸다.

[맙소사…… 〈스타 스트림〉이 멸망하겠군.]

이해가 가지 않는 일이었다.

척준경은 자신의 화신체가 떨려오는 것을 느꼈다.

대체 어떻게?

분명히, 방금 베었는데.

마치 조금 전 일이 장난이었다는 것처럼, 하늘에서 거대한 눈동자가 그를 내려다보고 있었다.

분체는 하나가 아니었다.

하늘을 까마득히 덮을 만큼 많은 분체들. 족히 수십 개체는 되어 보이는 '형용할 수 없는 아득함'의 분체들이, 지상의 산 것들을 먹어치우기 위해 강하하고 있었다.

[으아아아아아아악!]

공포에 질린 위인급 성좌들이 지평선 너머로 달아났다. 하지만 그쪽에서도 재앙은 몰려왔다.

쩌저저저저적!

안개 사이로 돋아난 이빨에 성좌들의 화신체가 연약한 과육처럼 으깨졌다. 피할 곳도 달아날 곳도 없었다. 묵시룡의 충격파를 상대하는 것보다는 나았지만, 이쪽도 절망스럽기는 매한가지였다.

[모두 침착해. 방금 봤잖아. 싸울 수 있는 상대라고!]

디오니소스가 목청이 터지도록 외쳤지만, 성좌들은 규합이 되지 않았다.

[이런 제길……]

앞서 두 번의 충격파를 견디며 상당량의 격을 소모한 〈올림포스〉의 성좌들은 충분한 기량을 발휘하지 못했고, 개연성을 지나치게 소모한 〈명계〉도 설화를 고르고 있었다.

그나마 선전하는 것은 우리엘과 흑염룡이었다.

"꺼져! 꺼지라고, 이 새끼들아!"

유중혁과 한수영, 그리고 정희원은 서로 등을 맞댄 채 격을 방출했다. 밀려오는 암무에 맞서며, 조금이라도 틈이 보이면 김독자가 사라진 방향으로 몸을 던질 계획이었다. 하지만 틈이 보이질 않았다. 이대로는 김독자를 구하기도 전에 일행들이 전멸할 판이었다.

"빌어먹을! 또 누구 없어? 김독자 친구 또 없냐고!"

하지만 아무리 생각해도 그들을 도와줄 만한 이름은 떠오르지 않았다.

흑염룡의 격도, 우리엘의 격도 조금씩 줄어들고 있었다.

[성좌, '악마 같은 불의 심판자'가 '하늘의 서기관'을 노려봅니다.]

[성좌, '심연의 흑염룡'이 아직 '파멸 공허의 오른손'은 쓸 수 없다고 말합…….]

환생자들의 섬을 덮은 암무는, 이제 섬을 삼키기 위한 준비 운동을 마친 상태였다.

멀리서 자동차 헤드라이트 같은 빛이 비친 것은 그때였다.

끼이이이익, 하는 소리와 함께 폭연을 뚫고 무언가가 도착했다.

부연 먼지 속에서 드러난 차는 〈김독자 컴퍼니〉에게 익숙한 것이었다.

[흐음. 여기서 다치면 곤란하다네. 자넨 찍어야 할 광고가 세 개나 더 남아 있어.]

'X급 페라르기니'의 문이 열리며 머리가 희끗한 중년 남자가 방긋 손을 흔들었다. 파인애플이 그려진 분홍색 하와이안 셔츠에 찢어진 청바지.

전쟁터에 어울리지 않는 그 어마어마한 패션 감각에 한수영이 입을 벌렸다.

"양산형 제작자?"

그러자 주변에서 재앙에 맞서던 몇몇 성좌가 중얼거렸다.

[양산형 제작자? 강한 성좌인가?]

[아니, 별 도움은 안 되는 영감이다.]

[들어본 적 있는 것 같군. 코인에 눈이 멀어 쓰레기 같은 설화를 찍어낸다는…….]

한수영은 '양산형 제작자'를 바라보았다.

'양산형 제작자'는 설화급 성좌다. 하지만 위상에 비해 느껴지는 격은 그리 강하지 않았다.

'양산형 제작자'가 허허롭게 웃었다.

[허허, 내가 어지간히 믿음직스럽지 않은 모양이로군.]

그 여유로운 발언에 입으로 포도주를 쏟던 토르가 외쳤다.

[어이, 꾸준좌! 왔으면 빨리 손이나 보태라고! 지금은 늙은이 손도 급하니까!]

[흐음, 난 싸우러 온 건 아닐세.]

[그럼 왜 왔어!]

[코인이나 좀 보태주려고.]

[이 미친 늙은이가…… 지금 그딴 게 무슨 도움이 된다고!]

성좌들이 분기를 이기지 못하고 외쳤다.

[그딴 소리 할 거면 꺼져! 코인에 눈먼 늙은이가……!]

하지만 '양산형 제작자'는 주눅 든 기색이 아니었다.

순간, 한수영은 언젠가 김독자와 나눈 대화가 떠올랐다.

녹음실 너머로 도깨비들과 대화를 나누는 '양산형 제작자'를 보며, 한수영은 물었었다.

─김독자. 저 성좌 뭔데? 별로 강해 보이지도 않는데 왜 도깨비들이 빌빌 기지?

그 물음에 김독자는 당연하다는 듯이 말했다.

─코인이 많잖아.

그때의 김독자처럼, 지금의 양산형 제작자도 웃고 있었다.

[나는 젊은 친구들이 이해가 안 돼. 어째서 코인을 무시하는 건가?]

[그깟 소모품 따위 ─]

팽그르르, 하는 소리와 함께 '양산형 제작자'의 손바닥 위에 코인이 떠올랐다. 1코인이었다.

[자세히 보게. 이게 그저 '소모품'으로만 보이나? 왜 〈스타 스트림〉이 굳이 '코인'을 거래 단위로 사용하는지, 이상하다고 생각해본 적 없나?]

[무슨 개소릴 하고 싶은 거야!]

이제 코앞까지 밀려온 분체들을 응시하며, '양산형 제작자'가 말했다.

[힌트를 주지. 〈스타 스트림〉의 모든 것은 '설화'로 이루어져 있어. 그렇다면 '코인'은 어떨 것 같은가?]

[노망이라도 든 거냐? 바쁘니까 말 걸지 마!]

성좌들은 그딴 헛소리는 들을 필요도 없다는 듯 허공을 향해 마력을 분출하기 바빴다.

하지만 한수영은 급박한 와중에도 그 이야기를 들었다.

그리고 소름이 돋았다.

'양산형 제작자'의 말 그대로였다. 〈스타 스트림〉의 모든 것은 설화다.

그런데 왜 〈스타 스트림〉의 거래 단위는 '설화'가 아니라 '코인'일까?

<u>츠츠츠츠츳.</u>

'양산형 제작자'의 주변으로 어마어마한 개연성이 몰려오고 있었다. 그리고 개연성의 영향 속에, 그의 격이 증폭되고 있었다. 그 격은 순식간에 위인급을, 다시 설화급을 넘었다.

가공할 격의 증폭에 깜짝 놀란 선과 악의 성좌들이 동시에 '양산형 제작자'를 돌아보았다.

[아주 오래된 설화가 이야기를 시작합니다.]

양산형 제작자. 그 역시 자신만의 '단 하나의 이야기'를 추구하는 성좌였다. 그렇다면 그가 추구하는 ■■은 무엇일까.

[세상을 지배하는 것은 선도 악도 아니야. 자본資本이지.]

양산형 제작자가 하늘 높이 코인을 던졌다.

유중혁도, 한수영도, 그리고 정희원도 그것을 보았다.

하지만 코인에 얼마가 적혀 있는지는 누구도 보지 못했다.

[그리고 나는 이 〈스타 스트림〉의 누구보다도 코인이 많다네.]

얼마가 적혀 있더라도 믿을 것 같았다.

코인으로 저런 기적을 보이려면 대체 얼마나 많은 코인을
사용해야 할까.

[누군가가 대량의 코인을 사용했습니다!]
[설화, '황금만능주의黃金萬能主義'가 이야기를 시작합니다!]

잠시 후, 코인이 사라진 하늘 저편에서 굉음이 울려 퍼졌다.
쩌저적, 갈라지는 소리와 함께 소용돌이치는 문이 열리고 있
었다. 게이트였다.

[편도 게이트가 생성됐습니다!]

도깨비와 관리국만이 열 수 있던 게이트를, 고작 성좌 하나
가 열어낸 것이었다.

[<스타 스트림>의 관리국이 해당 설화의 개연성을……]
[소환이 시작됩니다!]

게이트 너머로 언뜻 보이는 인형人形들이 있었다.
휴양이라도 온 듯 한가한 얼굴로, '양산형 제작자'가 어깨를
으쓱 들었다.
[참, 자네들 말이 맞는 것도 하나 있어. 나는 싸움을 잘 못
해.]

게이트 너머에서 눈부신 빛이 터져나왔다.

그럴 줄 알았다는 듯, 양산형 제작자가 선글라스를 꺼내 쓰며 말을 이었다.

[대신, 이걸로 싸움 잘하는 친구들을 데려올 수는 있지.]

게이트를 넘어서 전장에 초환되는 이들.

그들의 정체를 제일 먼저 알아본 이는 유중혁이었다.

"사부님?"

파천검성과 초월좌들이 게이트를 건너 날아오고 있었다. 초월좌 중에는 파천검성을 제외하고도 낯익은 얼굴이 있었다.

일권무적 유호성.

'환생자들의 섬'의 최강자인 그 또한, 이번 시나리오를 돕기 위해 참전했다. 파천검성이 늦은 이유는 저들을 설득하기 위함이었던 모양.

하지만 유중혁의 표정은 나아지지 않았다.

저들만으로 막을 수 있을까?

설화급 성좌조차 감당할 수 없는 재앙의 분체가 수십 마리에 달한다. 아무리 파천검성과 유호성이 강하다 한들, 초월좌만으로 감당할 수 있는 적이 아니었다.

그런데 초월좌들의 후미에 익숙한 얼굴이 하나 더 있었다.

"와 씨, 진작에 이렇게 오게 해주지!"

장하영이었다.

몇몇 일행이 소리치며 장하영을 불렀다.

장하영도 쑥스럽게 웃으며 손을 흔들었다.

"너무 늦어서 미안! 누굴 좀 설득하느라."

설득?

장하영의 말은 이어지지 못했다.

새로운 강자들이 등장하자 '형용할 수 없는 아득함'의 분체들이 대거 방향을 틀었기 때문이었다.

자신을 향해 다가오는 이계의 신격을 보며, 장하영의 표정이 긴장으로 물들었다.

장하영도 그것들을 마계에서 본 적이 있었다. 그리고 지금의 자신은, 분체 하나도 감당할 수 없다는 사실을 잘 알고 있었다.

어디까지나, 자신의 힘만으로는.

다음 순간 장하영의 몸에서 황금빛 아우라가 폭발했다. 막대한 격이 장하영의 몸을 중심으로 해방되고 있었다. 장하영의 금발이 물결처럼 흘러넘치며, 하얀 이마 위로 작은 금테가 자라났다. 아름다운 황금빛 털옷이 전신을 가죽처럼 덮었다. 천천히 눈을 뜬 장하영의 두 눈에서 화안금정火眼金睛의 요기가 소용돌이쳤다.

[성좌, '심연의 흑염룡'이 눈을 가늘게 뜹니다.]

[성좌, '악마 같은 불의 심판자'가 깜짝 놀랍니다.]

[성좌, '고려제일검'이 탄식합니다.]

[중립 계통의 모든 성좌가 경악을 금치 못합니다!]

그곳의 모두가 그 격의 정체를 알아봤다. 알아보지 않을 수가 없었다.

허공으로 뻗은 장하영의 손에, 세상에서 가장 무거운 봉이 쥐어져 있었다.

한없이 오만하고 고고한 눈동자가 창공을 응시하자, 세계의 모든 구름이 일제히 몸을 떨었다.

[김독자를 구하러 가라.]

그 말을 하는 이는 장하영이 아니었다.

[성좌, '긴고아의 죄수'가 시나리오에 현현했습니다!]

＊

3

'환생자들의 섬'을 탐험하는 내내, 장하영은 몇 번인가 '정체불명의 벽'을 사용했다. '정체불명의 벽'의 1단계 기능인 '채팅 시스템'을 사용해 성좌들에게 말을 걸어본 것이다.

— 구원의 마왕님.
— 왜 그렇게 부르냐?

언젠가부턴 제법 뻔뻔하게 김독자에게 말을 걸 수도 있게 되었다.

한동안 '구원의 마왕＝김독자'설을 부정하고 싶어서 자아분열이 온 적도 있지만, 이제는 인정하는 수밖에 없었다.

내가 좋아하는 '구원의 마왕'은 김독자이고, 얼간이 김독자는 '구원의 마왕'이다.

장하영은 그 사실을 간신히 받아들였다.

물론 전부 받아들인 것은 아니었다.

—저는 구원의 마왕님께 말 건 거예요. 그러니 김독자는 대답하지 마세요.

—…….

—어쩔 수 없어. 닥치고 넌 내가 원하는 대답만 해.

—무슨 대답을 하면 되는데?

막상 김독자가 그렇게 물으니, 꾹 감추고 있던 설움이 폭발했다.

—나는 왜 '김독자 컴퍼니'에 안 끼워주는데?

늘 묻고 싶던 말이었다. 동료들이 '별자리의 맥락'을 통해 다음 시나리오로 넘어가는 것을 보며, 장하영은 스승들과 함께 시나리오의 말미에 남겨졌다.

함께 가고 싶다고 생각했다. 저 별자리 중 하나였으면 좋겠다고 여겼다.

내게는 자격이 없기 때문일까. 처음부터 김독자와 시나리오를 함께해온 게 아니니까.

마계에서 혁명을 함께하고, 마왕 선발전을 겪어낸 시간을 장하영은 모두 기억했다. 그것은 장하영의 인생에서 처음으로 마주한 희열이었고, 이제는 장하영을 구성하는 일부였다. 그래서 장하영은 이제 자신도 김독자의 동료가 된 줄 알았다.

하지만 그건 모두 혼자만의 착각이었을지도 모른다.

—나는 네가 자유로운 삶을 살았으면 좋겠어.

돌아온 대답을 보며 장하영은 울컥 화가 치밀었다.

이제 와서 그게 무슨 개소리냐고 따지고 싶었다. 그런데

—강제로 차원 이동된 것도, 마계에서의 삶도 전부 네 의지가 아니었잖아.

따질 수가 없었다. 마치 숨이 멎은 것처럼, 장하영이 할 수 있었던 것은 이어지는 메시지를 읽는 것이 전부였다.

—네가 원하는 삶을 살아, 하영아.

'구원의 마왕'의 말이었다.

누군가를 구해내는 설화에 취해, 자기 자신의 생명마저 등한시하는 저 고고한 성좌의 말이었다.

그랬기에 그것은 장하영의 친구 '김독자'의 말은 아니었다.

「그의 말은 들리지 않는다.」

 '정체불명의 벽'이 말하고 있었다. 이 세상 그 어떤 존재와
도 즉각적으로 소통할 수 있는 이 벽으로도 김독자의 목소리
는 들을 수 없었다.
 그녀가 부탁한 것처럼 김독자는 철저한 '구원의 마왕'일 뿐
이었다.
 '아니, 그딴 식으로 말하면 내가 어떻게 하겠냐고.'
 그랬기에 장하영은 김독자의 목소리가 듣고 싶었다.

 ['정체불명의 벽'이 자신의 이름을 갖습니다!]

 그것을 위해 장하영은 지금 이곳에 있는 것이었다.

 ['정체불명의 벽'이 '불가능한 소통의 벽'으로 진화합니다!]
 ['불가능한 소통의 벽'의 2단계 기능이 개방됩니다!]

 새로운 벽의 힘을 개방하고, 〈김독자 컴퍼니〉를 도울 수 있
는 성좌를 설득해 이곳까지 온 것이었다.
 다른 누구도 아닌 스스로가 원하는 삶을 살기 위해서.
 츠츠츠츠춧!
 어안이 벙벙한 표정으로 이쪽을 바라보는 〈김독자 컴퍼니〉의
얼굴들.

장하영은 차오르는 격에 머릿속이 아득해지는 것을 느끼며 외쳤다.

"다들 정신 차리고 빨리 움직여! 난 그렇게 오래 못 버텨!"

의식이 점차 희미해지는 것을 느끼며, 장하영은 그렇게 외쳤다.

성좌의 존재감이 장하영의 화신체를 장악하고 있었다.

['불가능한 소통의 벽'이 '불가능의 희구 Lv.1'를 활성화 중입니다!]

불가능의 희구.

그것은 '불가능한 소통의 벽'이 가진 공능으로, 배후성이 없는 장하영이 한시적으로 누군가와 '배후 계약'을 맺을 수 있게 만들어주는 힘이었다.

[성좌, '긴고아의 죄수'가 자신의 화신체를 내려다봅니다.]

'긴고아의 죄수', 제천대성 손오공.

김독자의 말에 따르면 〈스타 스트림〉에서 최강으로 손꼽히는 성좌 중 하나.

제천대성은 오만한 시선으로 세계를 훑어보더니 고고한 목소리로 말했다.

[막상 나오니까 너무 귀찮군.]

어이가 없어진 장하영이 빽 소리를 질렀다.

"아, 도와준다면서요! 내가 고민도 들어줬잖아? 빨리 움직여요!"

장하영으로서는 황당한 노릇이었지만, 사실 제천대성의 말을 이해하지 못할 것은 아니었다. 아까부터 현현한 제천대성의 상태가 이상했다.

츠즈즈즛.

마치 여러 존재가 일시적으로 '하나'가 된 것처럼 제천대성의 위상이 불안정했다. 어쩌면 그가 말한 '귀찮음'은 바로 이 현상과 관련된 것인지도 모른다. 하지만 그건 그쪽 사정이다.

"빨리 약속 안 지키면 머리카락을—"

[해. 한다니까?]

불평 가득한 목소리로 제천대성이 재차 여의봉을 움켜쥐었다.

그 몸에서 흘러나오는 격에 몇몇 성좌가 호기심을 보였다.

[제천대성. 지금 저들을 올려보내는 것은 자살 행위다. 아무리 당신이라 해도—]

[넌 누구냐?]

[나는 척준경이다.]

제천대성의 격에 대항하듯, 척준경이 가슴을 폈다. 제천대성은 그런 척준경의 눈동자에 새겨진 감정을 가만히 읽더니 물었다.

[네놈은 손 선생을 알고 있느냐?]

척준경은 잠시 생각한 후에야 '손 선생'이 제천대성 본인을 칭하는 말이라는 것을 깨달았다.

[그대가 한때 유명하던 성좌라는 건 알고 있다. 하지만—]

[하긴, 이 몸이 시나리오에서 제대로 활동한 지 너무 오래되긴 했지.]

하품을 한 제천대성이 여의봉을 축소해 자신의 귀를 팠다.

그 오만함에 척준경이 화를 내려는 순간.

[성좌, '긴고아의 죄수'가 자신의 격을 개방합니다!]

척준경을 비롯한 성좌들의 화신체가 허공을 날았다.

놀란 척준경이 눈을 동그랗게 떴다.

단지 격을 개방한 것만으로 주변 성좌들을 위축시킬 정도의 존재감.

[스파크가……!]

성좌들이 진저리를 치며 외쳤다. 제천대성이 현현한 장하영의 몸이 엄청난 스파크로 물들고 있었다. 성좌들이 격을 개방할 때 개연성의 스파크가 발생하는 건 이상한 일이 아니다. 문제는 이 시나리오 지역이 89번 시나리오 지역이라는 것이었다. 어지간한 개연성은 모두 감당할 수 있는 이 지역에서, 저토록 눈부신 스파크라니…….

[보아라.]

제천대성의 동서남북으로 팔괘의 장이 펼쳐지고 있었다.

건乾 · 태兌 · 이離 · 진震 · 손巽 · 감坎 · 간艮 · 곤坤.

문자들은 제천대성의 여의금고봉如意金箍棒 주변을 맹렬히 회전하며 금빛 격류를 토해냈다.

제천대성의 기세를 감지한 '형용할 수 없는 아득함'의 분체들이 밀려들었다.

개연성 스파크는 곧 후폭풍의 전조.

탐나는 먹잇감을 향해 달려들듯 '형용할 수 없는 아득함'의 분체들이 제천대성을 향해 아가리를 벌렸다. 달려드는 분체는 대여섯. 설화급 성좌는 물론이고 신화급 성좌라도 상대하기 어려운 수준이었다.

하지만 제천대성은 물러서지 않았다.

까마득한 암무가 제천대성의 전신을 덮는 순간, 그의 몸이 금빛 섬광으로 화했다. 휘몰아치는 소용돌이와 함께, 여의금고봉이 아가리처럼 벌어진 암무를 꿰뚫었다.

쿠드드드드드!

고작 성유물 하나에 얻어맞았다고 해서, '형용할 수 없는 아득함'이 타격을 입을 턱이 없었다.

그런데 순식간에 불어난 여의금고봉의 궤적이 수백 갈래로 변해 분체를 타격하자, 놀랍게도 분체들의 입에서 괴이쩍은 소리가 흘러나오기 시작했다.

그르르르르륵.

심지어 어떤 분체는 여의금고봉을 피하려는 듯한 낌새까지 보였다.

창공을 호화스레 물들이며 '형용할 수 없는 아득함'에 대적하는 제천대성의 격에 전장의 모든 성좌가 눈을 떼지 못했다.

디오니소스도, 수르야도, 척준경도.

심지어는 신화급 성좌인 하데스도 감탄한 표정이었다.

[혼돈의 술術이로군.]

하데스는 제천대성의 여의금고봉에 깃든 불온한 힘을 정확히 읽어냈다.

그것은 선도 악도 아닌 힘. 독특한 설화를 쌓아온 제천대성만이 사용할 수 있는 특유의 신선술神仙術이었다.

미후왕獼猴王.

제천대성齊天大聖.

투전승불鬪戰勝佛.

수많은 이름으로 존재해 온 '긴고아의 죄수', 손오공이 싸우고 있었다.

척준경이 전력을 다해 간신히 하나를 쓰러뜨릴 수 있었던 공허의 재앙들과 다대일의 전투를 벌였다.

그에 질 수 없다는 듯 두 명의 성좌가 가세했다.

[성좌, '악마 같은 불의 심판자'가 자신의 진력을 짜냅니다!]

[성좌, '심연의 흑염룡'이 질 수 없다는 듯 포효합니다!]

제천대성의 격 위로 두 성좌의 힘이 실리고 있었다. 흑염룡의 [흑염]과 우리엘의 [지옥염화]가 뒤섞이며 제천대성의 여의금고봉이 비정상적인 크기로 자라나기 시작했다.

[오랜 세월에 잊힌 설화가 이야기를 시작합니다.]

「그리하여 선과 악, 중립의 별들이 마침내 한자리에 모였으니」

세 가지 격이 뒤섞이며 눈이 멀 듯한 섬광이 터졌다.

고오오오오.

창공을 향해 휘두른 여의봉이 엄청난 부피로 하늘을 강타했다. 천지가 뒤흔들리며 광대한 충격파가 시공간을 비틀었다. 비명을 내지른 성좌들이 다시 눈을 떴을 때, 암무로 뒤덮였던 하늘에 커다란 구멍이 뚫려 있었다.

제천대성이 말했다.

[가라.]

찰나의 틈을 놓치지 않고 세 인물이 움직였다.

허공답보를 사용한 유중혁이 달렸고, 흑염룡의 분신을 탄 한수영과 대천사의 날개를 빌린 정희원의 몸이 수직으로 솟구쳤다.

세 사람의 몸은 순식간에 암무를 관통해 벌어진 하늘의 균열을 지나쳤다.

대기권을 지나치는 순간 세 사람의 몸은 급격하게 둔해졌다. '형용할 수 없는 아득함'과 '묵시록의 최후룡'의 충돌이 만들어낸 우주적 공간에서 가공할 설화들의 충돌이 발생하고 있었다.

"큽……."

설화의 압력에 한수영의 입에서도 주르륵 피가 흘러나왔다. 그저 설화를 감각하는 것만으로도 존재가 부스러져버릴 것처럼 고통스러웠다.

이 공간 어딘가에 김독자가 있을 것이다.

얼마 지나지 않아, 세 사람은 빵 부스러기처럼 흩뿌려진 김독자의 흔적을 찾아냈다.

「이렇게 해야만 제대로 된 '전'을 얻을 수 있다.」

부서진 김독자의 파편이 허공을 헤매고 있었다.

먼저 손을 뻗은 것은 정희원이었다. 마치 작고 연약한 새를 감싸듯, 정희원은 그 파편을 양손으로 조심스레 품었다.

착각일까. 한순간 문장에 찍힌 마침표 너머로 김독자가 바라는 아득한 세계가 보이는 것도 같았다.

이 문장을 붙잡고, 다시 그다음 문장을 붙잡고…….

구름사다리를 건너듯 그렇게 계속해서 나아가다 보면, 언젠가 그들은 결말에 도달하게 될 것이다.

한수영이 말했다.

"너도 성좌는 성좌구나, 김독자."

모든 성좌는 설화에 취해 있고, 자신이 추구하는 '단 하나의 설화'에 도달하기 위해 다른 모든 설화를 탐닉한다.

그 때문에 성좌에게는 진정한 타자가 없다.

결국 성좌는 모든 설화를 자기 자신으로 만들 뿐이니까.

「그 어떤 성운에도 대항할 수 있는 설화를, 일행들이 얻게 될 것이다.」

설령 그 설화가 다른 존재들을 위한 것이라 한들.

"내가 언제 이런 이야기 보여달래?"

그들을 발견한 '형용할 수 없는 아득함'의 분체들이 몰려들었다.

한수영의 손에서 [흑염]이 불을 뿜었고, 정희원의 심판자의 검이 [지옥염화]를 발동했다. 유중혁의 [파천검도]가 공허를 비집고 길을 열었다.

본래였다면 맞설 수 없는 재앙. 그럼에도 그들이 싸울 수 있었던 것은, 이 길의 끝에 존재하는 별 때문이었다.

[성좌, '구원의 마왕'이 성흔, '희생의지 Lv.9'를 발동 중입니다!]

희생의지. 자신의 목숨을 걸어 동료들의 전투력을 격상시키는 필살의 성흔. 그 별빛에 힘입어 유중혁은 검을 휘둘렀고, 정희원은 염화를 방출했으며, 한수영은 주먹을 내질렀다.

그리고 희미하게 김독자의 기적이 느껴지기 시작했다.

죽어가는 사람의 숨소리처럼 약해진 설화들이 김독자의 위치를 알려주고 있었다.

츠츠츠츳······.

우리엘과 흑염룡의 격이 급격하게 줄어들기 시작했다.

이제 정말로 한계치에 다다른 것이다.

[성좌, '악마 같은 불의 심판자'가 경고합니다!]

[성좌, '심연의 흑염룡'이 화장실이 급해서 힘을 쓰기 어렵겠다고······.]

짙은 암무의 까마득한 건너편에서 희끄무레한 별 같은 것이 보이기 시작했다. 유중혁도, 한수영도 그 별을 보았다.

간신히 손을 뻗으면 닿을 것 같은 별.

하지만 그 별로 가는 길은 험난했다. 밀려오는 분체는 점점 많아지고, 주변의 격압은 급격하게 높아지고 있었다.

연료 따위는 고려하지 않고 날아온 편도 로켓처럼, 세 사람의 몸 안에 남은 마력은 이제 많지 않았다.

쿠구구구구.

분체들과 점점 거리가 가까워졌다.

만약 셋 모두 저 분체들을 뚫고 돌진한다면, 김독자는 물론이거니와 그들도 돌아오지 못하게 될 것이다.

하지만 세 사람에게 남은 편도행 마력을 한 사람에게 모은다면 어떨까.

"방법은 하나뿐이다."

세 사람이 동시에 서로를 바라보았다.

모두가 김독자를 구할 수는 없다.

그러니 저 별에 도달할 수 있는 것은 오직 한 사람뿐이다.

✳

4

시야를 덮는 안개 속에서 유중혁이 말했다.

"놈을 구하는 것은 나다."

그의 손에 쥐어진 흑천마도가 새파란 빛을 내뿜었다.

"너희는 모두 지쳤다. 그러니 내가 가는 것이 맞다. 남은 마력을 모두 내게 모아라."

그러자 심판자의 검을 뽑아 든 정희원도 말했다.

"당신도 몸 상태가 엉망인 건 마찬가지잖아. 이번에는 내가 가겠어요."

유중혁의 눈썹이 꿈틀거렸다. 지금껏 정희원이 이처럼 강경하게 나온 것은 처음이었다.

"둘 다 안 비켜? 나 하나로도 충분하거든?"

거기에 한수영까지 끼어들었다.

대치 중이던 두 사람의 시선이 한수영에게 쏠렸다. '우린 그렇다 치고, 넌 또 왜?'라는 느낌의 시선이기에, 한수영의 입이 비죽 튀어나왔다.

"뭘 그렇게 봐? 난 김독자 구하면 안 되냐?"

"독자 씨 싫어하는 줄 알았는데."

"아 물론 그 자식 좋아하진 않지."

보통이라면 이런 귀찮은 일은 유중혁에게 떠넘겼을 것이다. 하지만 이번만큼은 한수영에게도 이유가 있었다.

김독자가 수르야의 열차를 타고 돌진하던 순간, 그녀에게 날아온 메시지가 있었기 때문이다.

─야, 구해줄 거지?

그 말만 듣지 않았어도.

투덜거린 한수영이 재차 입을 열려는 순간, 정희원이 말을 빼앗았다.

"미안하지만 독자 씨가 나한테 직접 구해달라고 했어. 그러니까 이번엔 너나 저 양반한테 양보 못 해."

"뭔 개소리야? 김독잔 나한테 구해달렸거든?"

"거짓말 마. 그 인간이 너한테 구해달라고 할 리가 없잖아?"

"아 그랬다니까! 작가라고 입만 열면 거짓부렁인 줄 아냐?"

두 사람의 시선이 허공에서 부딪쳤다.

그리고 그 순간, 한수영은 기이한 감각을 느꼈다.

처음에는 정희원이 저 얼치기를 구하려 거짓말을 하고 있다고 생각했다. 그런데 생각해보니, 정희원은 그런 일로 거짓말을 할 사람이 아니었다.

불현듯 고개를 돌리자, 유중혁이 한껏 인상을 찌푸리고 있었다.

"야, 너……."

어마어마한 분노가 깃든 얼굴로, 유중혁이 먼 별을 노려보고 있었다.

그 순간 한수영은 뭔가 깨달았다.

잠깐, 이거 혹시?

"설마 김독자 이 새끼가?"

멀리서 희미하게 빛나는 별.

히죽 웃는 김독자의 얼굴이 언뜻 보이는 것도 같았다.

※ ※ ※

쿠구구구구……

제천대성이 뚫어놓은 하늘의 구멍이 조금씩 메워지고 있었다. 겁에 질린 듯 주춤거리던 분체들은 다시금 세를 회복 중이었고, 세계는 다시 암무로 뒤덮이고 있었다.

묵시룡의 충격파가 만들어낸 소리가 파도처럼 들려왔다. 화들짝 정신을 차린 성좌들이 제천대성을 바라보았다.

[미안하지만 두 번은 못 해. 지금 이것도 규약 위반이거든.]

귀찮다는 듯 여의봉을 휘휘 돌린 제천대성이 여의봉을 귓속에 집어넣었다.

[성좌, '긴고아의 죄수'에게 성운, <황제>의 '약속'이 발동합니다!]

'형용할 수 없는 아득함'을 압박했던 제천대성의 모습이 흩어지고 있었다. 마치 몸이 여러 개로 찢어지듯, 현현했던 제천대성의 격이 부서지며 마지막 메시지를 남겼다.

[너네 그렇게 멍하니 있으면 다 뒈진다.]

[몰아붙여! 지금 밀리면 다 뒈지는 거야!]

기력을 되찾은 디오니소스와 <올림포스>의 성좌들이 허공을 향해 격을 발산했다. 힘을 비축하고 있던 <명계>의 성좌들도 움직였다. 한반도의 성좌들이 이지혜에게 힘을 모았고, '터틀 드래곤'의 포신에서 눈부신 포화가 이어졌다. 누군가는 싸웠고, 누군가는 저항했다.

하지만 모두가 그런 것은 아니었다.

밤하늘의 별들이 떨어지고 있었다.

달아나던 <베다>와 <파피루스>의 성좌들. 수식언이 알려졌거나, 수식언조차 알려지지 않은 무수한 별들이 묵시룡과 이계의 신격의 패권 다툼에 휘말려 추락하고 있었다. 마치 이제 별들의 시대는 끝났다는 것처럼.

메타트론은 그 하늘을 올려다보고 있었다.

'붉은 코스모스의 지휘관', 요피엘. 그녀가 1,863회차에서 보내준 정보에는 이런 내용이 없었다.

메타트론의 양손에서 묵시룡을 봉인하기 위한 봉인구가 빚어지고 있었다.

〈에덴〉과 절대선의 모든 설화를 끌어모아 만든 봉인구.

요피엘은 말했다.

—서기관은 죽겠지만, 세계는 '선'을 기억하게 될 겁니다.

분명 그랬어야 했다. 그런데 어째서.

[대상은 봉인이 불가능합니다.]

봉인구가 거의 완성되었음에도 묵시룡은 가둘 수 없었다.

왜인지는 모른다. 어디서부터 무엇이 잘못되었는지도 알 수 없었다.

묵시룡을 너무 일찍 깨운 것이 문제였을까.

아니면 '형용할 수 없는 아득함'이 끼어들었기 때문일까.

역시 '구원의 마왕'이 문제였을까.

그것도 아니라면 요피엘이?

시야 끝에 화신체 절반을 잃고 죽어가는 미카엘이 있었다.

〈에덴〉이 있는 한 미카엘은 다시 태어날 수 있다. 하지만 이제 〈에덴〉은 사라질 것이다. 〈에덴〉뿐만 아니라 곧 〈스타 스트림〉 전역의 붕괴가 시작될 것이다.

[벌써 포기할 셈인가? 네놈답지 않군.]

뒤를 돌아보는 순간 메타트론의 표정이 굳어졌다.

[나를 죽이러 왔습니까?]

[그냥 내버려둬도 죽을 텐데, 뭐하러?]

'지옥 동부의 지배자', 아가레스가 킬킬 웃으며 인상을 썼다.

[가장 오래된 악이 이야기를 시작합니다.]

메타트론은 아가레스가 왜 되돌아왔는지 깨달았다.

[잠깐이지만 당신을 부러워했습니다. '악'의 설화를 그토록 쉽게 내버리고 떠난 당신을 말입니다.]

[거짓말은 '악'의 미덕이야. 잊었나?]

아가레스가 진저리난다는 듯 웃었다.

선과 악. 그들은 이 세상의 대척점에 있지만, 이 세상 누구보다 서로를 잘 이해하고 있었다.

그들은 죽을 때까지 이 '설화'에서 벗어나지 못한다. 왜냐하면 그 설화는 이미 그들 자신이니까.

[가장 오래된 선이 이야기를 시작합니다!]

[가장 오래된 악이……!]

[시끄러워. 그 빌어 처먹을 이야기는 대체 언제까지 '시작하는' 거냐.]

피어오르는 설화들을 보며 아가레스가 인상을 썼다.

[가장 오래된 악이 '지옥 동부의 지배자'를 물끄러미 바라봅니다.]

[이제 그만할 때도 됐잖아.]

품속에 손을 넣은 아가레스가 궐련을 꺼냈다. 치이익, 소리와 함께 궐련에 불이 붙으며 연기가 허공으로 퍼져나갔다.

추락하는 별의 개수는 점점 많아졌고, '형용할 수 없는 아득함'의 분체들은 추락한 성좌들을 잡아먹기 시작했다. 멀리서 묵시룡의 울음소리가 들렸다.

[장관이로군. 이 긴 싸움을 마무리하기엔 딱인 무대야.]

선과 악의 수장이 그 광경을 보고 있었다.

이곳의 모든 비극은 그들로부터 시작되었다.

그때, 뒤쪽에서 괴이쩍은 소리가 들려왔다.

은밀하게 다가온 분체 하나가 메타트론을 향해 아가리를 벌리고 있었다.

[마왕, '지옥 동부의 지배자'가 자신의 격을 드러냅니다!]

쿠드드드드!

당장이라도 대천사를 찢어 삼킬 듯 덤비던 분체가 움직임을 멈췄다.

아가레스의 양손이 닫히는 분체의 아가리를 붙들고 있었다.

그 역시 서열 2위의 마왕이다.

현 〈마계〉의 마왕 중 유일하게 '신화급 성좌'와 자웅을 겨룰 수 있는 존재.

아가레스가 궐련을 씹으며 말했다.

[뭘 멀뚱히 보고 있는 거냐? 여기서 순교라도 할 셈이냐?]

[잠깐이지만, 그것도 나쁘지 않겠다고 생각했습니다.]

[네놈이 벌인 일이면 제대로 끝을 내라. 잘난 '하늘의 서기 관'으로서, 제대로 '성마대전'의 마무리를 지으란 얘기다.]

[어렵습니다. 예상보다 묵시룡의 힘이 너무 강합니다.]

['벽'의 힘을 사용한다면 가능할 거다.]

['벽'의 힘을 사용해도 묵시룡은 봉인할 수 없습니다.]

[하지만 여기 있는 녀석들을 살릴 수는 있다. '벽'은 본래 무 언가를 지키기 위해 존재하니까.]

메타트론의 눈동자가 흔들렸다.

[지금 무슨 소릴 하는 겁니까?]

[너는 늘 두 번 말해야 알아듣지.]

분체를 향해서 거센 격을 쏟아내는 아가레스가 그곳에 있 었다.

메타트론은 오랜 세월 저 마왕과 싸워왔다. 그럼에도 지금 아가레스의 표정은 그가 처음 보는 종류의 것이었다.

「그 순간 선과 악이 서로를 마주 보았다.」

마왕의 눈동자가 죽어가는 마왕들과 대천사들을 응시했다.

[지금 저놈들을 살려야 다음 세대에도 '선악'이 이어질 것 아닌가?]

[마왕인 당신이 그런 말을 하다니 이상하군요.]

[이제야 말하는 거지만 너도 그다지 대천사처럼 보이지는 않아.]

아가레스의 부루퉁한 목소리를 들으며 메타트론은 기분이 이상해졌다.

그토록 오래 싸워온 악마가 어째서 이처럼 가깝게 여겨지는 것인지.

지금 그들의 행동은 선행인지, 아니면 악행인지.

메타트론은 알 수 없었다. 다만 한 가지는 알 수 있었다.

[가장 오래된 선악의 설화가 당신들을 바라봅니다.]

설령 그들이 설화 그 자체라 한들.

이것은 설화들이 원해서 선택하는 것이 아니었다.

[나 혼자서는 안 됩니다.]

[알고 있어.]

['선악을 가르는 벽'이 거칠게 흔들립니다!]

하나의 벽을 사이에 두고, 선과 악의 대표가 서로를 향해 손을 뻗었다.

[여기서 이들을 살린다고 종말을 막을 수는 없습니다.]

[그것도 알고 있어.]

메타트론이 만든 봉인구에 아가레스가 손을 올렸다.

[근데 그건 우리가 생각할 문제가 아니야.]

대천사와 마왕이 손을 잡았다.

봉인구가 눈부신 빛을 터뜨리며 급격하게 커지기 시작했다. 이제 봉인구라기보다는 한 척의 배처럼 보였다.

쿠구구구구.

그것은 한때 세계의 멸망에 맞서 지상의 존재를 보호하던 방주였다.

대홍수에서 종을 보호하기 위해 현현했던 신화 속 배.

메타트론이 말했다.

[성좌들을 대피시키십시오.]

[알겠습니다, 서기관.]

메타트론의 말에 성좌들 사이에 섞여 있던 '방주의 주인'이 배를 이끌었다.

하나둘, 살아남은 발키리들이 주변의 성좌와 화신을 방주에 태우기 시작했다. 하지만 방주의 설화를 지탱해야 하는 메타트론과 아가레스는 배에 탈 수 없었다.

그 사실을 아는 것은 메타트론과 아가레스만이 아니었다.

[멍청한 짓을 하셨군요, 지옥 동부의 지배자.]

[아스모데우스.]

말을 섞을 틈도 없이, 아스모데우스의 클로가 아가레스의 심장을 꿰뚫었다. 그러나 죽음에 직면한 아가레스는 담담한 표정이었다.

그 표정이 불쾌하다는 듯 아스모데우스가 말했다.

[그만 '벽'을 내놓으시죠. 당신에겐 '악'을 대표할 자격이 없습니다.]

꾸드득 파고든 클로가 아가레스의 내부를 헤집었다.

새카만 설화를 흘리며 아가레스가 말했다.

[너도 집요한 녀석이구나. 어째서 그렇게 '벽'을 원하는 것이냐? '벽'을 가지면 신이라도 될 수 있다 착각하는 거냐?]

[그걸 가진다고 신이 될 수는 없다는 건 압니다. 하지만 적어도, '마지막 시나리오'의 비겁자 중 하나는 될 수 있겠죠.]

[그렇군. 마지막 시나리오에 대해 알고 있었나…….]

쓸쓸하게 웃던 아가레스의 두 눈에 광기가 스쳤다.

[미안하지만, 너는 '벽'의 주인이 될 수 없다.]

[그건 당신이 결정할 일이 아닙니다. 어차피 당신이 죽으면 당신의 '벽'은—]

[내 '벽'은 이미 다른 녀석에게 넘겼거든.]

순간 아스모데우스의 어깨가 흠칫 떨렸다. 마왕의 본능으로, 아스모데우스는 아가레스의 말이 사실임을 깨달았다.

[대체 누구에게?]

[그건 네가 알아내야지.]

괴성을 지른 아스모데우스의 클로가 아가레스의 목을 꿰뚫었다. 피처럼 쏟아지는 설화 파편 속에서 아가레스가 하늘을 올려다보았다.

[아름답지 않나, 메타트론? 이것이 우리의 종말이다.]

희미하게 이어지는 선악의 이중주가 멸망하는 밤하늘을 흘렀다.

떨어지는 유성우를 보며 아가레스가 웃었다.

✠ ✠ ✠

[성좌, '구원의 마왕'이 '희생의지 Lv.9'를 발동 중입니다!]

"저거 열받네, 진짜. 끝 수도 없고."

한수영이 씩씩거리며 외쳤다. 점점 불어나는 암무 속에서, 세 사람은 늘어나는 분체들과 싸우고 있었다.

저 너머에 김독자가 있다는 것은 안다.

하지만 셋 중 누구도 혼자만의 마력으로는 암무를 뚫을 수 없었다. 그러니 지금이라도 한 사람을 선택해 마력을 몰아주는 것이 최선이었다.

그런데 세 사람 중 누구도 양보하려 들지 않았다.

단순히 김독자만을 위한 것이었다면 누가 가도 상관없었으리라.

희끄무레하게 빛나는 별을 바라보며, 세 사람은 똑같은 생각을 하고 있었다.

지금 저 별을 향해 가는 사람은 높은 확률로 죽을 것이다.

암무는 시시각각으로 짙어지고, 묵시룡의 충격파는 더욱더 거세지고 있었다.

김독자는 아직 살아 있다. 하지만 구할 수 있을 확률은 낮다. 설령 김독자를 구해낸다 하더라도, 김독자와 함께 죽게 될 수 있다.

그러니 이것은 누군가를 구하기 위한 다툼이 아니라, 누군가를 위해 죽을 사람을 뽑는 자리였다.

"알고 있겠지만, 나는 죽지 않는다."

그것은 유중혁의 말이었다. 그 '죽지 않음'이 무엇에서 비롯되는지 아는 정희원은 화를 내려 했다.

하지만 그보다 한수영이 더 빨랐다.

"잘 생각해 정희원. 넌 혼자 죽는 것도 아니야."

순간, 정희원은 등에 동여맨 십자가의 무게를 느꼈다.

반박할 말이 없었다. 여기서 그녀가 죽으면 등에 매달린 사람도 죽는다.

"그럼 네가 대신 현성 씨 좀—"

"정희원! 뒤!"

정희원은 한수영의 외침에 반사적으로 뒤를 돌아보았다. 하지만 그곳에는 아무것도 없었다. 아차, 싶은 순간 뭔가가 그녀의 등을 밀쳤고, 정희원은 비틀거리며 지상으로 낙하했다.

대천사의 날개를 펼쳐 간신히 멈춰 섰을 때, 유중혁과 한수영의 신형은 이미 저만치 멀어지고 있었다.

"망할! 이게 무슨— 멈춰!"

마력조차 받지 않고 멀어지는 두 사람을 보며, 정희원은 그들이 무슨 결심을 했는지 깨달았다. 그것을 알았기에, 치솟는 마음을 억누를 수 없었다.

김독자는 그녀에게 구해달라고 말했다.

하지만 김독자를 구하기 위해서, 그녀는 그들을 쫓아가서는 안 되었다.

"우리엘."

뜨거운 감정을 씹어 삼키며, 정희원은 손을 뻗었다. 손끝에서 뻗어나온 대천사의 마력이, 어둠을 뚫고 날아가는 두 사람의 등에 눈부신 날개를 만들었다.

그 순간, 그녀의 등 뒤에서 강한 약동이 느껴졌다. 그것은 누군가의 심장 소리였다. 마치 하고 싶은 말이 있다는 듯 거세게 뛰는 진동.

정희원이 입을 열었다.

"저도요, 현성 씨."

우주를 향해 멀어지는 두 개의 빛살을 보며, 그리고 그 너머에서 그들을 기다리는 연약한 별을 바라보며, 정희원은 무언가 참아내듯 입술을 꾹 깨물었다.

"그런데 이번엔 우리 차례가 아닌가 봐요."

✳

5

뭉그러진 의식 속에서 설화들이 낱말을 흘려보낸다.

[설화, '구원의 마왕'이 이야기를 계속합니다.]

그래, 아직 듣고 있어. 잠들지 않았다고.

[설화, '왕이 없는 세계의 왕'이 당신을 지탱합니다.]

먹이를 받아먹는 아기새처럼, 나는 내가 살아온 설화들을 먹으며 견뎌냈다.

피부와 뼈마디에 감각이 사라진 뒤로 시간이 멈춘 듯했다. 내 안의 균형을 담당하던 시계 같은 것이 부서진 느낌이었다.

['묵시록의 최후룡'이 거센 포효를 터뜨립니다!]
['형용할 수 없는 아득함'이 '묵시록의 최후룡'을 노려봅니다.]

힘겨루기는 계속되고 있었다.

재앙과 재앙의 대결.

멀리서 퍼져나오는 충격파의 반향을 안개 내부에서도 느낄 수 있었다.

조금씩 진동의 크기는 줄어들고 있었다. 예상대로 '형용할 수 없는 아득함'이 우위를 점하고 있는 모양이었다.

묵시룡은 상상을 불허할 정도로 강하지만, 이제 막 봉인에서 깨어난 재앙이었다. 오래전부터 〈스타 스트림〉을 부유해온 '형용할 수 없는 아득함'에 대적하기는 조금 부족할 터. 그러니 힘의 균형은 천천히 '형용할 수 없는 아득함' 쪽으로 넘어갈 것이다.

문제는 녀석의 분체들이었다.

[전용 스킬, '전지적 독자 시점' 3단계가 발동합니다!]

본래 동료들에게는 이 힘을 사용하지 않으려 했다.

하지만 지금 같은 상황에서는 달리 방도가 없었다.

머리가 짜부라지는 느낌과 함께, 눈앞에 어렴풋한 영상이 떠올랐다. 설화의 손상이 심한 까닭인지 노이즈가 심했지만,

알아볼 수 있을 정도는 되었다.

「"김독자를 구하러 가라."」

아비규환의 전장. 그 전장의 하늘을 뒤흔드는 여의봉의 모습이 보였다.

와줬구나.

황홀하게 흩날리는 금빛 세모細毛. 제천대성의 강림을 견뎌내는 장하영이 창공을 향해 격을 발산하고 있었다. 그런 장하영을 돕는 흑염룡과 우리엘의 뒤로, 키리오스와 파천검성의 모습도 보였다.

분체들로부터 일행을 지키는 〈명계〉의 하데스와 페르세포네. 'X급 페라르기니'로 쓰러진 성좌들을 태우는 '양산형 제작자'…….

이윽고 전장의 중심에서 퍼진 폭음과 함께, 거대한 배가 등장했다.

「내가 나와 너희와 함께 하는 모든 생물 사이에 영세까지 세우는 언약의 증거는 이것이라」

〈에덴〉이 빚은 방주의 설화가 전장을 물들였다.

아무래도 메타트론이 결단을 내린 모양이었다. 역시 묵시룡을 봉인하기는 어렵다고 판단했겠지.

「"아저씨……."」

방주에 올라탄 신유승과 이지혜가 하늘을 올려다보고 있었
다. 신유승은 혼절한 이길영을 부축하고 있었다. 폭주하는 길
영이를 막는 것이 신유승의 임무였고, 다행히 나의 화신은 임
무를 잘 수행해낸 모양이었다.

성좌와 화신들이 방주로 대피하고, 섬이 무너지는 소리가
들렸다.

[성좌, '만다라의 수호자'가 당신을 바라봅니다.]

희끄무레한 염주 같은 것이 눈앞에 나타난다 싶더니, 진언
이 들려왔다.

[아해여, 결국 이렇게 되었군요.]

나는 그를 향해 힘겹게 웃어 보였다.

'이미 알고 계시지 않았습니까.'

눈앞에 떠오른 백팔 개의 염주알이 신묘한 빛을 뿜고 있었
다. 석존은 내가 나타나던 순간부터 이 시간을 예견하고 있었
을 것이다.

그에게 시간은 직선이 아니라 하나의 거대한 원이다.

정확한 미래를 알지는 못하더라도, 과거를 통해 현재를 읽
어낼 수 있다.

[섬의 역사도 여기까지군요. 이제 바빠지겠습니다.]

그가 왜 바빠지는지 나는 멸살법을 통해 이미 알고 있었다.

일제히 진동하는 염주 알이 새하얗게 탈색되고 있었다.

이 섬은 곧 닫힐 것이다. 그리고 수만 년 전에 그랬듯, 섬은 다시 한번 묵시룡을 봉인하게 되겠지.

이 섬은 묵시룡을 담을 하나의 거대한 염주가 될 것이다.

'방주에 탄 일행들을 섬에서 탈출시켜주십시오.'

염주가 희미한 빛을 내뿜었다. 동의의 표시였다.

[하지만 아해는 구할 수 없습니다.]

나 역시 고개를 끄덕였다.

그렇겠지. 나는 지금 묵시룡과 더 네임리스 미스트의 한복판에 있으니까.

[부디 아해에게 이야기의······.]

진언은 충격파와 암무의 파도에 휩쓸려 지워졌다.

온몸이 사시나무처럼 떨려왔다. 조각조각 떨어진 설화들이 분해되는 속도가 빨라지고 있었다. 나는 몸을 웅크렸다.

이제 거의 다 왔다.

이것만 버텨내면 〈김독자 컴퍼니〉는 새로운 거대 설화를 얻는다.

마지막 시나리오를 향해 나아갈, '전'을 채울 수 있게 된다.

[설화, '왕이 없는 세계의 왕'이 이야기를 멈춥니다.]

그리고 설화가 하나둘 끊어지기 시작했다.

[설화, '귀환자의 제자'가 이야기를 멈춥니다.]
[설화, '미식협의 이단아'가 이야기를 멈춥니다.]

호흡이 곤란해지며 눈앞이 캄캄해져갔다.

[설화, '대천사의 사랑을 받는 자'가 이야기를 멈춥니다.]

여기서 정신을 잃으면 모든 게 끝이라는 것을 알고 있었다.

[설화, '재앙의 왕을 사냥한 자'가 몸을 웅크립니다.]
[설화, '이계의 신격을 살해한 자'가 저항합니다.]

그렇기에 필사적으로 의식을 이어갔다.

자꾸 아득해지는 머릿속을 내가 잘 아는 문장들로 채웠다.

그래, 멸살법 생각을 하자.

그러나 엉뚱하게도 눈앞에 떠오르는 것은 멸살법 내용이 아니라 중학생 시절의 나였다. 사촌 형들 몰래 컴퓨터로 멸살법을 읽고, 교과서 귀퉁이에 낙서하던 기억. 머릿속에 기억하고 있던 멸살법 내용을 공책에 필사하고, 등장인물의 파워 밸런스 도표를 만들던 기억.

―독자는 나중에 작가가 되고 싶은 거니?

내 낙서를 보고 그렇게 물어준 선생님도 있었다.
내가 되고 싶은 것은 작가가 아니라 독자예요.
그렇게 말하자, 선생님은 묘한 표정을 짓더니 이내 웃어 보였다.

―그것도 좋구나. 결국 작품은 독자가 있어야 완성되니까.

그 말을 해준 선생님은 사흘 뒤 교통사고로 돌아가셨다.
생이란 그런 것이다.
삶도 알고 있다. 삶은 이야기가 아니니까.

[설화, '구원의 마왕'이 이야기를 멈춥니다.]

하지만 그럼에도.

[설화, '생과 사의 동료'가 이야기를 계속합니다.]

나는 이 삶이 차라리 이야기였으면 좋겠다.
'살고 싶다.'
뻗은 손에 감각이 없다.
아주 먼 곳. 묵시룡과 이계의 신격이 대치하는 전장을 건너 뭔가가 이쪽을 향해 다가오고 있었다. 너무나 어슴푸레한 인형이지만, 나는 그게 누구인지 바로 알아보았다.

[<스타 스트림>이 당신의 놀라운 업적을 인정합니다.]
[당신은 새로운 '거대 설화'를 획득했습니다.]

어디선가 흘러온 따뜻한 빛이 내 몸을 감싸 안았다. 무어라 말을 하려는 순간, 목소리가 들려왔다.

☒ ☒ ☒

살리고 싶다.
반드시, 살리고 싶다.
한수영은 피 나도록 입술을 깨문 채, 생각하고 또 생각했다.

[성좌, '구원의 마왕'이 '생존의지 Lv.1'를 발동 중입니다.]

저 메시지를 듣는다면 누구나 그런 생각을 하지 않을 수 없을 것이다.
다른 사람도 아닌 그 김독자가.
"아직 늦지 않았다."
유중혁의 말에, 한수영은 입가에 흐르는 피를 쓱 닦으며 웃었다.

"난 살면서 한 번도 누구한테 뭘 양보해본 적이 없어."

"이미 한계라는 걸 알고 있다."

"남 말 하시네."

"너보다는 오래 버틸 수 있다."

이제 김독자는 멀지 않은 거리에 있었다. 하지만 시간도 상황도 여의찮았다. 정희원이 달아준 추진력으로는 여기까지가 한계다. 남은 힘으로는 분체들을 상대할 수도, 저 두꺼운 암무를 뚫을 수도 없었다.

쿠구구구구구…….

풀어헤친 한수영의 붕대에서 피와 설화가 뒤섞여 쏟아지고 있었다. 과할 정도로 창백해진 얼굴.

유중혁이 말했다.

"여기서 개죽음할 셈인가?"

"널 백 퍼센트 신뢰할 수가 없어서 말이지."

유중혁의 눈동자에 차가운 뭔가가 스쳤다.

한수영이 물었다.

"나 거짓 간파 있는 거 알지?"

"물론."

"너 진짜 김독자를 동료로 여기는 거 맞아?"

"불필요한 질문이군."

"너희가 시나리오로 지지고 볶으면서 미운 정이 좀 들었다는 건 알아. 그런데 그거랑 별개로 납득이 안 가는 점도 있거든."

말과는 다르게, 한수영은 [거짓 간파]를 켜지 않은 채로 말했다.

"넌 원래 동료고 뭐고 없는 놈이잖아. 그런데 이번 회차에 들어와서 너무 많이 변했다 이거지."

"……."

"그래서 나는 너를 믿을 수 없어. 대의를 위해 동료들을 저 버렸던 네가, 왜 김독자는 구하려는 건데?"

유중혁의 시선이 한수영과 마주쳤다.

그토록 깊은 어둠을 마주한 것은 오랜만이기에, 한수영은 자기도 모르게 진저리를 쳤다. 어쩌면 건드려서는 안 될 역린 이었는지도 모른다. 왜냐하면 한수영은 유중혁의 '회차'에 관해 제대로 아는 것이 없었으니까.

유중혁이 대답했다.

"이 모든 시나리오가 끝났을 때, 김독자에게 확인해야 할 것 이 있다."

아무 감정도 생각도 읽을 수 없는 얼굴이었다. 그것은 절망 같기도 했고, 분노 같기도 했고, 지독한 외로움 같기도 했다. 그러니 어쩌면 그 모든 감정은 유중혁이 아니라 한수영 자신 의 것인지도 몰랐다.

"그러니 적어도 그때까지는—"

그렇기에 한수영이 이해할 수 있는 것은 한 가지뿐이었다.

"그때까지는 살려둘 거라 이거지?"

한수영이 자신의 오른손을 내려다보았다.

새카맣게 타오르는 [흑염]. 그녀의 마지막 마력이 손바닥에 깃들고 있었다.

"약속 꼭 지켜라. 만약 못 구하면―"

이글거리는 한수영의 눈이 유중혁을 보았다. 한수영의 작은 손이 유중혁의 등에 맞닿자 가공할 마력의 폭풍이 발생했다.

"그냥 다음 회차로 꺼져버려!"

한수영의 팔에서 뻗어나온 흑염룡의 가호가 일시적으로 유중혁에게 깃들었다. 정희원이 전해준 마력과 한수영이 전해준 마력이 일시적으로 결합하며, 검은 코트 너머로 빛과 어둠의 날개가 펼쳐졌다.

콰아아아아!

광막한 공허를 누비며 유중혁은 흑천마도를 거세게 움켜쥐었다. 혼자서는 넘지 못한 암무를, 유중혁은 정희원과 한수영의 힘으로 넘어섰다.

[성좌, '악마 같은 불의 심판자'의 가호가 당신에게 깃듭니다.]
[성좌, '심연의 흑염룡'의 가호가 당신에게 깃듭니다.]

마력은 점차 떨어져갔다. 암무의 밀도가 짙어질수록 별빛은 흐려졌다. 유중혁은 이를 악물었다.

더 뾰족하고 더 정확하고 더 날카로운, 그런 이야기가 필요했다.

저 재앙의 안개를 뚫어낼 수 있는 설화. 그런 설화가,

[설화, '이적에 맞서는 자'가 이야기를 계속합니다.]

그곳에 있었다. 그가 바라보는 모든 공허의 길목에, 그와 김독자가 걸어온 시간이 은하수처럼 흩뿌려져 있었다. 유중혁은 그 길을 달려갔다.

[설화, '이계의 신격을 살해한 자'가 이야기를 계속합니다.]

하나의 설화를 달리고.

[설화, '거신의 해방자'가 이야기를 계속합니다.]

또 하나의 설화를 달리며, 유중혁의 화신체에 가속도가 붙기 시작했다. 그의 몸이 은은한 황금빛으로 뒤덮였다.
초월형 2단계, 그리고 3단계. 마침내 4단계를 넘는 순간 유중혁의 몸이 일시적으로 바뀌었다.
으드드드득.
온몸의 뼈가 비명을 지르며 환골탈태換骨奪胎라도 하듯 체형이 더욱 날렵하게 바뀌고 있었다.
그리고 마침내 초월형 5단계.

[설화, '생과 사의 동료'가 이야기를 계속합니다.]

멀리서 홀로 죽어가는 별의 모습이 보였다. 그의 모습은 이제 더 이상 성좌처럼 보이지 않았다.

김독자.

아직 늦지 않았다. 그들이 기억하는 설화가 남아 있고, 김독자를 기억하는 사람들이 살아 있다. 김독자가 그토록 만들고 싶어했던 이야기가, 아직 이 세상에 살아 숨 쉬고 있다.

[설화, '김독자 컴퍼니'가 이야기를 계속합니다.]

그러니 너도 여기서 죽어서는 안 된다.

[화신체의 내구도가 한계치에 달했습니다!]
['방주'가 당신을 부르고 있습니다!]

뒤쪽에서 그를 잡아당기는 강력한 힘이 느껴졌다. 그 인력이 김독자에게 다가가는 것을 막아서고 있었다.

[성좌, '만다라의 수호자'가 당신을 호출합니다.]

"시끄럽다!"

유중혁은 그 모든 힘을 거부하며 앞으로 나아갔다.

이제 김독자는 코앞에 있었다.

열 걸음, 아홉 걸음, 여덟 걸음…… 전신을 찢어발기는 스파크를 견디며, 유중혁은 앞으로 나아갔다.

다섯 걸음, 네 걸음…….

손을 뻗었다.

공허 속을 부유하는 김독자의 옷깃. 그 끄트머리에 손이 닿으려는 바로 그 순간.

숨이 턱 막히는 느낌과 함께 사위가 흔들렸다. 기절하거나 의식을 잃은 것은 아니었다.

정신을 차렸을 때, 유중혁은 누가 자신의 손목을 붙잡고 있다는 것을 깨달았다. 아주 굳센 손이 손목을 붙들고 있었다.

무척이나 익숙한 손이었다.

[화신 '유중혁'의 배후성이 동요합니다.]

세계가 흔들리고 있었다. 묵시룡과 이계의 신격이 충돌하는 소리. 섬의 차원이 붕괴하는 것이 보였다.

하지만 유중혁이 본 것은 그런 멸망의 정경보다도 더 충격적이었다.

한없이 불길한, 그 끝을 잴 수조차 없는 혼돈 너머로 김독자의 것과 똑같은 백색의 코트가 펄럭이고 있었다.

혼절한 김독자를 허리에 낀 존재.

새카만 어둠 속에서, 심연 같은 두 눈이 그를 보고 있었다.

발끝에서부터 천천히 전율이 올라왔고, 붙잡힌 손목이 미친

듯이 떨렸다. 유중혁은 눈앞의 존재를 알고 있었다. 너무나 잘 알기 때문에, 아무 말도 할 수 없었다.

　―너는 미래에서 온 '김독자'인가?

　언젠가 유중혁은 누군가에게 그런 질문을 던진 적 있었다.
　1,863회차까지의 이야기를 모두 아는 존재는 김독자뿐이라고 생각했고, 그랬기에 던질 수 있는 물음이었다.
　하지만 지금 돌이켜보니 멍청한 질문이었다.
　1,863회차까지의 이야기를 모두 아는 존재.
　어떤 이야기에 관해 가장 잘 이해하는 존재는 그걸 읽은 '독자'가 아니라 직접 그 이야기를 살아간 '등장인물'인 법이다.
　【돌아가라. 너는 아무것도 구할 수 없다.】

＊

6

묵시룡과 '형용할 수 없는 아득함'의 대결.

재앙과 재앙의 충돌에 별들이 추락했고, 멸망의 정경은 〈스타 스트림〉 전역에 방송되고 있었다.

[이 섬의 끝이 다가오는군요.]

'만다라의 수호자'도 패널을 통해 그 광경을 보고 있었다.

'환생자들의 섬'이 부서지기 시작하며, 그의 화신체에도 조금씩 노이즈가 끼고 있었다.

'만다라의 수호자'를 향해, 수조 속의 유상아가 말했다.

―이미 알고 계셨잖아요.

[왜 그렇게 생각합니까?]

유상아의 영혼이 말없이 빛을 뿜었다. 그녀의 화신체는 아직 눈을 뜨지 못한 상태였다.

─왜냐하면 제가 '도서관'에서 본 당신은…….

[그 이야기는 아껴두십시오. 이야기를 듣고 있는 자들이 있습니다.]

말이 끝나기 무섭게 사원 전체에 무거운 진동이 일었다. 불온하고 탁한 공기가 근방을 짓누르고 있었다. 그르르르, 하는 짐승의 울음 같은 것이 들려왔다. 사방 공간의 모서리가 만들어낸 그림자에서 뭔가가 꿈틀거리고 있었다.

유상아의 영혼체가 불안하게 떨렸다. 수조 속에서 일어나는 기포가 많아지자 석존이 나섰다.

[틴달로스의 사냥개들이여. 사냥감을 잘못 찾아온 모양이군요.]

석존이 가볍게 염불을 외우자, 주변을 배회하던 그림자들은 순식간에 사라졌다. 마치 다른 사냥감을 찾아 떠나는 들짐승처럼.

유상아는 그림자들이 완전히 사라진 후에야 가까스로 말을 꺼냈다.

─방금 그건…….

[아해여. 이제 마지막 시나리오의 문이 가까워졌습니다.]

석존의 목소리가 무겁게 가라앉아 있었다.

쿠구구구구구.

그의 목에서 발열하는 염주들이 일제히 허공에 떠올랐다.

그가 무슨 일을 벌이려는지 알고 있는 유상아가 물었다.

─저는 되살아나지 못하는 건가요?

[왜 그렇게 생각합니까?]

―이 섬이 끝나면 당신도 죽을 테니까요. 그럼 저도 부활할 수 없겠죠.

[아해여, 우리는 거래를 했습니다. 아해는 나의 부탁을 들어주고, 이 몸은 아해의 부탁을 들어주는 것. 그리하여 이 세계의 평형을 맞추는 것.]

석존은 인자한 미소를 지은 채 말을 이었다.

[그러니 아해는 무사히 환생할 겁니다. 아직 화신체의 업을 제대로 계승하지 못했기에 당장 활동하지는 못하겠지만, '마지막 시나리오'에서 그대의 역할은 매우 중요합니다. 그러니……]

유상아는 그게 무슨 뜻인지 묻고 싶었다. 그러나 채 묻기도 전에 의식이 흐려지기 시작했다.

[지금은, 잠깐 쉬고 계시지요.]

유상아의 영혼이 잠들자, 석존은 수조에서 그녀의 화신체를 꺼내 어딘가로 전송하기 시작했다.

쿠구구구, 하는 소리와 함께 사원이 다시 한번 흔들렸다.

어느새 패널 화면이 바뀌어 있었다. 똑같은 얼굴을 가진 두 사내가, 각각 흑과 백의 코트를 입은 채 마주 보는 장면.

[마침내 당신이 움직이는군요. 수레의 끝에 선 존재여.]

잠시 그 광경을 보던 석존이 아쉽다는 듯 말을 이었다.

[그렇다면 슬슬 이쪽도 준비를 해야겠지요.]

대체 어떻게.

유중혁은 그 말을 싫어했다. 회귀자로 살다 보면 가장 자주 듣는 말이었기 때문이다.

레퍼토리의 변주도 뻔했다. "대체 어떻게 알았지?"부터 "대체 어떻게 네놈이?"에 이르기까지. 그 말을 듣기 지겨운 유중혁은 제일 먼저 그 대사를 던질 인물부터 죽인 적도 많았다.

그런데 지금 유중혁은

"대체 어떻게?"

스스로의 입으로 그 말을 꺼내고 있었다.

그것이 상대에게 비웃음 살 행동임을 잘 알면서도.

츠츠츠츠츠······.

휘몰아치는 개연성의 폭풍 속에 그가 잘 아는 얼굴이 있었다. 이곳에 있을 수가 없는 얼굴이었고, 있어서도 안 될 존재였다.

[해당 지역의 혼돈 수치가 급격하게 높아지고 있습니다!]

[시나리오의 균형에 문제가 발생했습니다!]

비틀거리면서도, 유중혁은 현재 상황을 이해하기 위해 노력했다.

고장 난 시계가 미뤄왔던 시간을 한꺼번에 돌리듯 그의 안에서 무수한 가설이 난립하고 있었다.

「녀석은 김독자여야 했다.」
「하지만 김독자가 아니었다.」
「1863.」
「하지만 어떻게? 대체, 어떻게 그런 일이⋯⋯.」
⋯⋯.

【내가 그 말을 싫어한다는 걸 알 텐데.】
마치 그의 생각을 읽었다는 듯, 눈앞의 존재가 답했다.
유중혁은 다시 한번 그 얼굴을 마주 보았다.
환한 스파크 속에서 희게 빛나는 '무한 차원의 아공간 코트'.
뻥 뚫린 어둠이 있어야 할 두 눈의 자리에 그와 같은 크기의 동공이 있었다. 눈만이 아니었다. 코도, 입도, 턱선과 체격도. 마치 거울을 보는 듯 흡사한 외형. 차이점이 있다면, 그 존재의 뺨에는 커다란 흉터가 있다는 것.
유중혁은 발작적으로 말했다.
"네놈은 내가 아니다."
【맞아. 나는 네가 아니지.】
새카만 어둠을 담은 눈동자가 허리에 매달린 김독자를 내려다보고 있었다.

[성좌, '은밀한 모략가'가 성좌, '구원의 마왕'을 응시합니다.]

마치 확인 사살처럼 내려앉은 메시지에 유중혁은 몸을 떨었다.

믿을 수 없었다.

"은밀한 모략가……."

눈앞의 존재가 정말 그 '은밀한 모략가'라고?

김독자를 1,863회차에 보내고, 자신에게 김독자의 비밀을 알려 혼란에 빠지게 한, 무수한 '간접 메시지'를 보내온 '은밀한 모략가'가…… 또 다른 그 자신이라고?

멀리서 들려온 폭음에 유중혁은 입술을 깨물었다.

그런 것은 나중에 생각해도 된다.

"김독자를 내놔라."

상대는 '은밀한 모략가'다. 혼돈에서 태어난 이계의 신격.

예측불허의 행동을 반복해온 놈의 패턴을 생각하면, 저 모습은 얼마든지 가짜일 수…….

【그렇게 둔한 머리로 용케 지금까지 살아남았군.】

"닥치고 김독자를 내놔라. 그러지 않으면—"

【그러지 않으면?】

코앞에서 흘러나오는 격에 유중혁은 정신이 아득해지는 느낌이었다.

강하다는 것은 알고 있었다. 하지만 이 정도일 줄은 생각지도 못했다. 지금의 유중혁은 최상위 격의 설화급 성좌인 인드라와도 맞서 싸울 수 있었고, 심지어는 커다란 상처를 입힐 수도 있었다.

그런데 눈앞의 존재에게는…….

【네놈이 뭘 할 수 있지?】

대체 이게 뭐란 말인가.

부들부들 떨리는 다리를 진정시키며 유중혁은 숨을 몰아쉬었다.

심지어 놈이 나타난 후로는 주변을 억압하던 '형용할 수 없는 아득함'의 분체들이 슬금슬금 물러나는 기미까지 보였다.

「이것은 말도 안 되는 일이다.」

시나리오의 부조리에 화가 났고, 이런 말도 안 되는 개연성을 허락한 〈스타 스트림〉에 증오가 일었다.

거기까지 생각한 순간, 머릿속이 환해졌다.

「지금까지 은밀한 모략가가 행한 일을 생각한다면, 놈이 지금 이곳에 현현하는 것은 불가능한 일이다.」

'은밀한 모략가'는 제천대성이나 우리엘, 흑염룡과는 다르다.

놈은 이계의 신격이고, 강림에 어마어마한 개연성이 필요한 존재다.

츠츠츠츠츳······!

실제로 시간이 지날수록 '은밀한 모략가'의 전신은 강렬한 후폭풍에 휩싸이고 있었다. 그 어떤 존재라 해도, 개연성의 후폭풍에서 자유로울 수는 없다.

그렇다면 아주 승산이 없는 것도 아니었다.

「만약, 김독자였다면.」

마치 김독자가 되기라도 한 것처럼, 유중혁은 차분한 어조로 물었다.

"이해가 가지 않는군. 지금까지는 가만히 있었으면서, 왜 갑자기 개입한 거지?"

【이제 때가 되었으니까.】

"때가 되었다?"

물음과 함께 공허의 저편에서 굉음이 발생했다. 묵시룡과 '형용할 수 없는 아득함'의 싸움이 절정에 이른 것이었다.

가공할 폭발에, 일대의 공간에 거대한 왜곡장이 발생했다.

은하계를 통째로 뭉그러뜨리는 풍경에 유중혁은 정말 〈스타 스트림〉이 멸망하고 있다는 실감이 났다. 확실히 저런 개연성이라면 이제 뭐가 나타나도 이상하지 않을 것이다.

'은밀한 모략가'는 줄곧 이 순간을 기다려온 것이다.

쿠구구구구구!

상공에서 '그레이트 홀'들이 열리고 있었다. 그렇게나 많은

'그레이트 홀'이 동시에 열린 것은 처음이었다.

단 하나만 열려도 행성을 멸망시킨다는 재앙의 구멍.

그 아득한 구멍들을 통해 셀 수 없을 만큼 많은 촉수가 고개를 내밀고 있었다.

【오오오오오오!】

【■■■……■■■■■■】

【위대한 모략이시여!】

【사라진 섬들의 울기가 시작될 것이다……!】

…….

괴기스러운 울음들이 곳곳에서 들려왔다. 듣는 것만으로도 심신이 탁기로 물드는 진언들. 그 진언에 반응하듯, 김독자를 낚아챈 '은밀한 모략가'의 몸이 천천히 상승하기 시작했다. 정확히 '그레이트 홀'이 있는 방향이었다.

유중혁의 표정이 굳어졌다.

"잠깐, 기다려라!"

아무런 확신도 없는 채로, 유중혁은 '은밀한 모략가'가 향하는 길목을 막아섰다. 그저 길을 막았을 뿐인데 코에서 피가 흘러내렸다. 시야가 흔들렸고, 검을 쥔 손이 떨렸다.

그럼에도 유중혁은 말했다.

"너는 갈 수 없다."

그런 유중혁을 보며 '은밀한 모략가'가 말했다.

【어리석은 행동은 삼가라. 회귀가 항상 온전한 다음 생을 보장하는 것은 아니니까.】

유중혁은 그 말이 무슨 뜻인지 정확히 이해했다.

하나의 생은 그 생으로 끝나지 않는다. 지나간 생은 언제나 다음 회차의 저주로 남는다.

검을 으스러지도록 쥔 유중혁이 말했다.

"나는 다음 회차로 가지 않는다."

【그래?】

다음 순간, 유중혁은 전신이 우그러지는 듯한 통증을 느꼈다. 어떤 기척도, 전조도 없는 공격. 그저 시선의 움직임만으로, 유중혁의 전신은 압착기에 들어간 것처럼 쪼그라들고 있었다. 피를 토한 유중혁이 외쳤다.

"얕보지 마라!"

[거대 설화, '마계의 봄'이 이야기를 시작합니다!]
[거대 설화, '신화를 삼킨 성화'가 이야기를 시작합니다!]

거대 설화의 기운이 전신을 감싸자, 몸을 억압하던 격의 위세가 일순 주춤했다. 지금은 김독자의 의식이 없으니, 〈김독자 컴퍼니〉가 가진 '거대 설화'의 최고 담화자는 유중혁이었다.

그 찰나를 놓치지 않고, 유중혁의 흑천마도가 움직였다.

모든 마력을 투사한 흑천마도에 파천의 결이 실렸다.

하늘을 부수고, 별을 베던 칼. 그 칼이 이제 자기 자신을 베기 위해 움직이고 있었다.

그 어떤 기교도 부리지 않은 순수한 기습.

하지만 칼은 날카로운 파찰음과 함께 정지했다. 금속성의 무언가가 그의 칼을 받아냈다. 유중혁의 동공이 커졌다.

진천패도.

3회차에서는 오래전에 부러진 그 칼이, '은밀한 모략가'의 손에 쥐어져 있었다.

【너는 나를 이길 수 없다.】

두 자루의 칼이 다시 부딪치며 불꽃 섞인 광풍이 일었다.

유중혁의 코와 입에서 후드득 피가 쏟아졌다. 그저 검을 맞대는 것만으로도 까마득한 우주 너머로 영혼이 추락하는 느낌이었다. 단 한 번의 충돌로 오른팔이 부러지고 늑골이 부서졌다. 그 끔찍한 통증을 내색하지 않은 채, 유중혁은 계속해서 힘을 끌어올렸다.

적어도 죽지는 않았다. 그렇다는 것은 해볼 만하다는 뜻이었다.

예상대로 시간이 지날수록 '은밀한 모략가'의 위상은 불안해지고 있었다. 존재에 끼는 스파크가 점점 심해졌고, 코트와 화신체를 유지하던 설화들이 흩어지고 있었다. 마치 서로 융합할 수 없는 설화들이 뒤섞이기라도 한 양.

「분명 놈은 무리하고 있다. 시간만 끌면 돼.」

게다가 '은밀한 모략가'는 아까부터 뭔가를 신경 쓰는 것처럼 보였다. 표정에서는 드러나지 않지만 유중혁은 느낄 수 있었다.

놈의 격은 무언가를 꺼리고 있다.

즉, 녀석은 지금 마음 놓고 이곳에 존재할 수 있는 상황이 아니라는 뜻이었다.

【시간 끌기라…… 어울리지 않는 방식이군. 김독자에게 배운 건가?】

유중혁은 대답하지 않았다.

말이 많아졌다는 것은, 저쪽도 초조해졌다는 증거.

【너는 아직 3회차에 불과하다. 그러니 지금의 네 목적과 김독자는 아무런 상관도 없을 것이다. 어째서 김독자에게 집착하는 거지?】

"그건 내가 묻고 싶은 말이다."

【내 목적을 이루기 위해 김독자가 필요하다.】

"그럼 나도 마찬가지라고 대답하면 되겠군."

순간 '은밀한 모략가'의 눈가에 희미한 감정의 빛이 스쳤다. 유중혁이 무슨 생각을 하는지 알겠다는 듯한 눈빛.

【너는 성공할 수 없을 것이다. 이번 회차의 마지막 시나리오는 김독자도 모르는 형태일 테니까.】

"그놈 혼자라면 그렇겠지."

【우습군. 아무것도 모르는 3회차 주제에.】

"3회차지만."

유중혁의 전신에서 설화들이 흘러나오고 있었다.

"적어도 나는, 네놈이 모르는 3회차를 살았다."

3회차에서 새로이 얻은 설화들이 유중혁의 일부가 되어 흐르고 있었다. 어떤 문장들은 구슬프게 흘렀고, 어떤 문장들은 한없이 유려하고 아름답게 흘렀다. 지금까지의 생에서는 없었던 설화들. 그리고 어쩌면 앞으로의 삶에서도 없을 설화들이었다.

그 설화를 가만히 들여다보던 '은밀한 모략가'가 말했다.

【아니, 나도 알고 있는 삶이다. 가장 오래된 꿈의 꼭두각시여.】

✳

7

가장 오래된 꿈의 꼭두각시.

몇 번이나 들은 그 말에, 유중혁이 인상을 찌푸렸다.

"또 꼭두각시 타령이군. 그게 대체 무슨 뜻이지?"

【그 의미를 헤아리지 못하니 네가 아직 3회차인 것이다.】

"잘난 듯이 떠들지 마라. 네가 이 회차에 대해 뭘 안다는 거냐?"

【네놈보다는 훨씬 더 잘 알고 있지.】

순간, 발끈한 유중혁의 오른쪽 눈동자가 황금빛으로 물들었다.

[전용 스킬, '현자의 눈 Lv.???'을 발동합니다!]

지금의 유중혁은 초월좌였고, 설화급 성좌와도 싸울 수 있을 정도로 격의 상승을 거듭한 상태.

[현자의 눈]이 사용자의 격에 비례해 식별 수준이 상승한다는 점을 고려하면, 이제 성좌의 파편화된 정보도 읽을 수 있어야 했다.

지금껏 그의 [현자의 눈]을 완벽히 방어해낸 인물은 두 명이었다. 하나는 예언자인 안나 크로프트. 그리고 다른 하나는 김독자.

하지만 유중혁의 생각이 맞는다면, 그가 절대로 읽을 수 없는 존재는 하나 더 있었다.

【3회차답게 판단도 둔하군.】

'은밀한 모략가'의 오른쪽 눈동자에서 유중혁의 것과 똑같은 찬연한 황금빛이 감돌고 있었다.

오른쪽 시야가 일순간 붉게 물들며, 흘러내린 피눈물이 유중혁의 뺨을 적셨다.

[전용 스킬, '현자의 눈'이 '현자의 눈'에 의해 완벽히 방어됩니다!]
[성좌, '은밀한 모략가'가 화신 '유중혁'을 바라봅니다.]

"네놈 따위가 '유중혁'일 리가 없다."

인정할 수 없었다.

"어떤 회차의 '유중혁'이라 해도, 다른 존재의 '시나리오'를 유희로 삼지는 않을 것이다."

그것은 확신이었다. 설령 그가 다른 회차에 존재한다 해도, 몇 번의 회귀를 거친다 해도 변하지 않을 신념에 대한 확신.

'은밀한 모략가'의 눈동자가 고요히 빛났다.

【네놈 말이 맞다. 지금의 나는 그저 '은밀한 모략가'일 뿐이니까.】

그저 은밀한 모략가일 뿐. 그것은 '은밀한 모략가'가 몇 번이고 주워섬겨온 말이었다.

【3회차의 '유중혁'은 <스타 스트림>을 부수기 위해 존재했지.】

"잘 아는군."

강맹한 울음을 터뜨리는 흑천마도를 보며, '은밀한 모략가'가 희미한 미소를 지었다. 아니, 그것은 미소라기보다는 차라리 '기이한 입술의 움직임'이라고 표현해야 할 법한 것이었다.

【<스타 스트림>을 부수면 모든 성좌는 추락한다. 그렇다는 것은 이 녀석도 죽게 된다는 뜻이지.】

'은밀한 모략가'의 시선 끝에 축 늘어진 김독자가 있었다.

마치 당장이라도 숨이 끊어질 것처럼 흔들리는 그 모습에, 유중혁이 달려들었다.

까아아아앙!

진천패도와 흑천마도가 교차하며 검고 푸른 불꽃이 튀었다.

유중혁의 입에서 선혈이 흘렀다.

[거대 설화, '신화를 삼킨 성화'가 포효합니다!]

그것을 닦지도 않은 채 유중혁은 다시 한번 칼을 휘둘렀다. 불필요한 생각을 덜어내기 위한 움직임이었다. 사고의 프로세스를 단순하게 만들고, 눈앞의 목표에만 집중하기 위한 발악이었다. 하지만 상대는 이미 그런 유중혁의 속내를 짐작하고 있었다.

'은밀한 모략가'가 놀리듯이 흑천마도를 피해내며 물었다.

【왜 김독자를 구하려 하지? 이 녀석도 결국은 네가 그토록 증오하는 '성좌'가 아닌가?】

흑천마도의 칼날이 희미하게 동요했다.

유중혁이 발산하던 거대 설화의 격이 흔들리자, '은밀한 모략가'가 빈틈을 노리지 않고 한 걸음을 내디뎠다.

【네 신념대로라면 이 녀석은 진즉에 죽었어야 한다. 세상에 좋은 성좌 따윈 존재하지 않으니까.】

성좌. 〈스타 스트림〉의 시나리오를 탐하고, 화신들을 관음하며, 세상 모든 것을 설화의 소재로 탐식하는 존재.

엄밀하게 말하면 '구원의 마왕'은 그런 성좌 중 하나일 뿐이었다.

그리고 유중혁의 목적은 그 모든 성좌를 파멸시키는 것.

하지만 유중혁은 성좌가 된 김독자를 죽이지 않았다.

「왜?」

선불리 대답할 수 없는 질문이었다.

그렇기에 줄곧 미뤄온 질문이기도 했다.

「왜 유중혁은 김독자를 죽이지 않는가?」

김독자를 둘러싼 무수한 관계들이 유중혁의 머릿속을 스쳐 지나갔다.

신유승과 김독자. 이길영과 김독자. 성좌들과 싸우는 김독자.

동료들을 위해 목숨을 거는 김독자.

그래서 결국 저런 꼴이 되어 죽어가는 김독자…….

"김독자는……."

김독자의 주변에 떠오른 설화의 파편들이 '구원의 마왕'으로 살아온 '김독자'를 이야기하고 있었다. 유중혁도 물론 알고 있는 설화들이었다.

그가 함께 살아온 설화들이었다.

[바아앗…….]

아주 멀리서 들려오는 비유의 목소리.

그 목소리를 들으며, 유중혁이 입을 열었다.

"'구원의 마왕'은 성좌지만……."

세상에 좋은 성좌는 없다. 그것은 0회차부터 3회차까지 4번 의 삶을 살아온 유중혁의 변하지 않는 기치였다.

좋은 별은 추락한 별뿐이고, 좋은 도깨비는 죽은 도깨비뿐이며, 좋은 시나리오란 존재하지 않는다. 그럼에도 유중혁은 지금 그런 자신의 신념을 배반하고 있었다.

"'김독자'는 성좌가 아니다. 그놈은 그냥 인간일 뿐이야."

그것이, 말이 안 되는 말이라는 걸 알면서도.

그륵.

그리고 어둠 속에서 뭔가가 울었다. 그륵. 그륵그륵그륵. 마치 어둠 그 자체가 울고 있는 것 같은 소리. 혹은 웃고 있는 것 같은 소리였다.

그 어둠의 중심에 '은밀한 모략가'가 있었다.

【가장 오래된 꿈의 꼭두각시여. 너는 '김독자'에 대해 아무것도 모른다.】

'은밀한 모략가'의 손에 쥐어진 진천패도가 고독한 울음을 터뜨렸다. 지금껏 누구도 이해하지 못할 삶을 살아온 자만이 품을 수 있는 검명劍鳴이었다.

유중혁은 지지 않겠다는 듯 기세를 끌어올리며 말했다.

"네놈은 뭘 갈 아는 것처럼 말하지 마라."

'은밀한 모략가'는 그 말에 대답하는 대신 기절한 김독자를 툭, 건드렸다.

그러자 울음을 참고 있던 아이가 눈물을 쏟아내듯 김독자의 몸에서 설화들이 쏟아져 나왔다.

「"나는 유중혁이다."」

그 말을 되뇌는 어린 시절의 김독자가 있었다.

사촌의 집에서 나와, 최저 시급보다 못한 급여를 받는 김독자의 모습.

「"나는 유중혁이다."」

초라하고 뻔한 이야기였다.

흔한 가난, 흔한 불행.

너무나 흔해서 소설로조차 남지 못할 이야기.

그런 이야기를 살아가는 김독자가 그곳에 있었다.

「"나는 유중혁이다."」

그 말을 되뇌며 고등학교를, 대학교를, 군대를, 회사를 전전하는 한 등장인물이 그곳에 있었다. 웹소설을 읽으며, 주인공에 이입하며, 그 이야기에서 힘을 얻으며, 감동하거나 분노하거나 슬퍼하며.

「"나는……."」

김독자는 그렇게 살았다.

유중혁의 '설화'를 읽으며, 별 볼 일 없는 일생을 살아남았다.

자신의 불행 대신 유중혁의 불행을 소비하고. 자신의 불행 대신 유중혁의 죽음을 소비하며. 댓글을 쓰고. 이야기에 간섭하며.

「"작가님. 혹시 다음 에피소드는……."」

【김독자는 태생부터 성좌였다.】

'은밀한 모략가'의 위상이 불안해지고 있었다. 마치 깊은 어둠에 감화되기라도 하듯 하얀 코트의 끝자락이 새카맣게 흩어지고 있었다.

그 코트 끝자락을 따라 김독자의 삶도 함께 부서져나갔다.

【다른 존재의 삶을 소비해서 자신을 연명하는 성좌였지.】

유중혁도 그런 김독자의 삶을 들여다보았다.

언젠가 본 적이 있는 설화들이었다. 유상아가 강제로 끌어들인 '도서관'이라는 곳에서 유중혁은 저 기억의 파편들을 보았다.

【3회차. 네놈은 아무것도 기억하지—】

"과거의 김독자가 어떻게 살아남았든, 그건 알 바 아니다."

유중혁의 몸에서 황금빛 아우라가 흘러나왔다. 지금껏 '은밀한 모략가'의 이야기를 들은 것은 오직 이 순간만을 위해서였다는 듯이. 천천히 눈을 뜬 유중혁의 전신이 완연한 황금빛으로 물들어 있었다. 초월형 5단계의 격이 유중혁의 내부에서 충만한 격을 방출하고 있었다.

"중요한 건 이 세계의 끝을 보기 위해 놈이 필요하다는 것."

흑천마도에 실린 파천의 결이 달라지고 있었다.

"그리고 놈을 죽여야 한다면, 그건 내가 될 거라는 것이다."

유중혁의 [허공답보]가 우주를 내디뎠다.

['방주'가 화신 '유중혁'을 부르고 있습니다!]

[성좌, '만다라의 수호자'가 화신 '유중혁'을 호출합니다!]

이제 시간은 정말 얼마 남지 않았다.

[거대 설화, '마계의 봄'이 이야기를 시작합니다!]

[거대 설화, '신화를 삼킨 성화'가 이야기를 시작합니다!]

두 개의 거대 설화가 그의 칼날에 깃들었다. 그 위로 그가 잘 아는 빛과 어둠의 격이 함께하고 있었다. 한수영과 정희원이 전한 마력.

[성좌, '악마 같은 불의 심판자'가 화신 '유중혁'에게 가호를 내립니다.]

[성좌, '심연의 흑염룡'이 화신 '유중혁'에게 가호를 내립니다.]

그 순간 유중혁은 혼자가 아니었다.

상극의 격이 하나의 칼날에 깃들자 흑천마도의 영롱한 빛이 파괴적인 설화를 발산하기 시작했다. 유중혁은 그 칼날이 인도하는 길을 따라 달렸다. 그 길의 곳곳에 〈김독자 컴퍼니〉가 살아온 시간의 모든 국면이 배어 있었다.

파천검뢰破天劍雷.

새파란 전격이 유중혁의 칼날을 휘어 감았다.

묵시룡의 전격파가 밀려왔을 때도 줄곧 아껴두던 파천검도의 오의. 거기에, 유중혁이 전심전력으로 단련해온 비전이 더해졌다.

파천검도.

비전오의.

유성참.

저 강력한 〈베다〉의 로카팔라인 인드라조차 갈라버린 기술.

황홀할 정도로 파멸적인 선을 그리는 검격이, 하나의 별을 베어내기 위해 움직였다. 유중혁의 3회차 전부가 걸린 일격이었다.

【말을 전혀 못 알아듣는군.】

그리고 다음 순간 유중혁은 보았다.

주변의 시공간이 왜곡되며, 어떤 설화가 이야기를 시작하고 있었다.

「"네놈들을 반드시 죽일 것이다."」

그것은 유중혁도 잘 알고 있는 목소리였다.
하늘을 향한 증오의 목소리.

「"몇 번이고."」

0회차부터 1,863회차까지.
총 1,864번의 삶이 만들어낸 설화.

「"다시, 몇 번이고 되살아나서."」

그것은 영원불멸永遠不滅의 지옥地獄.

「"네놈들을, 모조리 죽일 것이다."」

검과 검이 부딪치는 순간, 유중혁은 자신이 지워지는 듯한
느낌을 받았다. 압도를 넘어 차라리 경외를 느낄 정도의 격차.
유중혁은 그 설화의 면면에 새겨진 절망을, 후회를, 슬픔을,
증오를 이해했다. 이해

할 수 없었다.

그 까마득한 감정의 깊이를, 유중혁은 가늠

할 수 없었다.

그랬기에 유중혁은 무수한 설화 속 유중혁들처럼 절망했다.

그 설화 앞에서 그는 '은밀한 모략가'의 말처럼 그저 '3회차'의 유중혁이었다.

대체 무엇을 더해야 저 아득한 시간을.

정신을 차렸을 때, 유중혁은 허공을 날고 있었다. 정희원과 한수영이 내준 날개는 찢어졌다. 반토막 난 그의 흑천마도는 부서진 그의 삶처럼 회전하며 추락하고 있었다.

천천히 움직이는 진천패도가 그의 심장을 향해 움직이고 있었다.

[혼돈 수치가 급격하게 상승합니다!]
[누군가가 '은밀한 모략가'의 존재를 경계합니다!]
['심연을 좇는 사냥개'가 등장합니다!]

이변이 일어난 것은 그때였다.

휘어진 공간의 각도로부터, '이계의 신격'만큼이나 불길한 괴생명체들이 등장했다. 잘 훈련된 사냥개처럼 울음을 토한 녀석들은, 마치 가속이라도 한 것처럼 시공간의 법칙을 무시한 채 '은밀한 모략가'를 향해 달려들었다.

【귀찮은 사냥개들이⋯⋯.】

유중혁을 향해 떨어지던 진천패도가 방향을 틀어 사냥개들을 쳐냈다.

하지만 모두 막아내지는 못했다.

유중혁은 그 사냥개가 바로 '은밀한 모략가'가 꺼리는 존재라는 것을 알 수 있었다. 사냥개에 물린 '은밀한 모략가'는 서둘러 '그레이트 홀'을 향해 멀어지기 시작했다. 그의 손에 쥐어진 김독자도 함께.

유중혁은 힘없이 손을 뻗었지만, 이미 별은 까마득히 먼 곳으로 사라지고 있었다. 그에게는 이제 별을 향해 나아갈 기력이 존재하지 않았다.

꺾인 두 장의 날개가 모래처럼 바스러졌고, 유중혁은 그대로 지상의 어둠을 향해 추락했다.

✣ ✣ ✣

[이제 출발해야 합니다.]

"기다려! 아직 사부랑 아저씨가 안 왔다고!"

고집을 부리는 이지혜를 보며, '방주의 주인'은 곤란한 얼굴로 식은땀을 흘렸다.

[메인 시나리오 #89 - '묵시록의 최후룡'의 종료가 임박했습니다.]

이제 섬의 폐쇄까지 남은 시간은 삼십 초. 아무리 늦어도 이십 초 안에 이 섬을 떠나야만 한다. 결국 결단을 내린 '방주의 주인'이 노를 저으려는 순간.

"저기 온다!"

허공에서 뭔가가 떨어져 내렸다.

"유중혁!"

넝마가 된 코트. 의식을 잃은 유중혁이 지상으로 떨어지고 있었다.

"사부! 어떻게 된 거야?"

이지혜가 추락하는 유중혁을 받아 방주로 되돌아왔다.

한수영과 정희원이 다가와 유중혁을 흔들었다.

"유중혁! 뭐야, 왜 혼잔데? 김독자는……!"

"독자 씨는 어딨죠?"

유중혁은 대답이 없었다. 그 의미를 깨달은 정희원과 한수영이 허공을 올려다보는 순간, 방주가 움직이기 시작했다.

"잠깐, 잠깐만 기다려! 아직 한 사람 안 왔어!"

"멈추라고!"

그러나 일행들의 말은 밀려온 충격파와 '형언할 수 없는 아득함'의 암무에 휩쓸려 사라져버렸다.

[시나리오 지역이 폐쇄됩니다!]

[워프가 시작됩니다!]

성좌들의 비명. 추락하는 유성우들 사이로 하나의 세계가
저물고 있었다.

거대한 멸망을 막기 위한 작은 멸망.

'환생자들의 섬'이 영원 속으로 사라지고 있었다.

"안 돼! 멈춰! 멈추라니까!"

선명한 빛줄기 속으로 사라지는 방주. 방주 안에서 사람들
이 손을 뻗었다.

누군가는 주저앉았다. 누군가는 울부짖었다.

그리고 누군가는 그 모든 것을 지켜보았다.

"김독자—!"

[시나리오 정산 보상을 획득했습니다.]

[<스타 스트림>의 누군가가 '전'을 완성했습니다.]

[거대 설화, '빛과 어둠의 계절'이 탄생했습니다!]

그리고 누구도 원하지 않던 이야기만이 그곳에 남았다.

은밀한 모략가

꙳

1

'성마대전'이 끝난 지 이틀이 지났다.

악몽으로 가득하던 '환생자들의 섬'은 이제 보이지 않았고, 성좌들은 각자 별자리의 맥락을 찾아 방주를 떠나고 있었다.

—이번 역은 〈올림포스〉입니다.

선내 메시지와 함께 〈올림포스〉의 성좌들이 자리에서 일어 났다. 대표로 선 디오니소스가 정희원을 바라보며 말했다.

[먼저 가서 미안하군.]

"괜찮아요."

[너무 걱정하지 마. 다른 성좌도 아니고 그 녀석이잖아. 분 명 살아 있을 거야.]

정희원의 어깨를 툭툭 두드린 디오니소스가 성좌들을 이끌고 암흑차원 너머로 사라졌다.

　정희원은 성좌들이 모두 사라질 때까지 묵묵히 기다렸다가 뱃머리에서 내려왔다. 계단을 내려가자마자 그녀를 기다리는 사람이 보였다. 한수영이었다.

　"디오니소스는?"

　"갔어."

　"척준경이랑 〈명계〉도?"

　"그쪽은 아마 조금 있다가 떠날 것 같아."

　"우리엘은?"

　한수영은 계속해서 물었고, 정희원은 계속해서 이야기했다.

　대개는 소소한 정보였다. 하데스와 페르세포네. 우리엘. 척준경의 거처에 관해서. 누가 떠나고 누가 머무르는지. 그리고 누가 그들과 함께하는지. 어떤 것은 두 사람 모두 아는 정보였다. 그러나 누가 뭘 아는지는 지금 중요한 사실이 아니었다.

　"하영이는 완전히 탈진해서 스승님들이 추궁과혈을 돕고 있어."

　"지혜는?"

　"후미에서 부서진 전함 고치고 있어."

　"이현성은?"

　누군가는 묻고, 누군가는 대답하는 것. 두 사람은 방주 복도를 걸으며 그 일만 반복했다. 그런 거라도 하지 않으면 제정신을 유지할 수 없었다.

"애들은?"

"애들은……."

정희원이 말을 잇기도 전에, 복도 선실 안쪽에서 아이들 목소리가 들려왔다.

―역시 당장 어둠의 계약을 해서 형의 복수를…….

―복수는 뭔 복수야. 아저씨는 분명 살아 있어. 느낄 수 있다고.

―나도 알거든? 독자 형이라면 반드시……!

―정신 똑바로 차려. 지금은 건실한 계획을 세워야 할 때야.

약속이라도 한 듯, 정희원과 한수영은 자리에 멈춰 서서 아이들의 말을 들었다. 하루 전까지도 이성을 잃고 울부짖던 아이들이다. 하지만 지금 선실 창 너머로 보이는 모습은…….

"괜찮은 것 같네."

그렇게 말하는 정희원에게, 한수영은 한 박자를 쉬고 나서 물었다.

"너는?"

정희원은 대답하지 않았다. 천천히 떨어지는 시선. 한수영은 정희원을 바라보는 대신 그녀가 바라보는 방향을 함께 바라보았다. 정희원이 입을 열었다.

"구해달라고 말했어."

"……."

"나한테, 구해달라고 했다고."

꾹 쥔 주먹. 서로 보고 있지 않아도 공유할 수 있는 감각이 있었다. 어디선가 마른 비가 내리는 것 같았다. 한수영은 묵묵히 그 소리를 들으며 말했다.

"돌아가면 해야 할 일이 많아."

"알아."

소매로 얼굴을 문지른 정희원이 힘없이 웃어 보였다.

"일단 서울로 가야겠지?"

"그래야지."

"독자 씨가 사라진 틈을 타서 서울을 노리는 녀석들이 분명 있을 거야. 가면 치안 정리도 해야 할 거고."

"이수경한텐 누가 말할래?"

"그건……."

두 사람은 말을 멈춘 채 잠시 허공을 응시했다. 먼저 입을 연 것은 한수영이었다.

"이럴 때 유상아가 있어야 하는데."

"상아 씨 보고 싶네."

그들은 너무 많은 것을 잃어버렸다.

고개를 돌리자 선실 창밖으로 암흑차원의 정경이 지나가고 있었다. 먼 은하의 건너편에서 반짝이는 별들이 보였다.

별 하나가 사라졌다고 해서 갑자기 우주가 멸망하지는 않는다.

우주에는 무수한 별들이 있고, 빛은 여전히 존재하니까.

하지만 어떤 행성에 사는 이들에게, 그 별은 그들이 아는 빛의 전부였다.

한수영은 창문에 비치는 정희원의 얼굴을 애써 외면했다.

정희원이 중얼거렸다.

"독자 씨는 대체 어떻게 된 걸까."

한수영은 대답하지 않고 앞장서 걸었다. 얼마 지나지 않아 복도 끝방이 나왔다. 조심스레 문을 열고 들어가자, 전신에 붕대를 두른 유중혁이 누워 있었다. 한수영은 뒤적뒤적 품을 뒤져 레몬 사탕 하나를 꺼내며 말했다.

"이 녀석이 깨어나면 알 수 있겠지."

※ ※ ※

그것은 한창 멸살법을 읽던 시절의 일이었다. 여느 때처럼 하루치 일과를 해치운 것에 만족하며 스크롤을 내리는데, [작가의 말] 칸에 뭔가 쓰여 있었다.

―독자님은 어떻게 생각하세요?

무엇에 관한 질문이었는지는 잊었다. 전개에 관한 것이었을 수도 있고, 작중 떡밥에 관한 것이었을 수도 있다. 그때 뭐라고 대답했더라.

내가 떠올리기도 전에 어린 나의 손가락이 키보드를 쳤다.

―음. 그런 단순한 반전은 조금…….

―역시 그렇죠?

기억을 들여다보며 새삼 놀랐다. 이런 일도 있었나. 멸살법
에 대해서는 그렇게 잘 기억하면서, 왜 이런 기억은 까맣게 잊
고 있었는지 모르겠다.

생각해보면 멸살법의 작가는 가끔 내게 말을 걸어왔다.

나 역시 종종 댓글을 쓰며 작가에게 말을 걸기도 했고. 보통
은 응원 메시지나 다음 회차에 관한 질문이었지만, 때로 태클
을 걸 때도 있었다.

아마 유중혁의 인생이 600회차를 막 넘긴 시점이었던 것
같다.

소설을 읽은 뒤 아무리 생각해도 이해가 가지 않던 나는, 작
가에게 결국 댓글로 따졌다.

―작가님. 오타 아닌가요? 중혁이가 '방긋' 웃다뇨.

tls123이 대답했다.

―600번쯤 회귀하면 누구나 그렇게 되죠.

듣고 보니 그런 것도 같아서 대꾸할 말이 없었다. 그때 처음

으로 유중혁의 회귀 횟수에 대해 진지하게 생각했던 것 같다.

600번의 회귀라. 그런 생을 거듭하는 인물에게 삶이란 대체 어떤 의미일까.

「*김 독 자 정 신 차 려*」

머릿속이 지끈거리는 느낌과 동시에 의식이 조금씩 돌아오기 시작했다. 전신이 찌뿌드드했고, 화신체 곳곳에서 심각한 통증이 느껴졌다. 간신히 눈을 뜨자 희미한 빛살이 망막을 찔렀다.

그리고 익숙한 목소리가 들려왔다.

"깨어난 모양이군."

역시 양반은 못 되시는구만.

나는 피식 웃으며 눈을 그쪽으로 돌렸다.

그런데 뭔가 이상했다.

"네놈이 김독자인가?"

눈을 떴을 때, 나는 무수한 유중혁들에게 둘러싸여 있었다.

✖ ✖ ✖

제정신을 차리기까지는 그로부터 십여 분의 시간이 더 필요했다.

잠깐 다시 기절했던 나는, 곧바로 눈을 뜨는 대신 어떻게든 지금 일어난 일들을 파악하기 위해 애썼다. 우선 상황을 좀 정리할 필요가 있었다.

하나, 성마대전은 끝났다.

그건 확실해 보였다.
무엇보다 지금 내 로그에 남아 있는 메시지가 그 증거였다.

[거대 설화, '빛과 어둠의 계절'을 획득했습니다!]
[당신의 세 번째 거대 설화가 '전'을 완성했습니다!]
[히든 시나리오 – '단 하나의 설화'의 세 번째 조건이 완수됐습니다!]
[최후의 설화가 당신을 기다리고 있습니다.]
[<스타 스트림> 전체가 당신의 업적에 들썩입니다!]
[<스타 스트림>의 다수 성운이 당신의 성운을 주목합니다!]
[절대다수의 성좌가 당신의 설화를……]

나는 마침내 '단 하나의 설화'의 '전'을 완성한 것이다.
어마어마한 설화의 에너지가 내 안에서 요동치고 있었다.
거대 설화, 「빛과 어둠의 계절」.
나도 처음 들어보는 이름의 거대 설화였다. 그도 그럴 게, 더 네임리스 미스트와 묵시룡을 충돌시키는 것 자체가 원작에서는 일어난 적 없는 일이니까.
아마 이것을 계기로 세계선 전체의 격변이 시작될 것이다.

멸망의 흐름이 가속되었으니, 시나리오 전체의 흐름도 가속될 수밖에 없겠지.

둘, 나는 누군가에게 구출되었다.

문제는 여기서부터다. 대체 누가 나를 구했는가?

"기절한 척을 해봤자 소용없다."

참고로 내가 맨 마지막으로 본 것은 나를 구하러 온 유중혁의 모습이었다. 그러니 눈앞에 유중혁의 얼굴이 보이는 것도 어쩌면 당연했다.

문제는······.

"생긴 것만 멍청한 게 아니라 머리도 멍청한 모양이군."

"과연 듣던 대로다."

대체 왜 그 '유중혁'이 여럿이냐는 것이다. 심지어는······.

나는 침대에 올라와 있는 대여섯 마리의 '꼬마 유중혁'을 멍하니 보았다. 분명 유중혁은 유중혁인데, 죄다 가분수 체형인데다 키는 키리오스랑 비슷한 수준이었다.

꿈인가?

역시 꿈을 꾸는 게 틀림없었다. 평소 그놈 때문에 받은 스트레스가 어마어마하게 쌓여서 뇌가 이런 끔찍한 망상을 만들어낸 것이다.

내가 뺨을 철썩철썩 때리자 꼬마 유중혁들이 입을 열었다.

"꿈인 줄 아는 모양이군. 멍청하게도."

"상황을 파악할 시간이 필요한 모양이다."

"귀찮은 놈이군. 꼭 기다려줘야 하나?"

나는 그 말들을 무시하고 방 안 정경을 둘러보았다.

커다란 원형의 방이었다. 탁자도, 의자도, 소품을 비롯해 심지어는 내가 앉아 있는 침대도 동그랗게 생겼다.

대체 여기가 어디지?

곰곰이 생각해보았지만 떠오르는 것은 없었다. 이렇게 특별한 내실이라면 생각날 법도 한데, 멸살법에서도 읽은 기억이 나질 않았다.

혹시 새로운 시나리오 지역인가 싶어 시나리오 창을 호출했더니, 설상가상으로 이런 메시지까지 떠올랐다.

[현재 <스타 스트림>의 시나리오 시스템이 점검 중입니다.]

결국 지금 상태로 알아낼 수 있는 것은 아무것도 없었다.

"대충 상황 파악이 끝난 모양이다."

"다시 묻지. 네가 김독자인가?"

부리부리하게 생긴 꼬마 유중혁이 물었다. 자세히 보니 꼬마 유중혁들은 가슴팍에 제각기 다른 숫자표가 붙었는데, 방금 내게 물은 녀석은 [999]라고 적혀 있었다.

나는 일단 대답해보기로 했다.

"맞아. 내가 김독자야."

그러자 유중혁들이 동시에 서로 바라보며 고개를 끄덕였다.

자식들이, 조그맣게 생긴 주제에 하는 짓은 진짜 유중혁이랑 똑같다.

"제대로 데려오긴 한 모양이군."

심지어 목소리도.

영문은 알 수 없지만, 이쯤 되니 인정할 수밖에 없었다.

이것은 꿈이 아니다. 그리고 나는 알 수 없는 개연성의 변덕으로 인해 꼬마 유중혁들이 모여 사는 환상의 왕국에 오게 된 것이다.

"너희는 누구야?"

일단 물어보기로 했다. 이 녀석들이 정말 유중혁이라면 내 질문에 곧이곧대로 대답해줄 턱이 없지만, 그래도 물어보긴 해야 했다. 꼬마 유중혁 중 하나가 중얼거렸다.

"한심하군. 보면 모르는 건가."

역시나.

기왕 이런 곳에 올 거라면 상냥한 꼬마 유상아들이 사는 세계에 오고 싶었다. 어떻게 도발하면 이 자식들에게게서 대답을 들을 수 있을까 고민하는데, 가슴팍에 [888]이라는 숫자가 적힌 유중혁이 뜻밖의 말을 했다.

"네놈 머리로는 백날 생각해도 모를 것 같으니 알려주지. 우리는 '위대한 모략'의 일부다."

위대한 모략? 설마?

스산한 감각이 뇌리를 스쳐 갔다.

내 침묵을 어떻게 받아들였는지 가슴팍에 [777]이라 적힌 유중혁이 비웃듯 말했다.

"네놈의 한심한 지능으로는 이해할 수 없겠지."

그래, 유중혁이다. 아무튼 이놈들은 유중혁이 확실하다.

"정신 차렸다면 움직이지. 네놈을 기다리는 존재가 있다."

"누가 날 기다리는데?"

"가보면 안다."

나는 휘청거리며 자리에서 일어나 녀석을 따라 움직였다. 동그란 문이 열리고, 커다란 복도가 나타났다. 가장 앞선 것은 꼬마 유중혁 [999]였다. 나는 [999]를 따라 움직였다. 그러자 다른 꼬마 유중혁 무리도 올망졸망 뒤쫓아왔다. 내가 물었다.

"여긴 어디야?"

그러자 뒤쪽에서 나를 따라오던 유중혁이 말했다.

"eun gui ei soup."

"뭔 소리야."

"'은가이의 숲'이란 뜻이다. 예언자 주제에 그런 것도 모르는 건가."

아니 그걸 왜 외국어처럼 말하냐고.

가슴팍에 [666]이라 적힌 꼬마 유중혁은 한심하다는 듯 나를 노려보더니 팽 고개를 돌렸다. 문득 저 숫자가 유중혁의 '회귀 회차'를 나타내는 것일지도 모른다는 생각이 들었다.

유중혁의 666회차에 무슨 일이 있었더라. 혹시 심연의 흑염룡과 같이 다니던 회차인가?

복도에 난 창으로 은빛 숲의 정경이 비쳤다.

'은가이의 숲'이라. 어디선가 들어본 장소 같기도 했다. 하지만 멸살법에 등장하는 무대는 아닌 것 같은데…….

복도 맞은편에서 한 무리가 걸어온 것은 그때였다.

【모략께서 데려온 게 그자인가?】

아니, 그것을 '걸어왔다'라고 표현할 수 있을까.

솜털이 비죽 서는 느낌과 함께 나도 모르게 '부러지지 않는 신념'의 손잡이를 쥐었다.

맞은편에서 '이계의 신격' 무리가 걸어오고 있었다.

성좌와는 비교할 수 없을 정도로 불온한 아우라를 뿜어대는 존재들. 말의 머리를 하고, 몸 곳곳이 기분 나쁜 촉수로 뒤덮인 괴물들이었다. 허공으로 뻗어나온 촉수들이 잠깐 고개를 갸웃하더니 슬금슬금 내 쪽으로 다가오기 시작했다. 누가 보아도 호의로 보이지는 않는 움직임.

그런 촉수를 막아선 것은 뜻밖에도 꼬마 유중혁 [999]였다.

"우리 쪽 손님이다. 함부로 건드리지 마라."

【이야기하는 것 정도는 상관없을 텐데.】

"내가 허락하지 않았다."

꼬마 유중혁 [999]는 그렇게 말하며 자신의 등에서 미니 버전의 '진천패도'를 뽑아 들었다. 이어서 꼬마 유중혁 [888]도, 꼬마 유중혁 [777]도, 꼬마 유중혁 [666]도. 모두 자신들의 등과 허리춤에서 칼을 뽑아 들었다.

이 녀석들, 싸울 수도 있는 건가?

아무리 봐도 그냥 피규어처럼 생겼는데.

실제로 저쪽도 나와 똑같이 생각한 모양인지, 이쪽을 향해 집요한 적의를 내비치기 시작했다.

【감히! 너희가 '위대한 모략'의 권속이라 하여…….】

촉수들과 꼬마 유중혁들이 충돌하려는 일촉즉발의 순간. 숲의 어디선가 쿵, 하는 소리가 울려 퍼졌다.

촉수를 꿈틀대던 '이계의 신격'들이 모조리 주저앉았다. 일어선 것은 나를 향해 적의를 보이던 말머리뿐이었다.

【■■■……!】

그리고 다시 한번 더 쿵, 하는 소리가 들렸다. 이윽고 말머리마저 바닥에 고개를 처박았다. 이것은 단순한 지진파가 아니었다.

누군가가 이들을 어마어마한 격으로 겁박하고 있는 것이다.

【우우우…….】

신음을 흘린 이계의 신격들이 일제히 길을 비켰다. 그러자 그 길 끝에 거대한 홀의 입구가 나타났다. 드넓은 원형의 천장 사이사이로 무수한 나무 덩굴이 자라난 개방형 홀.

나는 꼬마 유중혁들과 함께 그 홀로 걸어 들어갔다.

실낱같이 들어오는 볕이 홀 중심에 놓인 오래된 왕좌를 비추고 있었다.

누구도 말해주지 않았지만 알 수 있었다.

저 존재가 바로 이 숲의 왕이다.

심지어 나는 녀석을 알고 있었다.

옅은 볕의 그늘 속에 드러난 얼굴의 흉터. 나와 똑같은 백색 코트.

내가 다시는 볼 수 없을 거라 믿었던 존재가 그곳에 앉아 있었다.

【오랜만이군, 김독자.】

✳

2

나는 눈앞의 존재를 찬찬히 훑어보았다. 심장이 빠르게 뛰었고, 호흡이 거칠어졌다. 뭔가가 건드려서는 안 될 기억의 상자를 건드렸고, 어둠 깊숙이 묻어뒀던 상자에서 말들이 흘러나왔다.

「"용살검 '아론다이트'는 어디 있지? 란슬롯의 화신체가 여기 있는 걸 보면 분명히 네놈이 알고 있을 텐데."」

그것이 녀석과 내가 처음으로 대면한 순간이었다.
내 멱살을 틀어쥔 채, 놈은 그렇게 물었다.

「"대답할 생각이 없다면 강제로 알아내는 수밖에."」

그때와 똑같이 빛나는 황금색 [현자의 눈]이 거기 있었다.
머릿속이 지끈거리며 시야가 추상화처럼 뭉그러졌다.
목소리는 계속해서 들려왔다.

「"네가 보여준 '그 세계'는 정말로 존재하는 것인가?"」

.

.

.

「해당 인물은 '등장인물'이 아닙니다.」

누구에게나 잊고 싶지만 잊어서는 안 되는 기억이 있고, 어쩌면 내게 그 회차의 기억은 그런 것이었다.
나는 그 회차의 유중혁을 구하지 못했다. 백색 코트를 입고 새로운 회차를 향해 떠나던 유중혁.
1,863회차의 한수영과 나를 남겨둔 채, 환한 빛으로 자유로이 떠나던 그 뒷모습을 나는 한순간도 잊어본 적이 없다.
"너는……."
나는 한참이나 넋을 잃은 채 왕좌에 앉은 유중혁을 올려다보았다.
뺨의 흉터도, 마른 볼도, 어둡게 가라앉은 눈빛도.
모두 내가 기억하는 1,863회차의 유중혁이었다.
그런데 놀라움은 거기서 끝이 아니었다.

[성좌, '은밀한 모략가'가 당신을 바라보고 있습니다.]

은밀한 모략가?

그 순간에야 나는 유중혁의 전신에서 피어오르는 불길하고 사악한 기운을 눈치챘다.

마왕의 그것과는 다른 악.

그것은 〈스타 스트림〉의 선악으로는 정의되지 않는 혼돈이었다.

입을 떼려는 순간, 내 품에서 뭔가가 환한 빛을 내뿜었다.

[전용 특성, '시나리오의 해석자'가 발동합니다!]
[거대 설화, '빛과 어둠의 계절'이 당신의 특성에 반응합니다.]

기다렸다는 듯, 설화가 말들을 토해내고 있었다.

'은밀한 모략가'와 대치 중인 유중혁이 그곳에 있었다.

「【돌아가라. 너는 아무것도 구할 수 없다.】」
「"……은밀한 모략가?"」

빨리 감기 중인 화면처럼 장면들이 머릿속을 스쳤다. 단편적이지만, 내가 상황을 이해하기에는 충분한 정보이기도 했다.

그렇게 된 거였나.

조금씩 지금의 상황이 이해가 갔다.

이어서 추락하는 유중혁의 모습, 그런 유중혁을 받아내는 이지혜, 섬을 떠나는 방주의 모습이 차례로 흘러갔다. 다행히 〈김독자 컴퍼니〉는 무사히 '환생자들의 섬'을 탈출한 모양이었다.

[거대 설화, '빛과 어둠의 계절'이 이야기를 멈춥니다.]

나는 한숨을 돌린 뒤 왕좌 위의 존재를 올려다보았다.
그러자 '은밀한 모략가'도 나를 내려다보았다.

['제4의 벽'이 강하게 발동합니다!]

심장이 차분하게 가라앉으며 이성이 조금씩 되돌아왔다.
나는 가볍게 심호흡을 한 후 입을 열었다.
"그 모습으로 날 당황시키려는 전략이었다면 대성공이라고 말해주지."
【전에는 존댓말을 쓰지 않았나?】
"유중혁 모습으로 나타났으니 그에 걸맞게 대우해주는 것뿐이야."
그의 기세에 전혀 꿀리지 않는 내 모습에 '은밀한 모략가'가 재미있다는 듯 입술을 움직였다. 그러거나 말거나 나는 말을 계속했다.

"은밀한 모략가, '신성한 삼문답'을 제안한다."

【왜 내가 그걸 받아들여야 하지?】

"당신이 1,863회차의 유중혁일 리 없어. 그건 불가능해."

【왜 그렇게 생각하지?】

"알고 싶어? 참고로 이유는 세 가지나 있는데 말이지."

【세 가지?】

'은밀한 모략가'의 눈빛에 이채가 스쳤다.

"삼문답. 할 거야, 말 거야?"

【무척 흥미롭지만 공평하지는 않은 제안이군.】

'은밀한 모략가'는 고요한 눈으로 잠시 나를 바라보았다. 뭔가 생각하는 것 같기도 하고, 화가 난 것 같기도 한 눈이었다.

그리고 얼마나 지났을까. '은밀한 모략가'의 왼쪽 눈썹이 크게 꿈틀거렸다. 순간 멸살법의 한 구절이 떠올랐다.

「심각한 결심을 했을 때, 유중혁은 왼쪽 눈썹을 꿈틀거린다.」

'은밀한 모략가'가 말했다.

【조건을 하나 걸겠다.】

"무슨 조건이지?"

【내가 왜 이곳에 너를 데려왔는지 궁금하겠지.】

나는 고개를 끄덕였다. 당연히 궁금하다.

【하지만 너는 그것을 내게 질문할 수 없다. 알려줄 수 없기 때문이다. 어떤 해답은 스스로 질문을 찾아내야만

해결할 수 있다.】

"그건 뭔 석존 같은 소리야?"

【'신성한 삼문답'을 받아주겠다. 너는 지금부터 내게 세 가지 질문을 할 수 있다. 단, '너를 이곳으로 데려온 이유'에 관해서는 질문할 수 없다.】

"그게 조건이야?"

【하나 더, 삼문답을 모두 사용했을 때, 너는 '네가 이곳에 와야만 했던 이유'를 알아내야 한다.】

정말이지 예상 밖의 말이었기에 순간 당황했다.

"알아내지 못하면?"

'은밀한 모략가'는 대답하지 않았다. 다만, 긴 손가락을 천천히 들어 팔걸이 위에 툭 올려놓았을 뿐이었다.

그것만으로도 등줄기에 오소소 소름이 돋았다.

「지금이라면 이길 수 있을까?」

나는 내가 가진 설화를 하나씩 점검해보았다. 전설급 설화부터 거대 설화에 이르기까지…….

"어리석은 짓은 그만두는 편이 좋아."

내 곁에 있던 꼬마 유중혁 [999]이 말했다.

나는 피식 웃으며 녀석을 내려다보았다.

"지금 걱정해주는 거냐?"

"시체를 치우는 게 귀찮을 뿐이다."

"너흰 대체 뭐야?"

【질문권을 사용하는 건가? 좋다.】

"아니, 잠깐—"

내가 대답하기도 전에, 메시지가 떠올랐다.

[신성한 삼문답이 시작됩니다.]

— 양측은 세 가지 질문과 대답을 교환할 수 있습니다.

— 모든 질문에는 진실만을 대답해야 합니다.

— 양측은 각각 한 번씩 문답의 대답을 거부할 수 있습니다.

— 질문과 대답이 온전히 교환되기 전까지 문답은 끝나지 않습니다.

— 첫 번째 질문권을 사용합니다.

곁에 서 있던 꼬마 유중혁 [666]이 비릿하게 웃는 것이 보였다.

망할 자식들이.

하지만 어차피 이렇게 된 거, 이 이야기를 듣는 것도 나쁘진 않겠다 싶었다.

【그 녀석들은 나의 권속이다.】

"진짜 그 정도만 말해주고 끝내려는 건 아니겠지. 기왕 알려주는 거 좀 더 알려주면 좋겠는데. 대체 뭔 권속이라는 거야. [아바타] 같은 건지, 아니면 마왕들이 가진 권속 같은 건지 제대로 확실히 말해주면 고맙겠는데."

나는 그게 두 번째 질문처럼 들리지 않도록 최대한 조심하며 지껄였다.

그러자 꼬마 유중혁 [777]이 탄식하며 말했다.

"어지간히 말이 많은 놈이군."

"너한테 물은 거 아니다."

【그들은 내 기억을 받은 존재들이다.】

— 첫 번째 대답을 얻었습니다.

"[아바타] 스킬 같은 거란 뜻이네."

【내 차례로군. 내가 '1,863회차의 유중혁'이 아니라고 생각하는 첫 번째 이유를 말해라.】

"당신이 정말 1,863회차에서 온 유중혁이라면 그 '백색 코트'를 입고 있을 리가 없으니까."

【왜지?】

"성흔 '회귀'는 영혼을 과거로 전송할 뿐, 보유 중인 아이템을 함께 전송하진 않아. 내가 준 코트는 1,863회차의 유중혁이 회귀하면서 소멸됐어. 그러니 당신이 정말 1,863회차라면 그걸 입고 있을 턱이 없지."

【흥미롭군.】

"그리고 유중혁은 흰색 잘 안 입어."

【……두 번째 질문을 말해라.】

— 두 번째 질문권을 사용합니다.

나는 망설이지 않고 입을 열었다.

"두 번째 질문. 당신은 '1,863회차의 유중혁'인가?"

내 물음에 '은밀한 모략가'의 안색이 미미하게 흔들렸다.

【장난치자는 건가?】

"아니, 진지하게 묻는 건데."

【나는 1,863회차를 겪은 유중혁이었다.】

"과거형이네."

【지금은 그저 '은밀한 모략가'일 뿐이니까.】

— 두 번째 대답을 얻었습니다.

'신성한 삼문답'은 예외 조항을 두지 않는 한, 반드시 진실만을 말해야 한다. 그러지 않으면 곧바로 개연성의 후폭풍에 휘말리기 때문이다.

하지만 '은밀한 모략가'에게서 딱히 후폭풍의 징조는 보이지 않았다.

【내가 '1,863회차의 유중혁'이 아닌 두 번째 이유를 말해라.】

"그쪽이 1,863회차의 유중혁이라기에는 모순된 게 너무 많아."

【무엇이 모순되었다는 거지?】

"당신이 정말 1,863회차의 유중혁이라면, 왜 나를 1,863회차로 보내 자신을 죽이도록 시킨 거지? 논리적으로 말이 안 되잖아."

【그래야 내가 만들어질 수 있었으니까. 간단한 타임 패러독스다. 나는 1,863회차의 유중혁이었고, 그곳에서 네가 나를 죽여야만 '은밀한 모략가'로 거듭날 수 있었다.】

"꽤 오랫동안 준비한 대답인가 봐. 엄청 자연스럽게 말하네. 근데 당신 말이 맞다고 쳐도, 내가 임무에 성공한 뒤 그쪽 반응이 영 신통찮던데? 굉장히 놀라는 것 같았다고."

【다음 질문을 해라.】

"아니, 이번엔 당신이 먼저 해. 나는 마지막에 하겠어."

'은밀한 모략가'는 잠시 나를 바라보더니 입을 열었다.

【좋다. 내가 '1,863회차의 유중혁'이 아닌 마지막 이유는 뭐지?】

"나만 알 수 있는 특별한 방법이 있어. 나한텐 상대방의 내면을 읽는 스킬이 하나 있거든."

【그래서?】

"그런데 1,863회차의 유중혁은 내가 읽을 수 없는 존재가 됐어."

나는 1,863회차의 유중혁이 다음 회차로 떠나던 순간을 똑똑히 기억한다.

마지막 순간 유중혁은 '등장인물'에서 벗어나, 내 전용 스킬인 [전지적 독자 시점]에 읽히지 않게 되었다.

【내 속내는 읽을 수 있다는 건가?】

"아니, 당신도 읽을 수 없어."

【그러면?】

"그런데 읽을 수 없는 이유가 달라."

['전지적 독자 시점'의 스킬 발동이 취소됩니다!]

[해당 존재에 대한 당신의 이해도가 턱없이 부족합니다!]

[해당 존재의 격을 당신의 이해도가 도저히 따라가지 못합니다!]

나는 허공에 떠오르는 메시지를 가만히 올려다보았다.

'은밀한 모략가'가 눈살을 찌푸렸다.

【그런 것은 이유로 납득할 수 없다. 너는—】

"마지막 질문을 하지."

나는 틈을 주지 않고 말을 이었다.

"내가 살던 행성에는 《멸망한 세계에서 살아남는 세 가지 방법》이라는 소설이 있어."

순간, 주변 공기가 달라졌다. '은밀한 모략가'의 표정이 한없이 차갑게 가라앉아 있었다. 마치 당장이라도 나를 도륙할 듯 냉정한 눈빛.

나는 그 기세에 필사적으로 저항하며 말을 이었다.

줄곧, 너무나 묻고 싶던 질문이다.

"은밀한 모략가. 당신은 그 소설의 에필로그를 아는 존재인가?"

유중혁은 꿈을 꾸었다.

아주 오래되고 낡은 꿈이었다.

왜인지는 모르겠지만, 꿈속에서 그는 하얀 코트를 입고 있
었다.

손에 딱 들어맞는 진천패도. 그는 묵직한 칼을 쥔 채 누군가
와 싸우고 있었다. 자세히 보니, 눈앞의 존재는 그와 같은 얼
굴을 하고 있었다.

검은 코트를 입은 유중혁.

왜 이런 꿈을 꾸는 것인지는 모른다.

'1,863회차.'

어쩌면, 놈을 만났기 때문일 수도 있다.

그래서 이런 꿈을 꾸는 것이다.

유중혁은 이를 악물었다.

은밀한 모략가와 격돌하던 순간 느낀 압도적인 격의 차이
가 지금도 뇌리에 생생했다.

유중혁의 감정과는 무관하게, 기억은 그에게 천천히 스며들
어왔다. 그는 1,863회차의 유중혁이 되어 검을 휘둘렀다.

「나는 죽는다.」

「나는 회귀한다.」

검이 부딪칠 때마다 유중혁은 1,863회차의 절망과 고독을 느꼈다.

이상하게도 모든 것이 너무나 자연스러웠다. 마치 오래전부터 그 감정이 자신의 것이었던 것처럼.

푸우욱!

마침내 두 개의 검이 서로의 배를 파고들었다.

「이 이야기는 이곳에서 끝난다.」

「그럼에도 다시 한번, 그 모든 것은 처음부터 시작된다.」

검은 코트의 유중혁이 먼저 흩어졌고, 이어서 그의 몸도 흩어지기 시작했다. 기억들이 산개하며, 그가 간신히 이해한 감정들이 그를 떠나가고 있었다. 유중혁은 마지막 힘을 다해 뒤를 돌아보았다.

시야가 흐려져 그곳에 있는 게 무엇인지는 보이지 않았다.

다만 아주 밝고, 눈부신 별을 본 듯한 기분이 들었다.

「나는 그 세계의 ■■이 궁금해졌다.」

「다음 회차에서는.」

삐이이이 ― 하는 소리와 함께, 유중혁은 번쩍 눈을 떴다. 헐

떡거리는 숨소리. 하얀 병실의 천장이 보였다.

이어서 누군가의 목소리가 들려왔다.

"드디어 잠자는 숲속의 왕자님께서 깨어나셨군."

고개를 돌리자, 한수영과 정희원의 모습이 보였다.

까드득, 하고 사탕을 깨문 한수영이 퉤, 하고 바닥에 막대를 뱉으며 으르렁거렸다.

"이게 대체 어떻게 된 일인지 말해보실까, 회귀자 나리."

＊

3

한수영의 재촉에 유중혁은 이야기를 시작했다. 이야기는 횡
설수설했고 중언부언했다. 그렇게 십여 분쯤 흘렀을까. 묵묵
히 이야기를 듣던 한수영이 입을 열었다.

"그만. 너 지금 제정신 아닌 거 같으니까 내가 정리할게. 맞
는지 아닌지만 대답해."

평소였다면 그런 폭력적인 정리에 반발할 법도 한데, 유중
혁은 그저 어두운 표정으로 고개만 끄덕일 따름이었다. 한수
영이 이야기를 시작했다.

"넌 김독자를 구하러 갔어. 그런데 너보다 빨리 김독자를 낚
아챈 놈이 있었지. 그놈은 우리가 아는 '은밀한 모략가'였고."

유중혁이 고개를 끄덕였다.

"그런데 그놈이 너랑 똑같은 얼굴에 백색 코트를 입고 있었

단 거지."

"그렇다."

"가짜일 가능성은? 그놈이야 워낙 믿을 수 없잖아. 어쩌면 '은밀한 모략가'가 너로 변장한 것일 수도 있고."

"가짜일 리 없다."

"왜?"

"1,863회차의 내가 가지고 있던 설화를 사용했다."

"그 영원 뭐시기 하는 중2병 설화 말이지?"

한수영이 과연, 하며 고개를 주억거렸다. 그녀의 동공이 미미하게 팽창되며, 설화가 움직이기 시작했다.

[설화, '예상표절'이 이야기를 시작합니다!]

홀로 소외되어 있던 정희원이 혼란스러운 목소리로 물었다.

"대체 뭔 얘길 하는 거야? '은밀한 모략가'가 중혁 씨 얼굴을 하고 있다고?"

한수영은 정희원을 잠시 바라보더니 한숨을 쉬며 말했다.

"쉽게 말해주자면, 지금 이 세계선에는 유중혁이 둘이야."

"그럴 수가 있어?"

"불가능할 것도 없지. 다른 세계선의 유중혁이 이 세계선으로 넘어왔다면."

"그게 가능하다고?"

"김독자도 비슷한 방식으로 다른 세계선에 다녀왔으니까.

문제는 어중간한 수준으론 절대 불가능한 이적이라는 거지."

〈에덴〉이나 〈파피루스〉의 최고위급 성좌들도 자력으로 세계선을 넘는 것은 불가능했다. 그런데 '은밀한 모략가'는 혼자서 그 모든 개연성을 감당할 정도의 괴물인 것이다.

정희원이 입을 벌린 채 중얼거렸다.

"대체 어떤 세계선에서……."

"제일 가능성 있는 세계선은 사실 하나뿐이야. 김독자가 다녀왔던 1,863회차의 세계선."

1,863회차. 《멸망한 세계에서 살아남는 세 가지 방법》에 등장했던 유중혁의 마지막 세계선.

유중혁이 한수영을 향해 물었다.

"그 세계선의 일을 알고 있나?"

"대충은."

"그 세계의 마지막에서, 1,863회차의 나는 둘로 나뉘어 싸웠다. 한쪽은 죽었고, 다른 한쪽은 회귀했지."

"알아. 나도 꿈에서 몇 번 봤으니까."

"꿈에서?"

한수영은 진절머리가 난다는 듯 손사래를 쳤다.

"그런 이야기까지 자세히 할 시간은 없고, 아무튼 너는 지금 '은밀한 모략가'가 그 1,863회차의 너라고 생각한다는 거잖아. 그렇지?"

유중혁은 불만 가득한 얼굴로 입을 열었다.

"확신은 아니다. 몇 가지 걸리는 점이 있으니까."

"뭔데?"

"'은밀한 모략가'의 강함은 기록에서 읽은 '1,863회차의 나' 이상이었다."

"그리고?"

"그리고……."

한참이나 입술을 짓씹던 유중혁이 말했다.

"놈이 뭔가를 속이고 있다는 느낌이 들었다. 예를 들면 그 백색 코트."

"백색 코트?"

"내 성흔인 '회귀'는 보유 중인 아이템까지 회귀시키지는 않는다. 놈이 그런 백색 코트를 입고 있을 이유가 없단 얘기다."

"흰색을 좋아하나 보지."

"나는 흰색을 싫어한다."

"취향이 바뀌었을 수도 있잖아."

"그렇게 쉽게 대답할 수 있는 문제가 아니다. 이건……."

"느낌의 문제라는 거냐?"

유중혁이 고개를 끄덕였다.

"놈은 마치 나를 조롱하는 것 같았다."

"조롱?"

"일부러 그 코트를 입고 온 것 같았다는 뜻이다."

관자놀이를 문지르는 유중혁의 머릿속으로 '은밀한 모략가' 가 남긴 말이 스쳤다.

【……3회차. 네놈은 아무것도 기억하지—】

깊은 침묵이 내려앉았다.

한수영은 턱을 만지며 뭔가 골몰했고, 정희원은 뭐가 뭔지 모르겠다는 얼굴로 입맛을 다셨다. 이윽고 한수영이 입을 열었다.

"좋아. 요약해보자. 논리적으로 생각해보면 '은밀한 모략가'는 '1,863회차의 유중혁'인데, 느낌적으로 보면 아니다. 맞지?"

"……"

"그럼 일단 이렇게 가정하고 시작하자고. '1,863회차의 유중혁은 은밀한 모략가가 아니다'. 즉, '은밀한 모략가'는 거짓말을 하고 있다."

유중혁의 눈동자가 흔들렸다.

"겨우 내 느낌일 뿐이다. 그걸 믿겠다는 건가?"

"다른 사람도 아니고 네 느낌이니까. 자기 자신은 자기가 제일 잘 아는 법이잖아?"

빙긋 웃는 한수영을 보며, 유중혁은 의심스러운 표정으로 말했다.

"답을 말해라, 한수영."

"음? 무슨 소리실까."

"너는 '은밀한 모략가'가 누구인지 짐작하고 있다. 아닌가?"

이번에는 한수영의 눈이 가늘어졌다.

"언제부터 그렇게 눈치가 빨라지셨지?"

"네놈이 내 느낌을 믿는다는 게 말이 안 되니까."

짧은 순간 두 사람의 시선이 부딪쳤다. 그리고 그 시선의 교환으로 두 사람은 서로가 어떤 장면을 떠올리고 있는지 눈치 챘다.

둘은 예전에도 '은밀한 모략가'의 정체에 대해 이야기를 나눈 적이 있었다. 그때 유중혁은 '은밀한 모략가'가 '미래의 김독자'라고 말했고, 한수영은⋯⋯.

"아 언제까지 두 사람끼리 이야기할 거야? 그래서 '은밀한 모략가'가 대체 누군데?"

정희원의 채근에 한수영이 천천히 입을 열었다.

"지금부터 하는 이야기는 그냥 가설일 뿐이야."

"가설이든 뭐든 빨리 말해봐. 답답하다고!"

"나는 굉장히 오랫동안 궁금했던 게 하나 있어."

"궁금했던 거?"

"만약 멸살법이 현실이 되지 않았으면 어땠을까?"

"갑자기 무슨 소리야?"

"그러니까, 이 우주 어딘가에 나나 김독자의 영향을 받지 않은, 순수한 '멸살법'의 세계가 있다면 어떨까."

한수영은 계속해서 말했다.

"〈한수영 코퍼레이션〉도, 〈김독자 컴퍼니〉도 없는 그런 세계에서 동료를 잃고 무한한 회귀를 반복하며 살아가는 미련한 '유중혁'이 있다면."

"잠깐, 네놈."

"그 유중혁이 무수한 상실 끝에 결국 모든 것의 결結에 도달했다면…… 순수한 자신의 노력으로 마침내 이 〈스타 스트림〉의 마지막을 본 유중혁이 이 우주 어딘가에 존재한다면."

찰나의 텀을 두고, 한수영은 유중혁을 보았다.

깊게 흔들리는 유중혁의 눈에 한수영의 모습이 비치고 있었다.

"그 녀석은, 과연 지금의 '3회차'를 보고 무슨 생각을 하고 있을까?"

❉ ❉ ❉

'은밀한 모략가'.

멸살법 원작에는 등장하지 않는 성좌.

그럼에도 내가 지금껏 만난 어떤 성좌보다 강력한 힘을 지닌 존재.

―은밀한 모략가. 당신은 그 소설의 에필로그를 아는 존재인가?

나는 그래서 그 질문을 한 것이었다.

만약 그 질문에 대한 해답을 얻을 수만 있다면, '은밀한 모략가'의 정체를 특정할 자신이 있었으니까.

마침내 '은밀한 모략가'가 입을 열었다.

【그 질문엔 대답하지 않겠다.】

"뭐? 잠깐만."

— 성좌, '은밀한 모략가'가 세 번째 질문의 '거절권'을 사용했습니다.

빌어먹을, 깜빡 잊고 있었다. 신성한 삼문답은 양측에게 한 번씩 거절권 사용을 허용한다는 것을.

'은밀한 모략가'는 속을 알 수 없는 눈빛으로 나를 내려다보았다. 잠깐이지만 그의 코트 주변이 희미한 개연성의 스파크로 뒤덮이는 것이 보였다.

【조금 피곤하군. 그만 물러가라.】

"잠깐만! 아직 삼문답 안 끝났—"

말을 채 끝마치기도 전에 공간이 접혀 들어가는 느낌이 들더니, 나는 어느새 홀 밖으로 쫓겨나 있었다.

굳건히 닫힌 문을 보자 허탈함이 몰려왔다.

— '신성한 삼문답'이 일시적으로 종료됐습니다.

— 당신에게 한 번의 질문권이 남아 있는 상태입니다.

본래 신성한 삼문답은 어느 한쪽의 의사로 보류할 수 있는 의식이 아니다. 그런데 '은밀한 모략가'는 그것을 해냈다. 대체 얼마나 강력한 격을 가지고 있어야 이런 부조리한 일이 가능한지 짐작조차 되지 않았다.

나는 홀의 문을 쾅쾅 두드리며 외쳤다.

"문 열어! 이건 약속이랑 다르잖아! 난 내 동료들한테 돌아가야 한다고!"

문에서 강력한 격이 일렁이며 내 화신체를 튕겨냈다.

나는 비틀비틀 일어나 격의 방출을 준비했다.

그런 나를 만류한 것은 곁에 있던 꼬마 유중혁 [999]였다.

"그러지 않는 게 좋을 텐데."

문 너머에서 느껴지는 심상치 않은 기류를 느끼고, 나는 황급히 격을 거두었다.

확실히 꼬마 유중혁 말이 맞았다. 지금 나는 화신체에 심각한 부상을 입은 상태고, 상대는 지금의 나로서는 끝을 짐작할 수조차 없는 강력한 존재다.

"또 기회가 있을 것이다, 김독자."

"그게 언젠데?"

꼬마 유중혁들은 한심하다는 눈초리로 나를 보더니 말했다.

"따라와라. 숙소로 돌아간다."

또 그 동그라미 방으로 돌아가야 한다는 생각에 암담함이 밀려왔지만, 당장은 별다른 방도가 없었다.

회랑 곳곳에서 이쪽을 보는 이계의 신격들의 기척이 느껴졌다.

다행히 나는 지금 '은밀한 모략가'의 손님으로 와 있는 상

황. 만약 내가 탈출을 감행해서 '불청객' 신분이 된다면 상황
이 어떻게 흘러갈지는 뻔했다.

오오오오오…….

역시 섣불리 움직이지 않는 것이 최선이었다.

게다가 아주 수확이 없는 상황도 아니고.

['제4의 벽'이 희미하게 진동합니다.]

「(오랜만에 보는 얼굴들이 많군. 샨타크의 족속들인가.)」

머릿속에서 들려 온 목소리에 깜짝 놀랐다.

목소리는 [제4의 벽]의 메시지를 통해 들려오고 있었다.

말투로 보아하니…….

'꿈을 먹는 자?'

「(그렇다.)」

그러고 보니 내 안에도 '이계의 신격' 중 하나가 있었지. 까
맣게 잊고 있었다. 어쩌면 녀석에게 이번 상황에 대해 도움을
좀 구할 수 있을지도 모르겠다.

「(다들 네게 호감을 보이는 것 같군.)」

'호감? 저것들이?'

나는 멀리서 내 쪽을 향해 사납게 촉수를 세우고 있는 이계의 신격들을 보았다. 시선이 마주치자 거대한 촉수 끄트머리에서 끔찍한 모양의 꽃이 활짝 피었다.

「(너를 궁금해하고 있다. 이계의 신격에겐 드문 일이군.)」

나는 구애라도 하듯 팔랑이는 봉오리를 바라보며 절레절레 고개를 흔들었다.

'저것들이랑 친해지긴 힘들어.'

「(힘들다? 왜지?)」

'당신도 도서관에서 이것저것 읽었다면 알고 있을 텐데.'

음울한 아우라를 뿜어대는 이계의 신격들을 지나치며, 나는 멸살법의 마지막 에피소드를 생각했다.

「<스타 스트림>의 최후의 전쟁은, 저 이계의 신격들과 관계되어 있다.」

원작의 유중혁은 그 전쟁에서 자신에게 남은 것을 모조리 잃었다. 그를 도와준 화신들은 전부 전쟁에서 죽었다. 세상에 파멸을 몰고 온 저 혼돈의 괴물들에 의해서.

그런데 '꿈을 먹는 자'가 뜻밖의 말을 했다.

「(이계의 신격들이 왜 재앙이 되었는지 알고 있느냐?)」

'그건⋯⋯.'

곰곰이 생각하던 나는 불현듯 기묘한 감상에 빠졌다.

그러고 보니 이상한 일이었다. 저 설명 가득한 멸살법에도, 이계의 신격의 유래에 관해선 자세한 설명이 나오지 않는다.

문득 어떤 예감이 들었다.

'은밀한 모략가'의 정체와 '이계의 신격'의 유래.

어쩌면 둘 사이에 뭔가 연관이 있지는 않을까?

그것에 관해 무어라 물어보려던 찰나, 먼저 말을 건 녀석이 있었다.

"너는 소설이라는 것을 좋아한다고 들었다."

꼬마 유중혁 [999]였다. 나는 고개를 끄덕이며 말했다.

"좋아해. 왜?"

"네놈이 원한다면 짧은 이야기 하나를 들려줄 수도 있다."

"이야기?"

순간, 꼬마 유중혁 [666]과 [777], 그리고 [888]이 당혹스러운 얼굴로 [999]를 보았다. 아마 계획에 없던 일인 모양이었다.

그리고 내 대답과는 상관없이 꼬마 유중혁 [999]의 이야기가 시작되었다.

"아주 오랫동안 외로운 싸움을 거듭해온 늑대가 있었다. 그는 추구하는 목표가 있었고, 원하는 질문이 있었다. 그는 그 질문의 해답을 위해 싸웠다."

"우화寓話야?"

"늑대는 계속해서 싸웠다. 수백 년, 수천 년, 어쩌면 수만 년을."

늑대는 그렇게 오래 살지 못한다고 말하고 싶었지만, 이야기는 계속되었다.

"늑대는 마침내 싸움의 끝에 도달해 '늑대의 왕'이 되었다. 그리고 나름대로 해답을 얻었다. 그 대가로 자신의 무리를 모두 잃었지만, 어쨌든 왕은 그 해답을 납득했다. 그것이 이 세계가 그에게 내놓은 최선의 해답이었기 때문이다. 그 해답을 품에 안은 채 왕은 세계를 주유했다."

그것은 묘하게 추상적인 이야기였고,

"그런데 어느 날, 왕은 또 다른 '무리'가 존재한다는 것을 알게 되었다."

그럼에도 어딘가 한없이 친숙한 이야기였다.

"그 무리에도 자신과 같은 늑대가 있었다. 그 늑대는 그와 같은 대의를 가지고 그와 같은 목적을 위해 살아가고 있었다."

나는 홀린 듯이 이야기를 들었다.

"그런데 뭔가 달랐다. 그 무리의 '늑대'는 아무것도 잃지 않았다."

지금 이 녀석은 내게 '은밀한 모략가'가 대답하지 않은 이야기를 들려주려는 것이다.

"먹이를 구하는 것도, 무리를 지키는 것도. 왕이 갈망하던 목표들을 그 늑대는 최소한의 고통만으로 이뤄내고 있었다. 무엇도 잃지 않은 채로. 그 광경을 보며 왕은 문득 생각했다."

천천히 등줄기에 소름이 돋았다.

"만약 저 이야기가 끝까지 완성된다면 지금껏 내가 살아온 삶에는 대체 무슨 의미가 있을까."

유중혁이 나를 향해 묻고 있었다.

"김독자. 너는 그런 삶에 대해 생각해본 적 있는가?"

머릿속으로 온갖 복잡한 생각들이 흘러갔다.

"나는—"

누군가가 귓가에 대고 징을 울리는 것 같았다. 나는 순간적으로 밀려온 메슥거림에 입을 막았다. 휘청거리는 나를 꼬마 유중혁들이 올려다보고 있었다.

「김독자는 이들을 알고 있었다.」

품속에서 환한 문장을 토해내는 멸살법의 최종본.

「알고 있었지만 모르고 싶었다.」

"김독자?"
내 이상 징후를 눈치챈 꼬마 유중혁들이 나를 불렀다.
생각을 멈춰야 했다.

['제4의 벽'이 흔들립니다.]

생각을.

['제4의 벽'이 격심하게 흔들립니다.]

멈출 수 없었다.
머릿속에서 페이지들이 넘어가고 있었다. 폭풍이라도 치듯,
페이지들이 동시에 날아올라 내 모든 의식을 덮고 있었다.
"이봐?"
이윽고 시야가 캄캄하게 물들었다.

¤ ¤ ¤

"그가 알게 된 것 같군."
꼬마 유중혁 [41]이 지나가는 듯한 목소리로 말했다.

그의 곁에는 낡은 왕좌에 앉은 '은밀한 모략가'가 있었다.

"혹시 일부러 힌트를 준 건가?"

【그럴 생각은 아니었다.】

"소품까지 준비하며 연기한 보람이 없는 것 같은데."

꼬마 유중혁 [41]이 '은밀한 모략가'의 백색 코트를 내려다보며 말했다.

1,863회차의 유중혁이 입고 있던 백색 코트.

시선을 느낀 '은밀한 모략가'가 코트를 벗으며 입을 열었다.

【연기는 아니지. 1,863회차의 그 녀석은 본래 내 일부가 되어야 했다. 너희처럼.】

"하지만 멋대로 문을 열고 나가버렸지. 이 코트만 남긴 채 말이야."

꼬마 유중혁 [41]이 하얀 코트를 받아 들었다.

둘 사이에 가벼운 침묵이 내려앉았다.

'은밀한 모략가'는 말없이 허공으로 손을 뻗었다. 그러자 낡은 왕좌의 측면에 테이블이 나타났다. 동그란 테이블에는 레드 와인을 채운 와인 글라스가 놓여 있었다.

'은밀한 모략가'는 와인 글라스를 가볍게 쥐었다.

【시나리오가 빨리 진행되긴 한 모양이군. 숙성도가 형편없어.】

"김독자 녀석 때문이지."

【도깨비 왕은 움직였나?】

꼬마 유중혁 [41]이 허공에서 메시지 로그를 넘겼다.

"아직. 하지만 대도깨비들의 준동이 시작됐어. 혹부리 쪽에서도 연락이 왔다."

【곧 시작되겠군.】

"그렇겠지."

두 유중혁은 잠시 말이 없었다.

원형으로 만들어진 궁. 벽의 균열 사이로 음습한 울음 같은 것이 들려왔다. 그들을 찾는 이계의 사냥개들이 울부짖는 소리였다.

'은밀한 모략가'가 입을 열었다.

【41회차. 너는 나와 가장 비슷한 '유중혁'이다.】

"그것 참 영광이군."

【너는 죽게 될 것이다.】

"그걸 위해 여기까지 온 것 아니었나?"

두 사람은 다시 말이 없어졌다. 허공에 희뿌연 빛이 어리더니 이윽고 성류 방송의 화면이 나타났다. 무료한 듯 그 화면을 넘기며 '은밀한 모략가'가 말했다.

【긴 이야기의 끝이 이제 얼마 남지 않았군.】

¤ ¤ ¤

눈을 떴을 때, 나는 도서관에 있었다.

「김독자 귀찮아」

희미한 벽의 목소리에 나는 고개를 흔들며 정신을 차렸다.

'미안.'

희끄무레한 어둠을 밝히는 칸델라의 불빛.

나는 아무래도 다시 [제4의 벽] 내부에 들어온 모양이었다. 무너지려는 정신을 이번에도 [제4의 벽]이 지켜주었다.

지끈거리는 머리를 붙잡고 짧게 심호흡을 했다. 머릿속이 맑아지기까지는 시간이 조금 더 걸렸다. 그리고 얼마나 지났을까.

이윽고 혼잡하던 머릿속에 한 줄의 명료한 문장만 남았다.

「은밀한 모략가는, 멸살법 원작의 유중혁이다.」

녀석은 내가 1,863회차에서 만난 유중혁도 아니고.

나와 함께 3회차를 살아온 유중혁도 아니다.

그는 내가 한 번도 만나지 못한 유중혁. 지금의 '3회차'가 시작되기 전에 이미 〈스타 스트림〉의 결말을 본 유중혁이다.

―잠깐만요, 작가님! 중혁이 그럼 어떻게 되는 거예요? 이러면…….

마지막으로 달았던 멸살법의 댓글이 떠올랐다. 모든 것을 에필로그로 넘긴 채 끝나버린 이야기. 내가 궁금했던 질문의 대답…….

나는 천천히 자리에서 일어나 주변 장서를 두리번거렸다.

[유중혁, 4회차 8권의 기록]

은은한 불빛 속에 드러난 장정을 보며, 나는 멍하니 섰다.

내가 읽으며 자라온 이야기들이 그곳에 있었다.

천천히 장정을 향해 손을 뻗었다. 장정의 끝에 닿은 손가락
이 희미하게 떨렸다. 읽고, 읽고, 또 읽었던 이야기. 그 한 문장
한 문장은 내 생이었고, 내 피였고, 내 살이었다. 그런데 그 이
야기가

왜 이렇게 낯설게 느껴지는 것일까.

나는 그 기분을 떨쳐내기 위해 억지로 책을 집었다. 언제 어
느 페이지를 읽더라도 즐겁게 읽을 수 있는 이야기였다.

이 이야기가 나를 배신할 리 없었다. 읽으면 나아질 것이다.
지금껏 그랬듯 분명.

공교롭게도 펼쳐진 장면은 안나 크로프트와 유중혁의 대치
장면이었다.

소설 속에서 유중혁이 말하고 있었다.

「"네놈 때문이다."」

페이지를 넘기는 손이 떨렸다.

다음 페이지를 볼 용기가 없었다. 어쩌면 자격도 없었다.

이 이야기를 읽으면 즐거웠나?

누군가의 불행과 고통을 읽는 것이 내 삶이었나?

그렇다면 나는 저 빌어먹을 하늘의 성좌들과 대체 무엇이 다른가?

「(어떻게 할 거냐?)」

돌아본 곳에는 니르바나가 있었다.

「(이 세계의 '유중혁'은 둘이다.)」

도서관 사서들이 모여 있었다. 나를 안쓰럽게 보는 세 쌍의 눈. 니르바나, 시퓰라시옹, 그리고 꿈을 먹는 자.

나는 그들의 눈을 마주 보며 물었다.

"당신들 생각은 어떻습니까?"

「(지금 이 몸의 의견을 구하는 건가?)」

니르바나가 앞으로 나서며 말했다. 정답이 있다는 듯 당당한 목소리.

「(고민할 필요도 없다. 세상 만물은 모두 태초의 하나에서 시작한 것이니까.)」

"또 '하나' 타령이냐?"

「어차피 모든 게 하나였으니, 유중혁이 둘이든 셋이든 무슨 상관인가? 모든 유중혁과 하나가 되는 것은 지극한 우주의 섭리······!」

저런 놈한테 물어본 내가 잘못이었다.
고개를 돌리자 극장 던전의 주인, 시뮬라시옹이 나를 보고 있었다.

「(죄책감을 느끼는 모양이군.)」

죄책감. 이것을 그런 감정으로 뭉뚱그려도 되는 것일까.
장정을 쥔 손이 떨리자, 책의 페이지들도 떨렸다.

「(무엇에 대한 죄책감이지? 그의 불행이 너를 괴롭게 만드느냐?)」

"잘 모르겠습니다."

「(너는 어차피 그를 구할 수 없다. 그는 그런 삶을 살았고, 너는 그의 이야기를 읽었다. 그것이 사실의 전부다.)」

　현기 어린 그의 말투에는 오랜 세월 이야기를 읽어온 노인의 지혜가 담겨 있었다.
　마지막으로 말한 것은 '꿈을 먹는 자'였다. 그는 오징어 다리 같은 촉수로 안경을 쓱 밀어 올리더니 비웃듯 말했다.

「(성좌여. 위대한 모략이 너에게 동정 따윌 바랄 것 같은가?)」

　그 말을 듣자 찬물을 뒤집어쓴 것처럼 기분이 가라앉았다.
　맞다.
　이 감정은, 어쩌면 내가 읽어온 모든 이야기를 모독하는 것이다.
　게다가 지금은 하찮은 감정놀음에 빠질 때도 아니었다.
　니르바나가 이죽거렸다.

「(정신을 좀 차린 모양이군.)」

　지금은 그보다 현실적인 문제를 생각해야만 한다.
　"동료들에게 돌아가야 하는데 빠져나갈 방법이 없어."
　'꿈을 먹는 자'가 고개를 끄덕였다.

「(그렇겠지. '은가이의 숲'에서는 그가 곧 신이나 다름없으니까.)」

"혹시 뭔가 아시는 게 있습니까?"

「(있긴 하지만 설명해봤자 그다지 의미는 없다. 어차피 '이계의 신격'에 관해서는 설명할수록 본질에서 더 멀어질 뿐이니까. '공포의 기록자'들이 그랬던 것처럼.)」

공포의 기록자라. 언젠가 비슷한 이야기를 들은 기억이 났다.
'꿈을 먹는 자'가 계속해서 말했다.

「(입구와 출구는 결국 같은 곳이다. '당기시오'라고 쓰여 있는 문은 대개 밀어도 열리기 마련이니까. 너는 네가 왜 이곳에 오게 되었는지 알아내야 한다. 그러면 출구는 자연히 찾을 수 있을 것이다.)」

그 말을 듣자 '은밀한 모략가'가 한 말이 떠올랐다.

─삼문답을 모두 사용했을 때, 너는 '네가 이곳에 와야만 했던 이유'를 알아내야 한다.

내가 이곳에 와야만 했던 이유.
생각해 보니 '신성한 삼문답'이 취소된 것은 내 입장에서도 다행스러운 일일지 몰랐다.

나는 '은밀한 모략가'의 정체를 유추하는 데 성공했지만, 녀석이 나를 데려온 이유에 대해서는 알아내지 못했다.

녀석은 대체 왜 나를 이곳에 데려온 것일까?

「(그는 한 세계의 끝을 본 존재다.)」

내 의문을 알고 있다는 듯, '꿈을 먹는 자'가 말을 이었다.

「(이미 ■■을 알고 있는 그가, 무엇이 아쉬워서 다시 거대한 수레 속으로 몸을 던졌을까?)」

순간 어떤 장면이 떠올랐다. 그것은 아주 오래전의 기억이었다.

어머니와 마주 앉아, 무릎 위에 책을 놓고 읽던 어린 시절의 내 모습.

─독자야. 다시 읽어보렴.

모든 이야기를 아는 존재가 그것을 '다시' 읽는 이유는 무엇인가.

「이제 **나** 가 김독 **자**」

다음 순간 시야가 깨지며 나는 소용돌이에 휩쓸렸다. 장서관의 정경이 연기처럼 흩어졌다. 눈앞이 팽그르르 돌며 의식이 제자리로 돌아왔다. 나는 약간의 신음과 두통, 그리고 약간의 현기증 속에서 천천히 눈을 떴다.

[현재 화신체 회복률: 34%]

설화 팩에 꽂힌 링거로 잔여 설화가 뚝뚝 떨어지고 있었다. 허공의 디스플레이 위로 떠오르는 화신체의 정보들.

[현재 근원 설화의 손상이 심각해 치료제 투여가 불가합니다.]
[자연 회복을 추천합니다.]
[현재 영약에 대한 내성이 높은 상태입니다.]
[새로운 영약 섭취를 통해 회복을 가속할 수 있습니다.]

낑낑대며 자리에서 일어났다. 여전히 몸 곳곳이 쑤셨지만, 이전보다는 관절의 움직임이 원활했다.
"비유."
예상대로 답은 없었다. 그 대신 다른 메시지가 떠올랐다.

[현재 당신은 임시 채널에 접속해 있습니다.]

임시 채널.

즉, 이곳은 〈스타 스트림〉의 정식 시나리오 지역은 아니라는 뜻이다.

"접속 총원."

[현재 임시 채널에 접속 중인 성좌: 2]

말이 두 명이지, 이건 뭐 멸살법 조회 수만큼이나 투명한 숫자였다.

나는 생각했다. 어쨌거나 이곳에서 탈출하기 위해서는 '은밀한 모략가'와 다시 대면하는 수밖에 없다.

그런데 녀석은 쉽게 만나줄 생각을 하지 않고. 그렇다면 방법은 하나뿐이다.

[성좌, '구원의 마왕'이 성좌, '은밀한 모략가'를 부릅니다.]

놈이 안 만나준다면.

[성좌, '구원의 마왕'이 성좌, '은밀한 모략가'를 바라봅니다.]

놈이 나를 바라볼 때까지.

[성좌, '구원의 마왕'이 성좌, '은밀한 모략가'에게 진상을 부립니다.]

계속해서 귀찮게 굴면 된다.

[성좌, '구원의 마왕'이……]

[성좌, '은밀한 모략가'가 당신을 노려봅니다.]

예상대로 반응이 돌아왔다.

그런데 내가 다시 메시지를 보내려는 순간, 방문이 활짝 열렸다.

"미친놈. 시끄럽게 무슨 짓이냐?"

"왔냐?"

꼬마 유중혁 [666]이 나를 노려보고 있었다.

"용건이 있다면 나를 부르면 된다. 시끄럽게 간접 메시지 터뜨리지 말고."

꼬마 유중혁들은 '은밀한 모략가'의 권속이니 내 간접 메시지를 들을 수 있겠다는 생각이 들었다.

아무튼 저 [666]이 오늘 내 간병 담당인 모양이었다. 놀랍게도 녀석은 스마트폰처럼 보이는 물건을 손으로 꼭 붙들고 있었다. 미니 사이즈 주제에 스마트폰은 빅 사이즈였다.

"그건 왜 보고 있어? 폰 게임이라도 하나?"

성큼 일어난 나는 방심하고 있던 녀석에게서 스마트폰을 빼앗았다. 유중혁은 어쨌든 본업이 '프로게이머'였으니, 게임을 하고 있다고 해도 이상한 일은 아니…….

어?

"당장 내놓아라!"

튀어 올라 내 옆구리를 퍽 친 [666]이 험악한 고함을 질러 댔다.

나는 멍한 얼굴로 액정을 들여다보았다.

이거 게임이 아니잖아?

[현재 2개의 채널에 접속 중입니다.]

[현재 시나리오 권외 지역에 있습니다. 프록시 채널을 경유하여 정식 채널에 접속합니다.]

스마트폰 화면으로 익숙한 배경이 보였다.

「"독자 아저씨는 괜찮아요. 분명 살아 있으니까. 내가 알 수 있어요."」

[LIVE]라는 표식 아래로, 내가 잘 아는 성좌들의 간접 메시지가 채팅방처럼 이어지고 있었다.

[성좌, '대머리 의병장'이 힘차게 고개를 끄덕입니다.]

[성좌, '해상전신'이 <김독자 컴퍼니> 일행들을 위로합니다.]

[성좌, '심연의 흑염룡'이…….]

더욱 경악스러운 것은, 그 채팅방 아래쪽에 있었다.

[성좌명: 은밀한 모략가]

[당신은 현재 VIP 구독좌입니다.]

[VIP 특전으로 간접 메시지 비용 부담이 면제됩니다.]

―표현할 감정을 선택해주세요.

[현재 (힘내)을/를 선택하셨습니다.]

―후원할 코인 액수를 입력해주세요(해당 채널은 최소 50코인부터 후원이 가능합니다).

[(현재 입력값 없음) C]

―간접 메시지로 전달할 말을 입력하세요.

[그런놈따윈잊어버리고새로운리더를(입력 길이를 초과했습니다)]

거기까지 읽던 나는 어이가 없어져서 꼬마 유중혁 [666]을 내려다보았다.

"야, 혹시나 해서 물어보는 건데."

"……."

"설마 지금까지 간접 메시지 쓴 게―"

"오늘이 내 차례였을 뿐이다! 빨리 내놓지 않으면 죽여버리겠다."

꼬마 유중혁 [666]이 붉어진 얼굴로 진천패도를 쥔 채 씩씩거렸다. 그제야 풀리지 않던 뭔가가 이해가 갈 것 같았다. 지금껏 '은밀한 모략가'가 보낸 무수한 간접 메시지는, 모두 이 꼬마 녀석들 짓이었던 것이다.

「"이번에 돌아오면 그냥 관짝에 넣고 묻어버리자. 시나리오 다 끝나면 꺼내주는 게 좋겠어."」

무시무시한 발언을 하는 이지혜의 목소리.

화면 너머로 옹기종기 모인 아이들 모습을 보며 나는 기습이라도 당한 것처럼 가슴이 쓰라렸다. 헤어진 지 얼마 되지도 않았는데 벌써 보고 싶다는 생각이 들었다.

어떻게든 다시 저들에게 돌아가야 한다.

이미 '묵시룡' 시나리오까지 풀린 상황이니, 얼른 돌아가지 않으면—

츠츠츠츠츳!

화면 속에서 개연성의 스파크가 일어난 것은 그때였다.

서울 상공에 하나둘 도깨비들이 나타나고 있었다.

개중에는 비형의 모습도 보였다.

「[새로운 메인 시나리오가 도착했습니다!]」

빌어먹을…… 벌써?

화면 속 비형이 말했다.

「[<김독자 컴퍼니>. 이제 마지막 시나리오로 떠날 시간이다.]」

4

"마지막 시나리오?"

정희원은 허공에서 깜빡거리는 메시지를 보며 눈살을 찌푸렸다.

벌써 '마지막 시나리오'가 열린다고?

묵시룡의 시나리오는 89번 시나리오였다.

그럼 90번 시나리오가 마지막인가?

혼란스러운 것은 그녀만이 아니었다.

'방주'에 타고 있던 다른 성좌들도 서로 돌아보며 중얼거리고 있었다.

[저게 무슨 소리지?]

[벌써 99번 시나리오가 열렸단 말인가?]

도깨비 비형에게 항의하는 이도 있었다.

[무슨 수작이지? 아직 마지막 시나리오가 열릴 시간이 되지도 않았―]

[〈김독자 컴퍼니〉만 따로 데려가겠다는 거냐?]

비형은 성좌들의 반응을 살피다가 고개를 내저었다.

[마지막 시나리오 초청은 얼마 전에 시작됐습니다. 정확히는 여러분이 '묵시룡'을 깨운 그 시점부터 말이지요.]

그 발언에 성좌들이 웅성거렸다. 몇몇 성좌는 뭔가 눈치챈 듯 불안한 눈빛으로 주변을 살피며 외쳤다.

[그, 그럼 우리도 마지막 시나리오에 보내줘!]

[맞아! 우리에게도 자격이 있다!]

비형은 그런 성좌들을 달래듯 말했다.

[여러분은 제 관할이 아닙니다. 여러분에게 자격이 있다면, 곧 여러분을 모시고 떠날 도깨비가 찾아올 겁니다.]

그러나 전처럼 친절한 말투는 아니었다.

[어디까지나 자격이 있을 때 얘기지만 말이죠.]

성좌들의 안색이 창백하게 질렸다. 곧이어 방주에서 방송이 흘러나왔다.

―다음 역은 8612 행성계입니다.

8612 행성계. 〈김독자 컴퍼니〉의 고향인 지구가 있는 곳.

비형은 더 이상 지체할 수 없다는 듯 〈김독자 컴퍼니〉 일행들을 돌아보았다.

[자, 〈김독자 컴퍼니〉 여러분은 모여주시죠.]

그 말에 한수영이 나섰다.

"아니 잠깐만. 우리 지난 시나리오 끝낸 지 며칠 지나지도 않았거든?"

"우릴 지구로 보내줘요. 아직 다음 시나리오로 떠날 준비가 안 됐다고요."

정희원도 가세했다. 하나둘 일행이 모이고 있었다. 신유승도, 이길영도, 이지혜도…… 혼란스러운 얼굴인 것은 모두 마찬가지였다.

비형이 옅게 한숨을 내쉬었다.

[역시 김독자가 없으니 불편하군. 그놈이 있어야 한 번에 말귀를 알아듣는데.]

"이렇게 서두르는 이유가 대체 뭔데? 제대로 설명하지 않으면—"

비형의 입술이 조용히 움직였다.

—입장권이 몇 장 안 남았어. 빨리 가서 선점해야 한다고.

그 말은 '도깨비 통신'을 통해 전달되었다.

〈김독자 컴퍼니〉 일행들은 동시에 서로 돌아보았다.

저 도깨비가 비밀스레 메시지를 보내왔다는 것은, 다른 성좌에게 이 이야기를 알리고 싶지 않다는 뜻이었다.

하지만 '입장권'이라니? 다음 시나리오에서는 그런 게 필요하단 말인가?

머뭇거리는 일행들 뒤에서 유중혁이 불쑥 나타났다.

"출발하지."

"잠깐만요!"

정희원의 제지에도 유중혁은 완강했다.

"마지막 시나리오는 지역에 진입한다고 곧바로 시작되는 게 아냐. 지금은 저 녀석 말을 듣는 게 맞다."

"그럼 현성 씨는……."

"스승님께 맡겨두었다."

정희원이 다급히 한수영을 돌아보았다.

잠시 뭔가 생각하던 한수영이 정희원의 어깨를 짚었다.

"일단 가보자. 저 녀석이 저렇게까지 말한다면 이유가 있는 거니까. 어쩌면 김독자도 미리 가 있을지 몰라. 확인해볼 가치는 있겠지."

'김독자'라는 말에 일행들 얼굴에도 굳은 결심이 섰다.

"저는 찬성이에요."

"나도! 나도!"

신유승도, 이길영도, 이지혜도. 의결은 금방 끝났다.

정희원은 끝까지 이현성이 걸리는 듯했지만, 이어진 유중혁의 말에 결국 고개를 끄덕였다.

"마지막 시나리오 지역에 간다면 '강철검제'를 빨리 회복시킬 방법도 찾을 수 있을 거다."

"그럼 망설일 것 없어요."

[자, 출발합니다.]

비형의 목소리와 함께 〈김독자 컴퍼니〉를 둘러싼 주변 정경이 일제히 빛으로 화했다.

[시나리오 전송이 시작됩니다!]

상급 도깨비의 권한이 사용되었기 때문인지 포털은 안락하고 짧았다.

눈 깜짝할 사이에 일행들은 새카만 우주의 한가운데에 와 있었다.

정확히는 그 우주를 내려다볼 수 있는 반투명한 원반 위였다.

"여긴……."

운동장 정도 크기의 원반은 돔 형의 방어막으로 보호되고 있었는데, 전방에 난 출입 포털을 통해 또 다른 장소로 입장할 수 있게끔 설계되어 있었다. 출입 포털은 몇몇 도깨비가 지키고 있었다. 유중혁은 그런 도깨비들을 한 번, 출구 쪽을 한 번 바라보더니 중얼거렸다.

"'게이트 오브 스타 스트림'이다."

"여기 알아?"

한수영의 질문에 유중혁이 고개를 끄덕였다.

"관리국 본청이 있는 곳이다. 여기를 지나야 마지막 시나리오 지역으로 돌입할 수 있다."

"와본 적 있나 보지? 「개연성 적합 판정」이라도 걸렸던 거냐?"

"아니, 나도 처음이다."

"그런데 어떻게 알아? 1,863회차의 기록에 나왔냐?"

"그건……."

순간, 유중혁은 관자놀이를 쥔 채 비틀거렸다.

'은밀한 모략가'를 통해 알 수 있었던 1,863회차의 기록. 하지만 그 기록에 이 시나리오와 관련된 정보는 나오지 않는다. 김독자가 따로 말해준 적도 없다.

그렇다면 자신은 대체 어떻게 이 정보를 알고 있는가?

츠츠츳…….

유중혁의 코트 위로 희미한 스파크가 튀었다. 뭔가 심상치 않은 기색을 느낀 이지혜가 유중혁을 향해 손을 뻗는 순간, 게이트 인근에서 눈부신 빛살이 퍼지며 또 다른 성좌들과 도깨비들이 워프해 왔다.

[성좌님들, 이쪽입니다.]

대도깨비의 지휘 아래, 성좌와 화신들이 일사불란하게 그들을 지나 게이트로 나아갔다. 〈김독자 컴퍼니〉를 지나친 대도깨비 중에는 얼마 전 그들에게 시나리오 포기를 제안했던 '허체'의 얼굴도 보였다.

[내가 말하지 않았는가. 후회하게 될 거라고.]

지나치는 대도깨비의 목소리를 들으며, 한수영과 유중혁이 서로 돌아보았다.

뭔가 이상하게 돌아가고 있었다.

손쉽게 게이트를 통과하는 대도깨비 일행들과 달리, 〈김독자 컴퍼니〉는 아직 게이트에 접근조차 하지 못하고 있었다.

출입구 쪽에서 비형이 문지기들과 실랑이를 벌이는 소리가 들려왔다.

[뭡니까? 수속 절차는 모두 밟았을 텐데요. 이들은 '마지막 시나리오'에 입장할 자격이 있는 화신들입니다. 비켜주시죠.]

영롱한 빛을 뿜어낸 게이트가 대도깨비 일행들을 모두 삼키는 순간, 대도깨비가 문지기 대장에게 뭐라 속삭이는 것이 보였다. 결국 참지 못한 비형이 앞으로 나서는데, 문지기 대장이 입을 열었다.

[상급 도깨비 비형. 당신과 〈김독자 컴퍼니〉는 마지막 시나리오에 진입할 수 없습니다.]

✄ ✄ ✄

어렸을 적, 나는 자주 유중혁이 되는 꿈을 꾸었다.

내게는 슈퍼맨이나 배트맨이 있어야 할 자리에 유중혁이 있었으니, 어쩌면 당연한 일이었다. 그렇게 한바탕 신나는 꿈을 꾸고 나면, 꿈에서 깨어난 후에도 여전히 유중혁인 것처럼 행동할 때가 있었다. 그것 때문에 맞은 적도 있고, 괴로운 일을 겪은 적도 있다.

그럼에도 나는 그런 '유중혁'이 있었기에 지금까지 살아남았다.

「"대장, 빨리 다음 시나리오로 가자!"」

물론, 꿈에 등장한 것이 유중혁만은 아니었다.
꿈속에서 나는 용감한 이지혜와 함께였고.

「"장구류 준비 끝났습니다, 중혁 씨."」

든든한 이현성과 함께였으며.

「"대장, 괜찮으세요? 안색이 나쁜 것 같은데⋯⋯."」

사려 깊은 신유승과 함께였다. 아마도 그들이 내 가족이었
다.
유중혁이 나의 부모였다면 이현성은 나의 형이었고, 지혜는
나의 누나였으며, 유승이는 나의 친구였다.
나는 그들의 이야기를 좋아했다. 그들의 싸움을 응원했고,
그들의 불행을 관음했다. 그리고 나는—

이것이 변명이 될 수는 없음을 알지만, 그들이 진심으로 행
복하길 바랐다.

지금쯤 그들은 어떻게 되었을까.
마지막으로 보인 것은 유중혁의 얼굴이었다.

「"네놈 때문이다."」

한순간 시야가 회전했고, 나는 신음을 뱉으며 눈을 떴다.

"안색이 나쁘군. 괜찮은 건가?"

어쩐지 가슴이 무겁다 싶었는데, 꼬마 유중혁 [999]가 나를 짓밟고 서 있었다. 녀석은 자신의 진천패도로 테이블의 컵을 낚아 내게 건넸다.

"마셔라."

"고마워."

차가운 물을 조금 마시고 나자 천천히 정신이 들었다.

[현재 화신체 회복률: 36%]

미미하지만 화신체는 조금씩 회복되고 있었다. 당연하게도 만족할 만한 수준은 아니었다.

―〈김독자 컴퍼니〉. 이제 마지막 시나리오로 떠날 시간이다.

어젯밤 [666]의 스마트폰으로 본 정경이 머릿속을 떠나지 않았다.

벌써 일행들에게 마지막 시나리오의 제안이 들어왔다. 여기서 미적거릴 시간 따위는 없었다.

"네놈은 언제든 나갈 수 있다. 스스로 해답만 찾아낸다면."

"또 그 소리냐."

투덜거리며 자리에서 일어나는데, 꼬마 유중혁 [999]가 뜬금없는 질문을 던졌다.

"싫어하는 음식을 말해라."

"갑자기 왜?"

"닥치고 질문에 대답해."

순간 조그만 녀석의 박력에 압도돼버렸다.

"……토마토."

녀석은 품에서 작은 수첩을 꺼내더니 단정한 글씨로 '토마토'라고 썼다.

저건 대체 왜 적을까.

"좋아하는 음식은?"

"무림 만두랑 닭 국물."

내 대답에 [999]의 표정이 바뀌었다.

"혀는 제법 쓸 만한 모양이군."

확실히 세 치 혀로 지금까지 살아남긴 했지.

"요리 담당은 81회차다. 검술은 형편없지만, 요리엔 꽤 재능이 있지. 기대해도 좋을 거다."

그러고 보니 81회차의 유중혁은 요리 스킬을 유독 많이 배웠다. 이곳에서 요리를 담당하는 유중혁도 아마 그 녀석인 모양이었다.

메모를 마친 [999]는 훌쩍 침대에서 뛰어내리더니 나를 일별했다.

"불편한 게 있으면 언제든 말해라. 멍청한 손님이라도 어쨌든 손님이니까."

"묻고 싶은 게 있어."

"불필요한 질문만 아니라면."

"유중혁은 왜 '이계의 신격'이 된 거냐?"

꼬마 유중혁의 표정이 미미하게 굳어졌다.

나는 질문을 계속했다.

"심지어는 '은밀한 모략가'라는 이름으로 성좌 활동까지 하고…… 내가 아는 '유중혁'이라면 절대로 있을 수 없는 일이야. 그 녀석은—"

이곳에 있으면서 한 가지 알게 된 사실은, 꼬마 유중혁들은 나를 별로 좋아하지 않는다는 것이었다. 툭하면 시비 걸기 일쑤였고, 질문을 해도 제대로 된 답변을 받는 경우도 드물었다.

하지만 저 [999]라는 녀석은 달랐다. 지난번 늑대 이야기도 그렇고, 저 녀석은 내게 뭔가를 알려주고 싶어하는 것 같았다.

그리고 실제로 내 예감은 틀리지 않은 듯했다.

"네가 아는 유중혁은 대체 뭐지?"

미묘한 경멸이 담긴 목소리.

나는 대답할 말이 없었다.

"아직도 몇 편의 글줄로 누군가를 이해할 수 있다고 생각하는가?"

대답할 수 없었다.

왜인지는 모르겠다. 대답할 자격이 없다고 생각했기 때문일 수도, 해야 할 말을 찾지 못했기 때문일 수도 있었다.

그런 나를 가만히 보던 [999]는 잠시 생각하더니, 이내 테이블 서랍에서 뭔가를 꺼내 내게 던졌다.

"네놈이 그렇게 책을 좋아한다니 그걸 읽으면 도움이 될지도 모르겠군. 네놈처럼 멍청한 인간들이 미지의 공포를 이해하기 위해 쓴 것이니까."

[999]가 던진 것은 몇 권의 책이었다.

나는 그중 한 권을 집어 들었다.

《이계의 신격에 관한 소고小考 - '은밀한 모략가'와 '가장 오래된 꿈'에 관하여》.

'공포의 기록자'가 쓴 글이었다.

공포의 기록자. 이계의 신격을 만난 최초의 인류이자, 그들의 존재를 전파한 작가들.

[전용 스킬, '독해력'이 발동합니다!]

[전용 특성, '시나리오의 해석자'가 발동합니다!]

제목을 보는 순간 심장이 뛰었다.

'은밀한 모략가'와 '가장 오래된 꿈'에 관한 이야기라니.

특히 '가장 오래된 꿈'은 '은밀한 모략가'가 자주 되뇐 만큼,

그에 관해 알아낼 주요한 기회인지도 몰랐다.

나는 [999]가 사라진 것도 잊고 책에 몰두했다.

¤ ¤ ¤

정확히 여덟 시간 뒤, 나는 멍한 얼굴로 책을 덮었다.

"이건……."

나는 이런 종류의 책을 표현할 정확한 문장을 알고 있다.

"멸살법보다 재미가 없는데."

작가가 누구인지는 몰라도 21세기의 플랫폼에 연재되었다면 멸살법만큼이나 망했으리라는 것은 자명해 보였다.

재미가 없을 뿐만 아니라 심지어 어렵기까지 했다.

"대체 뭔 소리야?"

그나마 내가 이해할 수 있는 내용도 있기는 했다.

예를 들면, 위대한 '그레이트 홀'에는 다섯 명의 위대한 이계의 신격이 있다는 것.

「동쪽에서 떠오르는 '살아 있는 불꽃'.」

「서쪽 세계의 재앙 '가라앉은 섬의 주인'.」

「북쪽 우주의 지배자 '위대한 심연의 군주'.」

「남쪽 성간을 다스리는 '은빛 심장의 왕'.」

「그리고 무엇도 아닌 곳에서 기어오는 '위대한 모략'.」

"멸살법 뺨치는 설정집이네."

맥락상으로 보아 '위대한 모략'이 바로 '은밀한 모략가'를 상징하는 말인 것 같았다.

실제로 '은밀한 모략가'와 관련된 구절 중에는 흥미로운 부분들이 있었다.

「'위대한 모략'과 마주한 몇몇 공포의 기록자들은, 그가 '가장 오래된 꿈'을 찾고 있다는 사실을 알게 되었다. ……(중략)…… 운이 좋은 공포의 기록자들은 위대한 모략에게 '가장 오래된 꿈'의 정체를 물을 수 있었다.」

「【그것은 이 우주의 시작이자, 거대한 수레바퀴의 주인. 나의 오래된 원수이자 나의 부모. 모든 것의 마지막을 정하는 자.】」

「몇몇 공포의 기록자들은 그 말을 듣는 순간 '위대한 모략'의 표정을 보았고, 그대로 혼절해버렸다. 그리고 다시 깨어났을 때, 그들은 자기 자신이 누구인지 기억해내지 못했다.」

자기 자신이 누군지도 기억 못 하는 사람들의 기록이라니.

그래서 이 책의 공저가 '공포의 기록자'라고 표기된 걸까.

'은밀한 모략가'나 '가장 오래된 꿈'에 대한 이야기를 좀 더 읽어보고 싶었지만, 책의 대부분은 그들에 관한 기록이 아니라 그저 이계의 신격 전반을 다룬 재미없는 일화였다.

심지어 전개도 들쑥날쑥했다. 이야기에 조금 흥미가 생기려 하면 뜬금없이 끝나버렸고, 한 작품 안에서도 시간 순서가 뒤엉키며 앞뒤가 맞지 않는 전개가 이어지기 일쑤였다.

하나도 아니고 모든 종류의 일화가 그딴 식이니, 몰입이 될 수가 없었다.

「(흥미로운 이야기로군.)」

끼어든 것은 극장 주인 시뮬라시옹이었다.

'뭐가 흥미롭습니까?'

「(이 책은 일부러 이렇게 설계된 것이다.)」

'일부러 재미없게 썼다고요?'

「(전하고 싶은 메시지가 분명한 이야기인 거지.)」

'메시지를 전하고 싶으면 내용을 이해할 수 있게 썼어야죠.'

「('이해할 수 없는 대상은 이해할 수 없다'고 쓴 것이다.)」

'예?'

가벼운 한숨 소리가 들리더니, 눈앞에서 작은 스파크가 흘렀다.

[제4의 벽]에서 흘러나온 힘이, 책 페이지를 넘기며 문장을 추출하기 시작했다. 각각 다른 단편에서 뽑아낸 문장을 연결하니 다음과 같은 글줄이 되었다.

「아득한 우주로부터 오는 감정. 그것은 필멸자가 결코 쫓아갈 수 없는 태고의 흐름이었다. 우리는 겁에 질렸다.」

「그것들은 우리가 모르는 우주에서 온 괴물 같았다.」

「예상 가능한 것에서 오는 '두려움'이 아니었다. 그것은 우리가 결코 이해할 수 없는 것으로부터 오는 '공포'였다.」

「우리는 그 공포에 하나하나 힘겹게 이름을 붙였다. 미지의 대상에 이름을 붙여, 그것을 이해 가능한 것처럼 꾸미고 싶었다.」

그제야 책이 말하고자 하는 메시지가 드러나는 것 같았다.

「물론 그 시도가 얼마나 의미가 있었는지는 그대가 판단할 일이다.」

그 체념 어린 문장까지 읽고 나자, 어째서 이계의 신격들이 '공포의 기록자'를 그토록 힐난했는지 이해할 것도 같았다.

이계의 신격에게 붙은 수식언들은 엄밀히 따지면 그들의 본질이 아니었던 셈이다.

「만약 당신이 그들을 만난다면 기억하라. 심연을 들여다보는 자는

미쳐버리거나 심연 그 자체가 되는 수밖에 없음을.」

　복습까지 끝낸 나는 허탈한 심경으로 책장을 덮었다.
　"소득이 너무 없는데."
　결국 이 책을 통해 내가 이해한 것은 하나뿐이었다.

　「'이계의 신격'은 이해할 수 없는 존재들이다.」

　무책임한 말이었다.
　그런 문장은 '이계의 신격'이 아니라 다른 누구를 넣어도 말이 되니까.

　「'유중혁'은 이해할 수 없는 존재다.」
　「'한수영'은 이해할 수 없는 존재다.」

　라고 표현해도 맥락은 결국 같다.
　비단 이계의 신격이 아니라도 우리는 서로 이해할 수 없다.
　이해한 것 같은 기분이 들어도 잠깐의 착각에 지나지 않는다.
　언젠가 장하영과도 그런 이야기를 나눈 적이 있었다.
　묵묵히 내 생각을 듣던 '꿈을 먹는 자'가 킬킬 웃었다.

　「(맞다. 그것이 이 책이 전하고 싶은 메시지다. 우리는 모두 결국 서로에게 '이계의 신격'이라는 것.)」

나는 책을 덮고 창밖을 내다보았다.

동그란 방은 창도 동그란 형태였다.

희미하게 비치는 햇살. 울창한 숲 사이사이로 일광욕을 즐기는 '이계의 신격'들이 보였다.

개중 몇몇이 나를 향해 촉수를 흔들었다. 괴기스러운 동화의 한 장면을 보듯, 나는 잠시 그 촉수들을 바라보았다.

저 형태는 어쩌면 저들의 본질이 아닐지도 모른다.

자세히 보니 촉수의 움직임이 제법 우아한 것 같기도 했다.

「(손을 뻗는 자만이 진실을 알 수 있다.)」

애초에 책을 읽을 필요 따위는 없었을지도 모른다. 이곳에 널린 것이 바로 '이계의 신격'들이니까.

나는 주변 눈치를 흘끗 살피다가 [소형화]를 사용해 창문을 빠져나갔다. 두둥실 몸을 날려 '이계의 신격'을 향해 다가가자, '이계의 신격'도 나를 향해 촉수를 뻗어왔다. 딱히 적의는 느껴지지 않았다.

「**후회**해도 몰라」

[제4의 벽]의 경고에도 나는 촉수를 향해 손을 뻗었다.

후회는 늘 해왔다.

하지만 저지른 일보다는 저지르지 않은 일에 대한 후회가 더 컸다.

[전용 스킬, '독해력'이 발동합니다!]

〈스타 스트림〉 최종 시나리오는, 이계의 신격과의 대전쟁이다. 그리고 이계의 신격은 전쟁을 끝으로 세상에서 사라진다.
　멸살법에서 유일하게 설명되지 않은 존재들.
　나는 묻고 싶었다. 너희는 대체 어디서 왔는지.
　무엇을 위해 〈스타 스트림〉과 맞서 싸웠는지.
　작중에서 이계의 신격은 한 번도 대답한 적이 없었다. 그들은 그저 울부짖거나, 알 수 없는 소리를 내뱉으며 성좌들과 맞서 싸울 따름이었다.
　<u>ㅊㅊㅊㅊㅊ</u>…….

['제4의 벽'이 당신에게 경고합니다!]

　나는 '이계의 신격'의 촉수를 쥐었다. 내 손끝에 감응하듯, 촉수들이 나무 넝쿨처럼 손끝을 감았다.
　공포의 기록자들은 말했다.
　이계의 신격은 불가해한 존재들이라고. 어디에서 왔는지, 그 정체가 무엇인지도 알 수 없다고.
　그 말이 맞을 수도 있다.

지금 내 행동은 아무 의미 없는 행동일 수도 있다.

우리는 원작에서 그랬듯 싸우게 될 것이고, 처참한 폐허와 멸망만을 가져오게 될 수도 있다.

다음 순간 주변 정경이 느릿한 멜로디로 뒤덮였다.

찬연한 햇살 속에서 이계의 신격들이 하나둘 나를 향해 고개를 숙이고 있었다.

[설화, '만물의 사랑을 받는 자'가 이야기를 시작합니다.]

자신이 숨겨온 소중한 것을 내어주듯, 이계의 신격들이 뻗은 덩굴 끝에 작은 꽃들이 맺혔다. 꽃에서 향기가 흘러나왔다.

향기는 곧 노랫말이 되었고, 이야기가 되었다.

「"대장."」

그것은 아주 오래된 기억의 파편.

「"유중혁 씨."」

나는 마치 홀린 사람처럼 그 목소리들을 들었다. 소리는 모두 달랐지만, 누구의 목소리인지 눈을 감고도 맞출 수 있었다.

오랫동안 생각해왔다.

만약 '은밀한 모략가'가 원작의 유중혁이라면, 그리고 그가 보여준 것처럼 멸살법의 무수한 세계선이 존재한다면…….

그 무수한 회차에서 실패한 이야기는 모두 어디로 가는 것일까.

「"다음 생애에는 반드시."」
「"몇 번을 회귀하더라도 대장과 함께……."」

밀려오는 기억의 파도가 순식간에 내 의식을 휩쓸었다.

기억에는 두서가 없었고, 서로 일관적으로 연결되지도 않았다. 하지만 나는 그것들을 이을 수 있었다. 마치 이어지지 않는 별자리를 잇듯이.

어쩌면 세상에서 오직 나만이 그것들을 연결할 수 있었다.

그리고 그 순간 나는 이해했다. 이계의 신격이 무엇인지, 원작의 유중혁은 왜 스스로 이계의 신격이 되었는지.

왜, '은밀한 모략가'가 될 수밖에 없었는지.

수만 년, 수십만 년, 어쩌면 수백만 년에 달하는 고통의 이야기.

세계선에서 버려져 '설화'로 인정받지 못한 이야기.

세계의 무의식이 되어 먼 우주를 떠돌며 오래된 기억을 되새김질하는 실패한 설화의 파편들.

끝내 구원받지 못한 자들의 목소리.

【ㅇㅇㅇㅇㅇㅇㅇㅇㅇ…….】

내 주변을 정원처럼 덮은 이계의 신격의 가지들이 자라나고 있었다.

나는 기억의 파도에 질식할 것 같은 기분을 느끼면서도 그 기억에서 눈을 뗄 수 없었다.

「"우릴 기억해줘요."」

나는 손끝에서 부스러지는 그 설화들을 붙잡은 채 울었다. 너무나 소중해서. 이제는 누구도 기억해주지 않는 그것들이 가엾어서.

이해할 수도 바꿀 수도 없다.

예전에도 지금도, 그저 '읽는' 것만이 내가 할 수 있는 전부였다.

이계의 신격들이 일제히 소리를 지르기 시작했다.

【우릴알아우릴알아우릴알아우릴알아우릴알아우릴알아】

【너누구너누구누너누구너누구너누구너누구】

점점 더 나를 조여드는 넝쿨들. 이계의 신격들이 우는 소리가 들렸다.

기쁜 것 같기도 하고 슬픈 것 같기도 한 소리.

먼 우주 저편에서부터 들려오는 태고의 울음.

「그 러 지 말 라고했 잖 아」

주변으로 몰려든 이계의 신격들이 까마득한 숲을 이루었다. 자라난 넝쿨들이 나를 삼키려는 듯 옥죄어 왔다. 나를 자신의 일부로 받아들이려는 듯이. 이대로 영원히 자신과 함께하자는 것처럼.

가까스로 정신을 차린 나는 넝쿨을 헤치며 빠져나가기 위해 안간힘을 썼다. 하지만 그럴수록 넝쿨은 더욱 조여들었다.

【가 지 마】

【어 째 서】

여기서 먹히면 안 된다. 정말 이들을 위한다면 나는 여기서 정신을 놓아서는 안 된다.

【못 가】

'부러지지 않는 신념'을 꺼내 들기도 전에 양팔이 봉쇄되었다. 그렇게 꼼짝없이 넝쿨의 어둠 속으로 끌려 들어가려는 순간, 눈부신 빛살이 넝쿨을 갈랐다.

희미한 볕과 함께 보이는 작은 진천패도.

고개를 들자 꼬마 유중혁 [999]가 나를 바라보고 있었다.

"네놈, 대체 무슨 짓을 한 거냐?"

5

"대체 뭐가 어떻게 된 건데?"

한수영의 말에 비형의 고개가 축 처졌다.

"큰소리 뻥뻥 치더니 입구 컷이라니…… 어이 도깨비, 대답 좀 해보라니까?"

[그게…… 후…….]

결론부터 말하면, 〈김독자 컴퍼니〉는 '마지막 시나리오'로 가지 못하고 지구로 되돌아왔다. 이유는 '자격이 부족하다'라 는 것.

[아무래도 대도깨비들이 손을 쓴 것 같습니다.]

"그렇게 말하면 다야? 시간 낭비한 우리 입장은 뭐가 돼?"

[보상금은 줄 테니 너무 채근하지 마시죠.]

비형이 투덜거리며 주머니를 뒤지는 동안, 한수영은 한숨을 내쉬며 일행들을 둘러보았다. 우여곡절 끝에 지구로 돌아오긴 했지만 다들 제정신이 아니었다.

"이번엔 진짜로 죽었을지도 몰라…… 미안해요 형…… 내가…… 내가 자격이 없어서…… 계약을 안 해서……."

이길영은 아까부터 몸을 웅크린 채 이상한 말을 중얼거렸고, 신유승은 명상이라도 하듯 눈을 감은 채 관자놀이에 양손 검지를 대고 있었다. 이지혜와 정희원은 공단의 아일렌에게 이현성을 데려가느라 자리를 비운 상태였다.

"집은 그대로네. 아줌만 청소도 안 하나."

한수영은 낡은 소파 위 먼지를 쓸어내며 중얼거렸다.

한때 그녀와 유상아, 이수경이 함께 머물던 집이었다.

김독자가 없던 시간 동안 살던 장소…….

짧은 상념은 이어서 들려온 벨 소리와 함께 사라졌다.

[흑염]을 사용해 원격으로 문을 연 한수영이 피식 웃었다.

"혹시 「호랑이도 제 말 하면 온다」도 설화로 있나?"

"오랜만이다, 수영아."

이수경은 어지러운 집 안 꼴을 살피더니 고개를 휘휘 저었다.

"너는 예나 지금이나 그대로구나. 사람이 환기는 하고 살아야지."

"나 지금 막 돌아왔거든? 그것도 몇 년 만에."

한수영은 거기까지 말하다 흠칫했다. 그녀는 '환생자들의 섬'에서 수십 년의 세월을 보냈지만, 그건 어디까지나 섬 내부

시간이었다. 바깥에서는 정확히 얼마만큼이 지났는지 알 수
없었다.

이수경은 간단한 손짓으로 창문을 모두 열어젖힌 뒤 퀴퀴
한 먼지를 집 밖으로 내보냈다. 그러면서도 그녀의 눈은 거실
바닥에 늘어진 일행들을 훑고 있었다.

슬그머니 일행들을 가린 한수영이 흠흠 헛기침을 하며 물
었다.

"혹시 정희원이 말했어?"

"뭘 말이니?"

한수영은 슬그머니 입술을 깨물었다. 어떻게 설명해야 할지
감이 오질 않았다.

"그게, 여기 지금 김독자가 없잖아?"

"그렇구나. 방금 알았네."

괜히 말을 꺼냈다 싶지만, 이미 엎지른 물이었다.

한수영은 두 눈을 질끈 감은 채 말했다.

"왜 김독자가 여기 없냐면…… 나랑 유중혁이랑 정희원이
아줌마 아들을 구해보려고 영혼의 한타를 했는데……."

"요점만 말하렴."

"응, 사실은 아줌마 아들이 누구랑 어디를 좀 갔어. 근데 그
게……."

"혹시 저걸 말하는 거니?"

한수영은 이수경의 손가락을 따라 고개를 돌렸다.

벽걸이 텔레비전에서 뉴스가 흘러나오고 있었다. 새카만 하

늘 위에 떠 있는 흰 코트의 사내와, 그의 손에 대롱대롱 매달려 있는 김독자의 모습.

　—특보! 〈김독자 컴퍼니〉 대표이사 납치!

　한수영은 입을 딱 벌린 채 중얼거렸다.
　"뭐야 저거?"
　대체 어떻게 된 건지, 지구의 언론들이 벌써 이 일을 알고 있었다.
　여전히 한가로운 표정으로 화면을 보던 이수경이 고개를 주억거렸다.
　"그 녀석, 인기가 많네."
　"아줌마. 지금 저거 되게 심각한 거거든?"
　"저거 유중혁 군인 것 같은데. 뭐가 심각하다는 거니?"
　"저게 유중혁이 아니니까 문제지."
　한수영은 한숨을 푹 내쉬었다. 그런데 텔레비전 화면이 갑자기 멋대로 되감기더니 똑같은 장면을 방송하기 시작했다.

　—특보! 〈김독자 컴퍼니〉 대표이사 납치!

　이건 또 뭔가 싶어 돌아보니, 넋이 나간 채 리모컨을 꾹꾹 누르는 유중혁이 보였다. 몇 번이고 뒤로 감기를 눌러서 같은 장면을 반복하고 있는 유중혁의 모습.

한수영이 물었다.

"너 괜찮냐?"

"……."

"그거 돌려도 회귀 안 되거든? 이제 회귀하는 법도 잊어버렸어?"

유중혁은 들은 체도 하지 않았다. '은밀한 모략가'의 모습을 단단히 각인하려는 것처럼 이글거리는 유중혁의 동공. 자신의 패배를 인정할 수 없는 회귀자의 격이 스멀스멀 흘러나와 거실 공기를 후텁지근하게 만들었다.

한수영이 땅이 꺼지도록 한숨을 내쉬었다.

"제기랄, 저 영상은 대체 어떤 놈이 뿌린 거지……."

[험험.]

고개를 돌리자 헛기침을 하는 비형이 있었다.

"아직 안 갔냐?"

[여기 보상금.]

그러고 보니 보상금을 받는 것을 잊고 있었다. 한수영이 손을 내밀자, 비형의 자그마한 손이 500코인을 올려놓았다.

"지금 장난치냐?"

[그게 요즘 서울 관리국 재정 상태가 안 좋아서…… 그리고 신경 써야 할 일이 워낙 많다 보니…….]

비형은 휘파람을 불며 하늘 저편으로 흘끗 눈길을 보냈다.

맑아야 할 서울의 하늘이 불길한 황색과 적색으로 물들어 있었다. 새카맣게 소용돌이치는 '그레이트 홀'과 벼락처럼 내리치는 개연성의 스파크.

한수영이 인상을 찌푸리며 물었다.

"서울에 무슨 일 있어?"

"얼마 전부터 하늘이 저 꼴이야."

이제 서울은 주력 메인 시나리오 지역이 아니다. 그런데도 저런 세기말적 현상이 벌어진다는 것은…….

[묵시룡의 영향입니다.]

비형은 쓸쓸한 표정으로 하늘을 보더니 품속에서 길쭉한 곰방대를 꺼내 입에 물었다. 그 모습이 같잖았는지 한수영이 곰방대를 빼앗으며 다그쳤다.

"그건 뭔 개소리야? 묵시룡의 영향이 왜 여기까지 와?"

[모르는 겁니까? 김독자가 당연히 알려줬을 거라고 생각했는데.]

"그놈은 제일 중요한 정보는 안 알려줘."

품속에서 자연스럽게 두 번째 곰방대를 꺼낸 비형이 끝에 불을 붙이며 말했다.

[묵시룡의 부활은 대멸망의 첫 번째 단추입니다. 일단 녀석이 깨어나면 세계선은 끝을 향해 달려가는 거라고 볼 수 있죠. 이래서 내가 '마지막 시나리오'로 빨리 가자고 한 건데.]

"마지막 시나리오로 못 가면 어떻게 되는데?"

[말 그대로 멸망하는 겁니다. 당신들도, 나도, 이 세계도.]

그 담담한 선언에 한수영이 어이없다는 듯 쏘아붙였다.

"아니 뭐 그런…… 이 세계가 멸망하면 '마지막 시나리오'가 대체 무슨 소용이 있어? 왜 그딴 시나리오를 짜는 건데!"

[대멸망은 도깨비가 짜는 시나리오가 아닙니다. 그저 그렇게 되도록 만들어져 있는 것이죠. 그리고 대멸망이 존재하기에, '마지막 시나리오'도 비로소 의미를 갖는 겁니다.]

비형은 회한 가득한 얼굴로 먼 하늘을 바라보았다.

황급히 어딘가로 향하는 성단의 움직임. 하늘의 별들이 멀어지고 있었다.

¤ ¤ ¤

【오오오오오!】

【아아아아아아아아!】

이계의 신격들이 새카만 격을 발산하자, '은가이의 숲'은 완연한 칠흑에 휩싸였다.

넝쿨 속에서 나를 꺼낸 꼬마 유중혁들이 전후좌우로 나를 둘러쌌다.

꼬마 유중혁 [999]가 말했다.

"김독자를 지켜라."

"내가 누누이 말했지. 난 이놈 사고 칠 줄 알았다."

"역시 처음에 죽여 없앴어야 했나."

무시무시한 말을 내뱉으면서도, 모든 유중혁들은 일제히 진천패도를 쥔 채 경계를 늦추지 않았다. 다가오는 촉수들을 베어내면서 유중혁들은 조금씩 전진했다.

충격적인 것들을 본 직후라서 그런지 전신에 냉기가 감돌았다. 꼬마 유중혁 [999]가 자신의 검은색 코트를 내게 덮어주었다.

"내가 책을 읽으랬지, 언제 이 녀석들 건드리라고 했나?"

나는 무슨 말을 해야 할지 알 수 없었다.

[999]의 눈동자가 흔들렸다.

"네놈."

【오오오오오오오!】

포효하는 이계의 신격들의 진언이 하늘을 쩌렁쩌렁 울렸다. 숲의 벌레들이 진액을 토하며 죽어갔고, 심지어는 자기들끼리도 상잔이 일어나는 중이었다.

[999]가 침중한 목소리로 말했다.

"오래도록 누구에게도 이해받지 못한 자들이다. 너는 그들을 건드렸어."

이계의 신격들이 폭주하고 있었다.

【내놔내놔내놔내놔내놔】

【김독자김독자김독자김독자김독자】

더욱 심각한 것은, 모든 이계의 신격이 같은 감정을 가지고 있지는 않다는 점이었다.

내 존재를 눈치챈 일부 상위 신격은 나를 향해 거침없는 적의를 발산해댔다.

【빌 어 먹 을 성 좌 가 우 릴 엿 보 았 다】

【죽 여 없 애 라】

【모 략 의 손 님 이 라 도 용 서 치 않 는 다】

"물러나라, 샨타크의 족속이여!"

"다가오면 모두 베어버리겠다."

꼬마 유중혁들이 일제히 격을 발출하며 저항했지만, 이계의 신격들은 물러서지 않았다. 한 걸음씩 다가오며 아득한 격을 내뿜는 신격들이 포효하듯 소리쳤다.

【모 략 이 여 ! 우 리 는 더 이 상 기 다 릴 수 없 다】

【언 제 까 지 기 다 려 야 하 는 가 . 세 계 선 의 끝 이 다 가 오 고 있 다】

나는 그들이 무엇을 말하는지 알고 있었다.

이 세계선의 끝.

그들 역시 '마지막 시나리오'를 자각하고 있는 것이다.

【이 세 계 는 우 리 를 이 해 해 야 한 다】

"물러나라!"

다가오는 촉수들의 기세가 더욱 강고해졌다.

이윽고 그 격이 꼬마 유중혁들만으로는 감당할 수 없을 정도가 되었을 때.

숲이 갈라지며 녀석이 나타났다.

누구도 막아내지 못한 촉수들을 가로지르며 걸어오는 존재. 걸음걸음에 영겁의 고독과 1,863회차의 세월이 묻어 있었다.

한때 그의 이름은 유중혁이었고, 이제는 '은밀한 모략가'였다.

모든 세계선의 슬픔을 아는 존재.

그 압도적인 숭고 앞에 이계의 신격들이 무릎을 꿇었다.

【위 대 한 모 략 이 시 여】

하지만 모두 그런 것은 아니었다.

자신의 존재가 무화돼가는 고통 속에서도 의견을 굽히지 않는 신격이 있었다.

【위 대 한 모 략 이 여 이 제 우 리 는 기 다 릴 수 없 습 니 다】

누구에게도 이해받지 못한 자들이 통곡하고 있었다. 분노하고, 슬퍼하고 있었다.

하지만 그들의 분노와 슬픔은 이해받지 못했다. 그것들은 이 세계선의 것이 아니었고, 기존의 '설화'로는 이야기되지 않았다.

그들의 분노를, 슬픔을, 비애를 이해하기 위해서는 노력이 필요했다.

【우 리 는 이 해 받 고 싶 습 니 다】

【우 리 도 설 화 가 되 고 싶 습 니 다】

이해하기 위해 노력해야 하는 이야기는 설화가 될 수 없다. 자신을 내던져야 느낄 수 있는 이야기는 소비되지 못한다.

'은밀한 모략가'가 입을 열었다.

【너희는 이해받지 못할 것이다.】

하나하나를 섬세한 눈길로 돌아보며, 은밀한 모략가는 잔혹한 진실을 전하고 있었다.

【이 <스타 스트림>이 너희를 '공포'라 부르기 때문이

다. 이 세계가 너희를 질서를 무너뜨리는 혼돈으로, 무엇으로도 이해되지 않는 재앙으로 묘사하기 때문이다.】

나는 이제야 '은밀한 모략가'가 이들 편에 선 이유를 이해하고 있었다.

「이미 모든 결말을 아는 존재가, 어째서 그 모든 이야기를 다시 한번 반복하는가?」

생각해보면 의문의 해답은 간단했다.

「자신이 본 결말이 마음에 들지 않았기 때문에.」

원작에서 유중혁은 성좌들과 함께 이계의 신격들을 물리쳤다.

그는 시나리오의 끝에 도달했고, 〈스타 스트림〉을 부쉈다.

【너희는 성좌들과 같은 하늘에서 빛날 수 없다. 이 세계의 주역이 될 수도 없다. 〈스타 스트림〉이 존재하는 한, 너희는 언제나 '이계의 신격'일 뿐이다.】

하지만 그가 원하는 것은 얻지 못했다.

그리고 이제 '은밀한 모략가'가 된 유중혁은, 다시 한번 같은 전장에 섰다.

【멸망의 전쟁이 시작될 것이다. 별이 떨어지고, 세계가 무너지며, 모든 설화가 소멸하는 최후의 멸망이 시작

될 것이다.】

멀리서 나를 보는 '은밀한 모략가'의 눈이 보였다. 새카만 동공 속에서 회전하는 [현자의 눈].

【위대한 모략이시여……!】

【오오오오오오오!】

원작 전개대로라면 이들은 패배할 것이다.

「김독자가 원하는 결말을 위해서, 그들은 패배해야만 했다.」

〈스타 스트림〉은 폐허가 될 것이고, 하늘의 별들과 고독한 외신들은 기억되지 못한 채 죽어갈 것이다.

패자는 비통하게 죽어갈 것이고, 승자는 승리를 누리지 못할 것이다.

나는 '은밀한 모략가'를 향해 걸어갔다.

"김독자?"

[999]가 나를 부르는 소리가 들렸으나 돌아보지 않았다.

[소형화]를 해제하자 세계의 눈높이가 달라졌다. [999]가 덮어준 검은색 코트가 내 걸음걸이에 맞추어 흔들렸다.

[〈스타 스트림〉의 개연성이 움직이고 있습니다!]

[거대한 메인 시나리오의 흐름이 당신에게 깃듭니다.]

덩굴이 걷힌 숲의 하늘로 〈스타 스트림〉의 은하가 보였다.

한쪽 하늘에서는 별들이 환한 빛을 내뿜고 있었고, 다른 쪽 하늘에는 '그레이트 홀'과 불길한 은하가 흐르고 있었다.

절반의 빛과 절반의 어둠.

곧 최후의 전쟁이 시작될 것이다.

그리고 아마도, 나는 그들 중 한쪽 편에 서서 세계의 결말을 보아야만 할 것이다.

[당신의 두 번째 수식언이 결정됐습니다.]

하늘의 건너편에서 작은 별빛이 반짝였다.

나는 그 별빛을 오래도록 바라보다가 천천히 지상으로 고개를 돌렸다.

이계의 신격들이 나를 바라보고 있었다.

나는 그들을 마주 보며 내가 설 자리를 택했다.

[당신의 두 번째 수식언은 '빛과 어둠의 감시자'입니다.]

최강의 우리 편

Omniscient Reader's Viewpoint

※

1

【죽 여 라】

【김독자김독자김독자김독자김독자】

나는 이계의 신격들을 향해 걸어갔다. '은밀한 모략가'는 나를 제지하지 않았다. 해볼 테면 해보라는 것처럼.

나는 한 걸음 더 내디뎠다. 그러자 덩굴들의 움직임은 더욱 격렬해졌다. 순식간에 뻗어온 덩굴들이 내 양팔을 붙들었다.

【우릴알아우릴알아우릴알아우릴알아】

"맞아, 나는 너희를 알고 있어."

나는 그들을 향해 고개를 끄덕였다.

【어떻게어떻게어떻게어떻게어떻게어떻게】

어떻게.

나는 그 질문에 대답할 수 없다. 대답하지 않자, 덩굴들이 보이는 적의가 짙어졌다. 급기야 머뭇거리던 촉수 하나가 날아들어 내 어깻죽지를 꿰뚫었다. 몹시 고통스러웠지만, 진짜 고통은 어깨의 통증이 아니었다.

촉수 끝에서 누군가의 목소리가 들려왔다.

「"죽기 싫어."」

환상일까. 순간 어깨를 꿰뚫은 촉수가 검처럼 보였다.

쌍룡검.

나는 그 검의 주인을 알고 있었다.

「"이렇게 끝내고 싶진 않았다고."」

이지혜가 울고 있었다. 뒤늦게 손을 뻗었지만, 어느덧 이지혜의 얼굴은 스러지고 없었다. 파편화되고 부서져서, 단편만이 남은 목소리. 이름 없는 것들.

"알아."

고통을 눌러 참으며, 나는 그렇게 말했다.

그러자 또 다른 촉수가 나를 향해 날아들었다. 뒤쪽에서 꼬마 유중혁 [999]가 소리를 질렀다.

살이 꿰뚫리는 파육음과 함께, 이번에도 목소리가 들려왔다.

「"유중혁 씨, 나는 당신에게 몇 번째 이현성입니까?"」

　세상 누구보다 단단한 강철의 화신. 이번에도 내가 손을 뻗는 순간, 이현성의 모습은 거품처럼 흩어졌다. 텅 빈 허공을 헤매는 손. 그 너머에서 이현성의 목소리가 들려왔다.

「"정말로, 이 시나리오에 끝이 있습니까?"」

　"있어."
　입술을 꾹 깨문 채 걸음을 딛는다.
　한 걸음. 그리고 다시 한 걸음.
　그때마다 잊힌 세계선의 파편들은 내게 말을 걸어왔다.

「"좀 더 할 수 있다고 생각했어요."」

　심장을 꿰뚫린 채 죽어가는 이설화.

「"원망하지 않아요. 그래도 딱 하나, 아쉬운 건……."」

　희미하게 웃으며 흩어지는 신유승.

「"멍청하긴. 대장, 나 김남운이야. 여기서 뒈질 것 같아? 나 안 죽어. 안 죽는다고. 살아남고 또 살아남아서, 다음 시나리오를 볼 거야.

반드시, 다음 시나리오를─"」

눈을 뜬 채 절명한 김남운이 있었다.
어느 회차인지조차 알 수 없는 기억들. 그것은 그저 실패한
세계관의 부산물이었고, 의미를 잃은 기억의 집합이었다.
유중혁이 '은밀한 모략가'가 되면서까지 지켜온, 소중한 무
엇.

「"다음 회차에서도 네놈 편은 안 한다. 날 찾지 마."」

공필두.

「"또 혼자 남게 되겠군요, 유중혁."」

안나 크로프트.

「"함께 싸울 수 있어 영광이었습니다, 패왕."」

셀레나 킴.
한때 성좌였던 존재들의 기억도 스쳐 갔다.
'고려제일검' 척준경, '술과 황홀경의 신' 디오니소스……
내가 걸음을 멈춘 것은 오른쪽에서 느껴지는 뜨거운 불길
때문이었다.

내 팔을 붙잡은 촉수가 불타오르며 내게 말했다.

「"아직 더 불태울 수 있어."」

우리엘.
나는 고개를 끄덕이며 말했다.
"알아."

['이계의 신격'들이 당신을 바라보고 있습니다.]

안다. 하지만 이해하지는 못한다. 나는 너희가 아니니까.
그렇기에 내가 해줄 수 있는 말은 이것뿐이다.
"아직 이 이야기는 끝나지 않았어."

['이계의 신격'들이 당신의 말에 귀를 기울입니다.]

"아직 이야기할 것들이 남았잖아."
나는 이계의 신격들을 올려다보았다.
두족류와 촉수 괴물로만 묘사되는 이들. 이 세계선에 필요
하지 않기에, 이 세계선에서 가장 혐오스러운 형태를 부여받
은 존재들.
나는 그들을 향해 이야기했다.
"내가 너희를 이야기하겠어."

순간 주변에서 광풍이 몰아쳤다.

【정말정말정말정말정말】

【그게무슨뜻그게무슨뜻그게무슨뜻】

다른 한쪽에서는 나를 향한 사나운 적의가 쏟아졌다.

【거 짓 말】

【두 번 이 나 속 을 것 같 은 가?】

상위 신격들이 나를 향해 기세를 뿜어댔다.

나는 울컥 솟아오르는 핏물을 삼키면서 그들을 보았다. 왜 이렇게까지 격렬하게 반응하는지 안다. 이들은 줄곧 '시나리오'에서 이용당해왔기 때문이다.

【도 깨 비 들 도 그 랬 다】

관리국은 이들의 존재를 일찍이 깨닫고 이용해왔다. 시나리오에 편입시켜준다는 명목하에 힘과 개연성을 착취하고, 그들을 이 세계의 '악'으로 만든 이야기꾼들. 나는 진언을 발출했다.

[나는 도깨비가 아냐.]

【너 는 성 좌 다】

[나는 관리국 소속도 아니고, 도깨비에게 부역하는 존재도 아냐.]

【성 좌 는 모 두 똑 같 다】

그 말은 비수처럼 내 가슴을 후벼팠다.

맞다. 나 역시 설화를 탐하고 이야기를 관음해온 성좌일 뿐이다.

하지만 그런 성좌이기에 알 수 있는 것도 있다.

['최후의 전쟁'이 발발하면, 너희는 반드시 파멸하고 말아. 너희가 어떻게 싸우든, 결국 지게 될 거다.]

【건 방 진 놈 그 건 해 보 지 않 으 면⋯⋯!】

[해보지 않아도 알아. 나는 너희가 싸운 모든 세계선을 봤으니까. 그리고 나는 너희가 이번에도 그렇게 죽는 것을 원하지 않아.]

내 말에 이계의 신격들의 가지가 흔들렸다.

【그 게 무 슨 뜻】

[너희는 이해받고 싶다고 했지. 내가 너희를 설화로 만들어주겠다.]

그 순간, 주변 시공간이 뒤틀렸다.

희미한 촉수들의 떨림.

나는 그 떨림을 느끼며 계속해서 말했다.

[너희가 저 하늘의 별들과 동등한 자리에 설 수 있도록 해주겠다. 누구도 너희를 오해하지 않고, 경멸하지 못하는 설화를 만들어주겠어.]

동요는 서서히 번져갔다. 폭풍의 전조처럼 거대한 기류가 '은가이의 숲'을 휩쓸었다.

나는 그 틈을 놓치지 않고 말을 이어갔다.

['최후의 전쟁'은 일어날 필요가 없어. 너희는 더 이상 〈스타 스트림〉의 악이 될 필요가 없一]

【닥 쳐 라】

【너 따 위 가 감 히】

나는 결국 핏물을 토했다. 내 육체를 부수고 정신을 침식할
상위 외신들이 강림하고 있었다.

【김독자위험해김독자위험해】

【공격하지마공격하지마공격하지마】

나를 감싸는 덩굴들. 강대한 상위 신격의 기운에 맞서, '이
름 없는 것들'이 나를 보호하고 있었다.

【자 아 도 없 는 하 찮 은 것 들 이.】

쿠구구구구구.

진언 한 번에 수십 개의 줄기가 찢겨나갔다. 고통스러운 비
명을 흘리면서도 작은 이계의 신격들은 나를 지켰다.

그리고 그런 내 앞을 꼬마 유중혁들이 막아서고 있었다.

'은밀한 모략가'는 그들을 말리지도 제지하지도 않았다. 다
만 가만히 지켜볼 뿐이었다. 마치 이번 선택을 결정할 수 없다
는 것처럼.

이윽고 상위 신격들의 격이 임계점에 이르렀을 때.

[재미있는 말을 하는군.]

누군가의 목소리가 들려왔다. 불길하게 소용돌이치는 포털
너머로 걸어오는 누군가가 말하고 있었다.

[가엾은 세계선의 사생아들아. 그의 말이 맞다.]

【너, 는?】

[너희는 다시 설화가 되어, 별들의 흐름 속에 이야기될 수
있다. 단, 저 불행한 성좌가 너희를 위해 자기 자신을 포기할
수만 있다면 말이지.]

노인은 몸집이 무척 작지만, 커다란 그림자를 가지고 있었다. 커다란 그림자의 볼에는 두 개의 혹이 흔들리고 있었다.

【지 평 선 의 악 마…….】

나 역시 저 종족을 알고 있었다.

처음 〈마계〉로 갔을 때, 나는 저들 중 하나와 거래를 했다.

하지만 지금 눈앞에 있는 존재는 그때 만난 '혹부리'와는 차원이 다른 존재였다.

세상에 수많은 혹부리가 있지만 그중 '두 개'의 혹을 가진 노인은 하나뿐이었다.

[오래된 도서관의 주인이여.]

고개를 들자, 혹부리 왕이 사악한 호기심을 띤 눈으로 나를 들여다보았다.

[그대는 정말로 이 폐기물들을 위해 〈스타 스트림〉의 적이 될 셈인가?]

⌘ ⌘ ⌘

멀리서 숲의 동그란 출구가 열리는 것이 보였다.

등 뒤로 무수한 이계의 신격들이 몰려와 나를 배웅하고 있었다. 거대한 갈대숲처럼 흐느적거리는 촉수들.

【김독자김독자김독자김독자】

【잘가잘가잘가잘가잘가】

대부분 같은 외양이지만 이제 그들을 어렴풋이 구별할 수 있었다.

　저기 왼쪽에 붙어 있는 녀석은 12회차 신유승의 기억이 손톱만큼 들어간 착한 녀석이고, 저기 오른쪽에 있는 녀석은 44회차의 김남운이 상당량 들어간…… 아까 저 자식이 내 허벅지 찌른 거 같은데.

　"이렇게까지 할 필요는 없었다."

　내 어깨에 올라탄 꼬마 유중혁 [999]가 말했다.

　"혹부리 왕과의 계약은 절대적이다. 이런 짓을 하면, 너는 반드시—"

　"안 죽으니까 걱정 마. 근데 너도 같이 가는 거냐?"

　내 말에 꼬마 유중혁 [999]가 못마땅한 표정을 지었다.

　"약속대로 감시 역할이다. 네가 〈김독자 컴퍼니〉의 다른 녀석들과 접촉해 흉계를 꾸미면 곤란하니까."

　"접촉 안 한다고 존재 맹세까지 했는데. 하여간 유중혁이란 놈들은."

　'은가이의 숲'을 떠나는 대가로, 나는 혹부리 왕과 이계의 신격들에게 몇 가지를 약속했다.

　첫 번째는 '계약을 완수할 때까지 〈김독자 컴퍼니〉와 접촉해 내 존재를 드러내지 않는 것'.

　그리고 두 번째 약속은…….

　[당신의 행동으로 인해 〈스타 스트림〉에 새로운 시나리오 분기가 촉발됐습니다!]

[히든 시나리오가 발생했습니다!]

시나리오를 읽으며 나는 허탈하게 웃었다.

이런 것까지도 시나리오가 되다니…… 역시 〈스타 스트림〉
답다.

하긴, 스스로의 멸망조차 이야기로 만들어버릴 세계니까.

〈히든 시나리오 - 약속 증명〉

분류: 히든

난이도: ???

클리어 조건: 〈스타 스트림〉의 주요 거대 설화에 '이계의 신격'들
을 등장시키시오. 단, 기존처럼 '이계의 신격' 역할로 등장해서는
안 됩니다.

제한 시간: 100일

보상: '이계의 신격'의 신뢰, ???

실패 시: 모든 기억을 잃고 '이계의 신격'으로 변화

이계의 신격에게 이계의 신격이 아닌 역할을 주어라.

멸살법의 어느 회차에도 존재하지 않았던 시나리오였다.

이계의 신격들을 설득하고, 혹부리 왕과 계약하면서 얻은

시나리오.

만약 이 시나리오에 실패하면, 나는 저들과 같은 이계의 신격이 되고 말 것이다.

그것이 혹부리 왕과의 계약 조건이었다.

「하지만 이 시나리오에 성공하면 '이계의 신격'들은 멸망하지 않을 것이다.」

나는 '은가이의 숲' 출구를 보며 가볍게 스트레칭을 했다.

그런 내가 미덥지 않은 듯 [999]가 물었다.

"어디로 갈 셈이지? 이제 남은 '거대 설화' 시나리오는 거의 없을 텐데."

사실이다. 〈스타 스트림〉의 거대 설화는 대부분 종막을 맞이했다.

하지만 내 기억대로라면 걸출한 거대 설화가 아직 하나 남았다.

나는 [999]에게 넌지시 물었다.

"혹시 1,863회차의 이야기를 알고 있어?"

"위대한 모략에게 들었다."

"이대로 '최후의 전쟁'에 돌입하면 너희는 반드시 패배할 거야. 설령 기적적으로 이긴다고 해도 살아남는 존재는 거의 없을 거고."

"지금 저주하는 건가?"

"아니, 사실을 말하는 거야."

아무리 '은밀한 모략가'와 이계의 신격들의 세력이 강성하다고 해도, 〈스타 스트림〉 전체와 맞서 싸울 수는 없다. 어쨌든 지금 이 우주의 지배자는 〈스타 스트림〉의 성운들과 빌어먹을 관리국이니까.

"전쟁을 피하는 가장 좋은 방법은, 전쟁 같은 걸 해봤자 손해라는 사실을 상대방에게 알려주는 거지."

"무슨 말이 하고 싶은 거냐?"

"넌 '최후의 전쟁'에서 가장 많은 이계의 신격을 학살한 성좌가 누군지 알아?"

내 질문에 [999]는 곰곰이 생각하다가 대답했다. 어쩐지 자존심이 살짝 상한 듯한 얼굴이었다.

"모른다."

"지닌 격이 너무나 강대해서 평소에는 존재가 여럿으로 분리되어 있는 놈이야. 뭐, 굳이 따지면 '은밀한 모략가'랑 비슷하지."

"위대한 모략과 비슷하다고?"

"그래. 만약 그 녀석이 〈스타 스트림〉의 편에 서지 않았더라면, 그래서 수만 마리의 외신과 동귀어진하지 않았더라면……1,863회차의 향방은 많이 달라졌을 거야."

내 말에 유중혁 [999]의 눈동자가 처음으로 흔들렸다. 아마도, 내가 말하는 성좌가 누구인지 눈치챈 듯했다.

"설마?"

멸살법 최후의 전쟁에서 무수한 외신과 함께 동귀어진한 성좌.

애초에 그런 성좌는 하나밖에 없다.

나는 씩 웃으며 말했다.

"맞아. 그 녀석을 우리 편으로 만들러 갈 거야."

※

2

새카만 어둠 속에서 순백의 신형이 떠올랐다.

유중혁은 그를 향해 몇 번이나 검을 휘둘렀다. 파천검뢰부터 유성참에 이르기까지. 하지만 검격 중 어느 하나도 적의 그림자조차 스치지 못했다.

이어진 설화의 충돌.

유중혁은 소스라치는 신음과 함께 눈을 떴다.

해가 진 수련실 안. 긴 그림자가 그를 내려다보고 있었다.

파천검성이었다.

"놈이 강했느냐?"

허리를 숙인 채 쭈그려 앉은 스승의 눈은 제자에 대한 걱정으로 가득했다.

유중혁이 입술을 깨물며 대답했다.

"강했습니다."

"얼마나?"

"초월형 5단계를 개방해도 이길 수 없었습니다."

초월형 5단계는 지금의 유중혁이 도달한 한계였다.

파천검성은 고요한 눈으로 유중혁을 내려다보다가 말했다.

"초월형 6단계를 넘어서면 너의 [파천검도]는 성별에 구애받지 않게 될 것이다."

본래 [파천검도]는 여성을 위한 무공. 하지만 모든 무공이 그러하듯, 일정한 경지를 넘어서면 탈경계脫境界에 이르게 된다. 그 무수한 경계를 끊임없이 탈주하는 것이, 바로 초월좌의 수련 과정이었다.

"6단계에 오른다고 해서 놈을 이길 거란 보장이 없습니다."

"왜 그렇게 생각하지?"

"그놈은 저입니다."

그토록 강인하던 유중혁의 목소리에 처음으로 희미한 두려움이 어리고 있었다.

"그놈은 1,863번이나 회귀한 후의 저란 말입니다. 그런 녀석을 제가 어떻게 이길 수 있습니까."

완연한 절망감. '은밀한 모략가'와 맞서는 순간 유중혁은 무엇을 해도 넘을 수 없을 거대한 벽을 보았다.

고작 3회차의 회귀로는 도저히 가늠할 수 없는 세월. 그의 적은 그 세월을 넘어 이 세계선에 도달해 있었다.

파천검성이 말했다.

"그놈은 네가 아니다."

"그놈도 유중혁입니다."

"그놈과 너는 같은 길을 걷지 않았다. 그리고 앞으로도 걷지 않을 것이다."

제자의 눈동자에 어린 절망을 닦아내듯이, 파천검성의 커다란 손이 유중혁의 뺨을 덮었다. 파천검성은 계속해서 말을 이었다.

"초월형 몇 단계에 올랐냐가 중요한 것이 아니라, 어떤 설화를 쌓았는지가 더 중요하다. 너는 겨우 세 번 회귀한 애송이일 뿐이지만, 그놈이 모르는 설화들을 알고 있지 않느냐."

그 말을 들으며 유중혁은 자신의 주먹을 내려다보았다. '은밀한 모략가'에게는 닿지 못했던 주먹이었다. 천천히 펼친 주먹에서 설화가 흘러나왔다.

그가 쌓아온 설화. '은밀한 모략가'는 모르는 설화.

"초월의 길은 모두 다르다. 그놈을 따라잡으려 하지 말고, 너만이 갈 수 있는 길을 찾아라."

유중혁은 말없이 자신의 주먹을 그러쥐었다.

마치 그 설화 중 하나라도 빠져나가는 것을 허락지 않겠다는 듯이.

"새로 들어온 소식은 없습니까?"

파천검성이 고개를 저었다.

김독자가 행방불명된 것도 벌써 일주일이나 지났다. 하지만 김독자의 행방도, '은밀한 모략가'의 위치도 특정되지 않왔다.

"그놈은 다른 세계선에서 온 너라고 했지."

"그렇습니다."

"그놈의 목적이 무엇인지는 모르지만, 굳이 이 시점에 이 세계선으로 넘어왔다면 '마지막 시나리오'와 관계되어 있을 가능성도 있다."

유중혁도 파천검성의 말에 동의했다.

즉, 마지막 시나리오 지역으로 가면 '은밀한 모략가'를 만날 확률이 높다.

"하지만 〈김독자 컴퍼니〉는 현재 '마지막 시나리오'로 갈 수 없지."

유중혁이 고개를 끄덕였다.

—'마지막 시나리오'를 허락하기엔 당신들이 쌓은 설화가 부족합니다.

마지막 시나리오에 진입하지 못하던 그날. 관리국 측에서는 그렇게 일방적인 통보를 해왔다.

그럴 수도 있다고 생각했다. 왜냐하면 신생 성운에 불과하고, 쌓은 설화의 숫자도 적으니까.

하지만 그들이 쌓은 설화의 등급을 생각하면 마냥 그렇게 이야기할 수도 없었다.

특히 마지막에 얻은 거대 설화인 「빛과 어둠의 계절」은 〈스타 스트림〉 어디에서도 찾아보기 어려운 이야기였다.

—당신네 성운 대표는 어디 있습니까?

결국, 모든 것은 김독자의 부재 때문이었다. 성운에서 가장 많은 설화 지분을 가지고 있는 김독자가 일행에서 이탈하면서, 성운 전체의 설화 총량이 부족해진 탓이었다.

천천히 몸을 일으킨 유중혁은 '흑천마도'를 칼집에 꽂아 넣은 뒤 비척비척 몸을 일으켰다.

"어딜 가는 게냐?"

"새로운 거대 설화를 얻으러 가겠습니다."

김독자의 지분이 없어도 마지막 시나리오로 넘어갈 자격을 갖추어야 한다. 〈김독자 컴퍼니〉는 김독자의 사병도 아니고, 수하도 아니다. 그들은 김독자가 없어도 스스로를 지킬 수 있어야 하고, 설령 김독자를 잃더라도……

마지막 시나리오를 클리어할 수 있어야 한다.

[바앗…….]

허공에서 비유가 구슬픈 소리를 냈다. 유중혁은 그런 비유를 잠시 올려다보다가, [현자의 눈]을 발동해 자신이 아는 정보들을 되짚었다.

현시점에서 손쉽게 거대 설화를 획득할 수 있는 지역은 이제 거의 남지 않았다.

하지만 반대로 말하면, 아직까지 남은 거대 설화들이 그만

큰 강력한 이야기라는 뜻이기도 했다.

이미 「빛과 어둠의 계절」이라는 강력한 거대 설화를 얻은 상황.

여기다 만약 '그 설화'까지 얻을 수 있다면, 저 '은밀한 모략가'와 한판 붙는 것도 불가능한 일만은 아닐 것이다.

멀어지는 유중혁을 향해 파천검성이 물었다.

"혼자서 갈 것이냐?"

"저는 항상 혼자였습니다."

"그 길은 이미 다른 네가 걸어간 길이다."

스승의 말에 유중혁의 신형이 멈칫했다.

그리고 다음 순간, 수련장 밖에서 목소리가 들려왔다.

"야, 유중혁 어디 있어! 이제 출발해야 돼!"

눈부신 빛과 함께 〈김독자 컴퍼니〉 일행들이 수련장 문을 열고 들이닥쳤다.

신유승, 이길영, 이지혜, 한수영…….

대체 언제부터 준비하고 있었는지 〈김독자 컴퍼니〉의 모두가 모여 있었다.

파천검성이 말했다.

"저들이 바로 너의 설화다, 중혁아."

'은밀한 모략가'에게는 없는 것.

멍하니 돌아보는 유중혁을 향해 파천검성이 말했다.

"이번 회차의 너는 혼자 싸울 필요가 없다."

✠ ✠ ✠

새로운 거대 설화 지역까지는 나흘 거리였다.

도깨비들의 힘을 빌린다면 훨씬 빨리 도착할 수 있겠지만, 이번만큼은 그게 허락되지 않는 상황이었다.

─그대는 친분이 있는 도깨비들의 힘을 빌릴 수 없다.
─그대가 '김독자'라는 사실을 결코 알려서는 안 된다.

빌어먹을 혹부리 왕과의 계약 때문이었다.

저 계약 때문에 나는 비유의 채널에 가입할 수도, 〈김독자 컴퍼니〉에게 내 안부를 전할 수도 없었다.

결국 '양산형 제작자'에게 구입한 'X급 페라르기니'를 직접 운전해 목적지까지 가는 수밖에 없었다.

내 어깨 위에서 진천패도를 닦고 있던 유중혁 [999]가 중얼거렸다.

"운전이 서툴군."

"그럼 네가 하든가. 근데 너 계속 그런 모습으로 있을 거냐?"

시나리오 지역에 돌입하면 우리를 알아보는 성좌들이 분명 나타날 것이다. 그런 상황에서 꼬마 유중혁의 존재는 너무 눈에 띈다.

이미 유중혁 본인이 그렇게 유명하니…….

"하긴, 이 상태로는 너무 눈에 띄겠지."

뭔가 고민하던 꼬마 유중혁 [999]는 몸을 움찔거리더니 잠시 후 펑 하는 소리와 함께 작은 무림 만두 형태로 변했다.

깜짝 놀란 나를 향해 [999]가 무덤덤한 목소리로 말했다.

―이렇게 하면 되겠군.

"어깨에 만두를 얹고 다니면 눈에 더 띄잖아."

―네놈도 한심한 외형을 바꿔라.

꼬마 유중혁이 유중혁의 모습을 유지해서는 안 되듯, 나 역시 내가 김독자라는 것을 들켜서는 안 된다.

무림 만두로 변한 유중혁은 마치 분칠이라도 하듯 내 얼굴에다가 만두피를 거칠게 문지르기 시작했다. 삐걱대며 내 얼굴의 설화가 변하는 것이 느껴졌다. 그리고 시간이 얼마나 지났을까.

눈을 떴을 때, 나는 그야말로 경악하고 말았다.

거울을 보며 눈만 끔뻑이는 내게 유중혁 [999]가 말했다.

―됐군.

맙소사, 이 정도면 유중혁 뺨을 한 대 갈길 정도는 아니더라도…… 갈길까 말까 고민할 정도는 되겠는데.

나는 조각 같은 내 얼굴을 문지르며 중얼거렸다.

"이거 영원히 지속시킬 수는 없나?"

―그런 짓을 하면 개연성 후폭풍을 맞게 된다.

마치 불결한 것에 닿기라도 했다는 듯, [999]는 만두가 된 자신의 몸을 열심히 털어댔다.

그러거나 말거나 나는 거울을 열심히 들여다보았다.

언젠가 '복상사한 카사노바'의 설화 파편을 흡수했을 때도 잘생겨지기는 했었지만, 이건 그때와는 비교도 안 되는 수준이었다.

나는 감탄한 목소리로 말을 이었다.

"999회차가 대단하긴 하네. 3회차는 이런 기술 없는데."

―3회차?

"아, 몰랐던 거냐? 여기 유중혁은 3회차야. 여긴 3회차 세계선이고."

꼬마 유중혁 [999]는 잠시 나를 들여다보다가 물었다.

―왜 그렇게 생각하지?

"왜긴……."

'그야 멸살법의 시작이 3회차니까'라고 말하려다 멈칫했다.

표현을 조금 순화하기로 했다.

"그야 시작이 3회차니까."

―왜 3회차가 시작이지? 숫자를 모르는 건가? 시작은 0회차다.

녀석의 말이 맞다.

멸살법 1화는 유중혁의 3회차에서 시작하지만, 엄밀히 따지면 모든 이야기의 시작은 유중혁의 0회차였다.

그렇게 생각하니 조금 기분이 이상해졌다.

왜 나는 유중혁의 '3회차'로 온 것일까?

어차피 3회차의 이야기를 그대로 따라가지도 않는 상황에, 소설 도입부가 3회차라고 해서 꼭 3회차에서 시작할 필요는 없었을 텐데.

모르겠다. 어차피 지금 내가 알아낼 수 있는 것도 아니고.

"이 세계선의 유중혁이 자기가 '3회차'라고 했어. 그러니까 여긴 3회차야."

그리고 내가 [등장인물 일람]으로 본 정보도 정확히 그것이었고.

그러자 [999]가 말했다.

─그런 정보를 곧이곧대로 믿다니, 순진하군.

"뭐?"

─됐고, 도착한 모양이다.

눈부신 빛과 함께 긴 차원 터널이 끝났다.

뒤이어 나타난 것은 새로운 시나리오 지역으로 가는 거대한 게이트였다. 게이트 입구에는 입장을 기다리는 인파가 있었다.

나는 'X급 페라르기니'를 회수한 뒤 대기열에 합류했다.

시나리오 지역의 입구를 지키는 것은 도깨비가 아니라 한 성좌였다. 그도 그럴 것이, 이번 '거대 설화' 시나리오 또한 주최가 성운이기 때문이었다. 초거대 성운 중 하나이지만 지금까지는 나와 거의 동선이 겹치지 않았던 성운.

[다음.]

한 손에 거대한 삼지창을 쥔 채, 붉은 관을 쓰고 오래된 갑옷을 입은 성좌.

전신에서 느껴지는 패도적인 격이 그가 범상치 않은 격을 지닌 설화급 성좌임을 드러내고 있었다.

불법佛法의 수호자, 증장천왕增長天王.

그는 성운 〈황제〉의 본거지인 〈천궁〉의 입구를 지키는 사천왕四天王 중 하나였다.

[다음.]

얼마 지나지 않아 내 차례가 돌아왔다.

증장천왕은 내 얼굴에서 뭔가 수상한 점이라도 찾으려는 듯 유심히 노려보더니, 이내 첫 질문을 던졌다.

[방문 목적은?]

[거대 설화에 참가하기 위해 왔습니다.]

[수식언.]

여기서 '구원의 마왕'이라 말할 수는 없었다. 다행히도 내게는 이번에 새로 얻은 수식언이 있었다.

['빛과 어둠의 감시자'입니다.]

내 말에 뒤쪽에 줄을 서 있던 몇몇 성좌가 웅성거렸다.

혹시 내 수식언이 벌써 곳곳에 알려졌나 싶었지만, 다행히 그건 아닌 듯했다.

[분명 관리국 작명소에서 개명했겠지? 그거 요즘도 해주나?]

[저런 수식언은 '심연의 흑염룡'을 능가할 게 없다고 생각했는데…….]

[쯧, 요즘 젊은것들 수식언은 왜 다 저 모양인지.]

대충 뭔 얘기들을 하는지 알 것 같구만.

증장천왕은 간단한 수색 절차를 밟은 뒤 내 어깨를 내려다 보았다.

[그 만두는 뭐지?]

[제 점심입니다.]

[특이하군. 어젠 솜사탕을 든 녀석이 지나가더니.]

솜사탕?

[다음.]

다행히 증장천왕은 무사히 나를 통과시켜주었다.

[시나리오 지역을 총괄하는 채널에 입장했습니다.]

게이트에 진입하자, 화려한 무지갯빛 오로라가 몰아치더니 안내 메시지와 영상이 흘러나왔다.

[성운, <황제>의 세계에 오신 것을 환영합니다!]

역시 진입 영상부터 다르구만.

눈을 깜빡였을 때 나는 흰 구름 위에 올라서 있었다. 구름은 나를 태운 채 빠르게 날았다. 곁을 돌아보자 나와 함께 허공을 날아가는 잘생긴 금빛 원숭이 한 마리가 있었다.

「"가자고, 친구."」

원숭이는 나를 향해 찡긋 윙크를 하더니 허공에서 공중제비를 돌며 거대한 여의봉을 휘둘렀다. 그러자 창공의 화면이 뒤바뀌며 수많은 요괴들이 밀려오기 시작했다.

가짜 영상이라는 것을 알면서도 압도되지 않을 수 없었다.

[세상에서 가장 아름다운 서사시.]

왜냐하면 이것은 성운 〈황제〉가 가진 가장 유명한 거대 설화이기 때문이었다.

수많은 요괴와 맞서 싸우는 제천대성 손오공의 모습. 그리고 그 뒤를 따르는 천군들.

[당신을 그 장대한 모험의 세계로 초대합니다.]

영상이 끝나자 나는 어느새 광장 바닥에 서 있었다.

어깨 위 만두가 말했다.

─요란한 상술이로군.

"말하지 마. 넌 만두잖아."

나는 조금 두근거린 것이 민망해서 괜히 투덜거렸다.

천천히 주변을 둘러보니 〈천궁〉의 전경이 한눈에 들어왔다.

우아한 고궁으로 가득 찬 광장. 찬란한 황금빛으로 번쩍이는 문명의 자취. 별과 별이 모이고, 그들이 서로의 설화를 쌓아 만들어진 세계가 눈 앞에 펼쳐지고 있었다.

다른 성운의 주둔지도 가보았지만, 이처럼 엄청난 인파가 몰려든 세계관은 또 처음이었다.

나는 일단 주변을 좀 더 탐사해보기로 했다.

그때, 광장의 전광판을 흘러가는 홀로그램 영상이 보였다.

—성운, 〈김독자 컴퍼니〉 전원 종적 묘연!
—새로운 거대 설화 시나리오에 참여한 것으로 알려져…….

['제4의 벽'이 강하게 발동합니다!]

—〈김독자 컴퍼니〉의 다음 목적지는 어디인가?

눈부신 게이트를 넘어가는 유중혁과 동료들의 모습이 그곳에 있었다.

나는 잠시 멈춰 서서 환한 빛을 넘어가는 그들의 모습을 지켜보았다.

['제4의 벽'이 더욱 강하게 발동합니다!]

새로운 '거대 설화'.

대충 어떤 상황인지 짐작이 갔다.

지금쯤 일행들은 새로운 거대 설화를 얻기 위해 동분서주하고 있을 것이다. 내가 〈김독자 컴퍼니〉에서 이탈하는 바람에 '마지막 시나리오'로 갈 설화 지분이 부족할 테니까.

고개를 돌리자 유중혁 [999]가 나를 바라보고 있었다.

—섣부른 행동은 하지 않길 바란다.

"알아. 걱정하지 마."

당장이라도 일행들에게 돌아가고 싶은 마음은 굴뚝같았지만, 지금 나는 누구에게도 연락을 취할 수 없는 상태였다.

—네가 아니라 네 동료들을 위해서다.

"알아."

설령 계약 때문이 아니더라도, 당분간 내가 걸어갈 길은 누구의 목숨도 장담할 수 없는 가시밭길이었다. 섣불리 잘못 연락을 취했다가는, 일행 전체가 위험에 빠질 수도 있었다.

[거대 설화 시나리오 구역으로 이동하시겠습니까?]

나는 고개를 끄덕였다.

[자동 안내를 시작합니다.]

역시 편의성의 끝판왕을 추구하는 성운답게, 내 다리가 자동으로 달리기를 시작했다.

곁에도 나와 같은 자세로 자동 달리기 중인 몇몇 화신이 보였다.

우리는 머쓱하게 서로 시선을 피했다.

[자동 안내가 종료됩니다.]

도착한 곳은 광장 서쪽에 설치된 거대한 홀로그램 패널 앞이었다.

이미 많은 성좌와 화신들이 모여 있었는데, 밀려든 인파 곁으로 불쑥 솟은 황금빛 동상들이 보였다. 그 중심을 차지한 동상은 내가 잘 아는 성좌였다.

황금빛 머리털에, 거대한 여의금고봉을 쥔 '긴고아의 죄수'.

제천대성 손오공을 위시한 《서유기西遊記》 주인공의 동상.

역시나 〈황제〉도 자기네 세계관에서 제일 유명한 이야기가 무엇인지 잘 아는 모양이었다.

[새로운 메인 시나리오가 도착했습니다!]

그리고 이번 시나리오는 바로 그 '유명한 이야기'와 관계되어 있기도 했다.

나는 시나리오 창을 열어보았다.

〈메인 시나리오 #94 - '서유기 리메이크'〉

분류: 메인

난이도: ???

클리어 조건: 다른 성좌 또는 화신과 함께 '설화방'을 만들어 《서유기》를 리메이크하시오. 리메이크된 '서유기'는 실시간으로 심사위원과 관객을 통해 평가되며 '인기도' '원작 반영도' '참신함' 등의 평가항목을 통해 총점이 매겨집니다. 최종적으로 가장 많은 득표를 획득한 설화가 시나리오 우승자가 됩니다.

제한 시간: ―

보상: '서유기'와 관련된 거대 설화, 성운 〈황제〉의 호의, 3,000,000코인, ???

실패 시: ―

* 재구성된 설화의 저작권은 성운 〈황제〉와 참가자가 공동소유합니다.
* 심사위원 득표수에 따라 '전설급' 또는 '역사급' 설화를 획득할 수 있습니다.
* 참가자 1인당 하나의 역할만 맡을 수 있습니다(엑스트라 제외).
* 순위별로 추가 코인이 지급됩니다.

과연 〈황제〉는 스케일이 다르다. 자신들의 거대 설화를 각색하는 것을 시나리오로 내놓다니.

저 설명대로라면 설령 시나리오 클리어에 실패해도 참가자는 전설급 또는 역사급 설화를 획득할 수 있다.

그런데 꼬마 만두 유중혁은 뭔가 혼란스러운 듯했다.

—'서유기'를 리메이크하라고?

"네 회차에서는 여기 안 왔겠구나. 그래도 앞선 회차에서 온 적이 있을 텐데."

—나는 모든 회차의 기억을 다 가지고 있진 않다.

"뭐, 설명 그대로야. 좀 더 쉽게 말하면, 이 시나리오 참가자는 '서유기'의 배역 중 하나를 골라서 플레이할 수 있어."

—그런 짓을 하면 서로 비중 있는 배역을 하려고 하지 않나?

"맞아. 그래서 있는 게 저 '설화방'이지."

—설화방?

나는 설명하는 대신 곳곳에서 광고판을 띄운 성좌들을 가리켰다.

[같이 설화방 여실 분 구합니다!]

[손오공, 삼장법사, 사오정, 저팔계 역 빼고 다 가능합니다! 시나리오 라이터도 준비되어 있습니다! 같이 엄청 재밌는 설화 만들어봐요!]

설화방. 이곳의 모든 참가자는 저 '설화방'을 구성해서 시나리오에 참가하게 되어 있었다.

—그렇군. 저런 식으로 팀을 나눠 경쟁하는 건가.

"맞아. 저렇게 해야 설화의 다양성이 보장되니까."

—다양성?

"이 이벤트의 주요 목적은 '서유기'의 파급력을 높이는 거야. 재미있는 버전의 '서유기'가 늘어날수록 원작의 힘도 세지고, 〈황제〉의 입지도 공고해지니까."

—의외로 박식하군. 멍청이인 줄 알았는데.

나는 머쓱하게 웃었다.

사실 방금 내가 한 말은 멸살법 1,287회차의 유중혁이 한 말을 인용한 것이었다.

늙수그레한 성좌들의 불평이 들려온 것은 그때였다.

[요즘 〈황제〉는 무슨 생각인지 모르겠구만. 장강의 뒷물이 앞물을 밀어내는가, 허······.]

[아무리 시대의 흐름이라고 해도 그렇지 이건 원작 모독 아닌가?]

하긴, 오래된 성좌들 입장에서는 그렇게 생각할 수도 있겠다. 하지만 시대의 흐름이 바뀌어가는 것을 어쩌겠는가.

실제로 대부분의 성좌는 이미 바뀐 흐름에 적응한 상태였다.

[현재 5,412개의 '방'이 '서유기'를 리메이크 중입니다.]

벌써 방이 5,412개나 되다니.

이 '거대 설화'에 얼마나 많은 성좌와 화신이 몰려들었는지 새삼 실감 났다. 하긴, 마지막 시나리오가 열린 마당이니 다른 성좌들도 조급해졌겠지. '서유기'의 거대 설화는 그들에게도 절호의 기회일 테니까.

"문제는 혼자서는 시나리오에 참가할 수 없다는 건데……."

결국 나도 다른 성좌들처럼 '설화방'을 만들어서 시나리오에 참가해야 했다.

주변을 둘러보자, 이제 막 방을 팠거나 새로운 충원 멤버를 구하는 이들이 왕왕 보였다.

['홍해아' 역할 맡을 성좌 구함. 설화급 성좌의 화신이면 OK.]
['금각대왕' 역할 구함. 위인급 이상만.]

저런 경우 이미 주연 배역은 캐스팅이 끝났다는 거겠지.

역시 주연 배역보다는 악당 배역을 구하는 방이 많았다. '거대 설화'를 획득했을 때의 지분 나눔 때문일 것이다.

아무래도 빌런보다는 주연이 많은 지분을 갖게 되니까.

['황포노괴' 배역 구함. 코인 분배 7:3, 설화 지분 X. 격 안 봄.]

그런데 기분 탓일지는 모르겠지만…….

[엑스트라 멀티맨 구함. 격 안 봄. 설화 지분 X. 출연 1회당

1,000코인.]

[어이, 거기 형씨! 이쪽으로 와! 잘해줄게!]

전후좌우 어딜 둘러보아도 왠지 사기꾼만 있는 것 같다.

혹시나 싶었지만 아는 성좌의 얼굴은 보이지 않았다. 이미 쟁쟁한 성좌들은 설화방에 참가했을 테니, 당연한 일일지도 모른다.

나는 일단 패널 쪽으로 다가가 '설화방' 목록을 띄워 보았다. 목록은 자동으로 '랭킹순'으로 정렬되었다.

놀랍게도 최상단에 있는 방은 내가 아는 녀석의 것이었다.

[진眞 서유기]

— 현재 득표수: 8,651

— 소개말: 우리가 알지 못했던 진정한 '서유기'의 비밀이 공개된다.

— 현재 남는 배역이 존재하지 않습니다.

— [사이다] [회귀] [시스템]…….

— 현재 랭킹: 1위

내 기억이 맞는다면, 이 설화방은 성운 〈황제〉의 '페이후'의 것이다. 그리고 굉장히 많은 회차에서 페이후의 설화는 이 '거대 설화'의 우승 설화가 되었다. 오죽하면 공모 경쟁이 끝나기도 전에 "어차피 우승은 페이후"라는 말이 돌기도 했으니⋯⋯.

— 빨리빨리 결정해라.

"기다려봐."

이래 봬도 장르 소설 독자 경력 십 년을 훌쩍 넘어서는 몸이다.

제목만 봐도⋯⋯ 아니, 소개 글만 봐도 어떤 설화가 뜰지는 쉽게 알 수 있다 이 말씀이야.

나는 목록 정렬을 '최신순'으로 바꾼 후 설화방을 찾기 시작했다.

"요즘은 주인공을 바꾸는 게 대세야."

— 주인공을 바꾼다고?

"예를 들면, 대부분 '서유기'의 주인공을 손오공이라고 생각하잖아? 그런데 알고 보니⋯⋯ 오, 이거 뜨겠는데."

['서유기'의 막내 제자로 환생했다?!]

— 현재 득표수: 3,313

— 소개말: 언제까지 손오공이 주인공이냐. 이젠 사오정의 시대가 온다.

— 엑스트라 상시 모집 중.

— [환생] [빙의] [치유]⋯⋯.

— 현재 랭킹: 8위

─이미 뜬 거로군.

"젠장."

나는 다시 스크롤을 굴렸다.

그리고 얼마 지나지 않아 훌륭한 방제들을 발견했다.

[내가 먹여 살린 제자들]

─현재 득표수: 3,310

─소개말: 최강의 제자들을 키운 삼장법사가 온다!

─[빙의] [양육] [힐링]······.

─현재 랭킹: 9위

['서유기'의 엑스트라]

─현재 득표수: 3,221

─소개말: '서유기' 속에 들어왔다. 그런데······ 삼장법사의 말馬
이 되었다.

─[엑스트라] [시스템] [동물]······.

─현재 랭킹: 11위

젠장, 인기 있을 만한 설화방은 이미 만석이었다.

─꾸물대더니 이미 망한 것 같군.

인정하기 싫지만 그런 거 같았다. 어지간한 상위 랭킹 방은 전부 주연 배역 선정이 끝나 있는 데다, 설화가 진행 중이라 끼어들기도 뭐했다. 이렇게 된 거 엑스트라 역할이라도 맡아야 되나 싶었지만, 그렇게 작은 비중으로는 내가 원하는 걸 얻을 수 없었다.

[곧 4차 설화방 목록이 마감됩니다!]
[마감 이후에는 엑스트라 배역을 제외한 추가 배역의 등록이 불가합니다!]

설상가상으로 방들의 마감 시간도 끝나가고 있었다.
어서 결정을 내려야만 했다. 그리고 얼마나 지났을까.
무심코 내린 방의 홍보 글 중, 심상치 않은 것이 있었다.

─(급구)버스 타실 손오공 배역 구함. 다른 배역 다 준비되어 있음. 몸만 오면 됨.

손오공을 구한다고?
아니, 다른 배역도 아니고 '손오공'을?

[은퇴한 SSSSS급 손오공이 되었다]

뭔가 어디서 많이 본 개수의 S인데.

나는 속는 줄 알면서도 무심코 그 방제를 눌러보았다.
그리고 그 소개말을 보고야 말았다.

—소개말: 오직 나만이, '서유기'의 결말을 알고 있다.

✳

3

오직 나만이 '서유기'의 결말을 알고 있다?

역시나 어디서 본 듯한 소개말이었다.

나는 일단 입장해서 방 상태를 확인해보기로 했다.

['플레이어8' 님께서 6731 설화방 대기실에 입장하셨습니다.]

다행히 아직 설화는 시작하지 않은 듯했다.

하긴, 손오공 배역이 없는 마당에 설화를 시작할 수 있을 턱
이 없지.

입장하자 주변 정경이 바뀌며 커다란 원형 데스크가 나타
났다.

데스크 의자에는 사람 대신 네모난 창이 하나씩 띄워져 있

었다. 배역별 선정 인원을 명시한 창이었다.

[현재 플레이어1이 '저팔계' 배역을 선택한 상태입니다.]
[현재 플레이어2가 '사오정' 배역을 선택한 상태입니다.]
[현재 플레이어6이 '삼장법사의 백마' 배역을 선택한 상태입니다.]

플레이어 얼굴은 전부 물음표로 표시되어 있는데, 아무래도 실제 플레이어의 신상 정보를 보호하기 위함인 듯했다.

그나저나…… 저렇게 플레이어가 많은데 '손오공'을 선택한 사람이 아무도 없다고?

―플레이어8: 다들 안녕하세요.

전부 잠수 중인 건지 내가 입장했는데도 채팅방에 메시지를 띄우는 사람이 없었다. 역시 망한 방인가 싶어 자리를 뜨려는 순간.

―시나리오 마스터: ㅎㅇ
―시나리오 마스터: 무슨 배역하러 오셨?

나는 중앙의 채팅방에 곧바로 메시지를 입력했다.

―플레이어8: 손오공 배역 아직 비었습니까?

—시나리오 마스터: ㅇ비었음

—플레이어8: 특이하네요

—시나리오 마스터: 원래 하려던 사람이 있었는데 늦는대서… 손오공 하실?

이 녀석, 말을 끝까지 안 하는 버릇이 있군.

이런 녀석을 시나리오 마스터로 믿고 맡겨도 될까 고민되던 찰나, 역시나 내 속을 읽기라도 한 양 메시지가 떠올랐다.

—시나리오 마스터: 저 장르 잘 알. 시나리오 퀄은 걱정 안 해도 됨.

통 신뢰가 안 가는 말투였다. 나는 일단 몇 가지를 시험해보기로 했다.

—플레이어8: 방제 말인데요. [은퇴한 SSSSS급 손오공이 되었다].

—시나리오 마스터: ㅇ 내가 지음

—플레이어8: 왜 S가 다섯 개나 되죠?

—시나리오 마스터: 그 정도는 붙여야 어그로 끌림.

뭘 좀 아는 녀석인가?

중간중간 반말을 하는 게 좀 거슬리긴 하지만.

─플레이어8: 손오공이 주인공 맞죠?

─시나리오 마스터: ㅇㅇ맞음

─플레이어8: 원작 주인공을 그대로 계승하는 건 식상하지 않나요? 요즘은 조연이나 엑스트라를 주인공으로 만드는 게 트렌드일 텐데

나름대로 정곡을 찔렀다고 생각했는데, 마스터의 응수는 침착했다.

─시나리오 마스터: 오 시장 조사 좀 하셨나 보네

─플레이어8: 좀 훑어본 정도입니다

─시나리오 마스터: 님 말대로 엑스트라물이 대세이긴 함. 근데 어차피 1등 하려면 손오공이 주인공이 되어야 됨. 님이 '서유기' 심사위원이라 생각해보시길

─플레이어8: 흠...

─시나리오 마스터: 누가 주인공이냐가 아니라 얼마나 '낯선 캐릭터'인가가 중요함. 그리고 지금 엑스트라물 너무 많아

요 녀석 봐라?

되는 대로 지껄이는 것 같지만 틀린 말은 아니었다.

이럴 때일수록 의외로 1등은 정통파 주인공이 되는 경우가 많다. 실제로 페이후의 [진 서유기]도 손오공이 주인공이고.

―플레이어8: 그래서 '은퇴한 손오공'을 주인공으로 하신 건가요?

―시나리오 마스터: ㅇㅇ

―플레이어8: 은퇴한 손오공이 뭘 한단 거죠?

―시나리오 마스터: 아무것도 안 해

―플레이어8: ??

―시나리오 마스터: 아 지금 미리 말하면 스포임. 그래서 할 거임 안 할 거임?

고민이 되었다.

―시나리오 마스터: 안 할 거면 빨리 나가고. 어차피 지금 시간도 없음. 5초 안에 대답 안 하면 강퇴

은퇴한 손오공이 주인공이라니 뭔가 궁금하기도 하고…….

[5분 뒤 4차 설화방 목록이 마감됩니다!]

다른 방을 선택하기에도 시간이 촉박하다.

젠장, 어쩔 수 없지.

시나리오야 어떻든 내가 잘하면 되는 거니까.

―플레이어8: 하겠습니다.

―시나리오 마스터: 흠, 그럼 저도 질문 좀

―플레이어8: 뭘요?

[시나리오 마스터가 당신을 확인하고 싶어합니다.]

[공개할 정보를 선택하십시오.]

내 정보를 보겠다고?

―플레이어8: 꼭 보셔야 합니까?

―시나리오마스터: 그냥 이름만 볼 거임.

이름이라.

나는 일부 정보를 공개했다.

[플레이어8 님은 '성좌'입니다.]

[플레이어8 님의 수식언은 '빛과 어둠의 감시자'입니다.]

[해당 정보는 '시나리오 마스터'에게만 공개됩니다.]

시나리오 마스터는 잠시 말이 없었다.

자식, 충격이라도 받은 모양이지.

―시나리오 마스터: 엥? 님 성좌였음? 왜 이런 후진 방에???

나는 재빨리 답했다.

　—플레이어8: 제가 이래 봬도 싸움 좀 합니다. 은퇴한 손오공 꼭 하고 싶습니다
　—시나리오 마스터: 뭔가 좀 수상헌디
　—플레이어8: 인기 없는 설화를 처음부터 키우는 게 진짜 재미 아니겠습니까
　—시나리오 마스터: 근데 그 만두는 뭐임?

만두?

[현재 애완용 '무림 만두'가 당신과 동행 중입니다.]

젠장, 그러고 보니 이 자식도 있었지.

　—시나리오 마스터: 펫은 배역 못 주는데?
　—플레이어8: 그냥 만두입니다. 펫도 뭐도 아니에요
　—시나리오 마스터: 흠, 곤란한데. 님들 생각은 어떠심??

놀랍게도 시나리오 마스터는 다른 플레이어에게 의견을 구했다.

[플레이어1 님께서 '무림 만두라면 상관없다'고 말합니다.]

[플레이어4 님께서 '마스터 마음대로 하라'고 말합니다.]

[플레이어3 님께서 '빨리 게임하고 싶다'고 말합니다.]

다행히 다른 플레이어들의 반발은 없었다.

—시나리오 마스터: ㅇㅋ 기왕 하는 거 무림 쪽 PPL 좀 알
아보겠음

　—플레이어8: 감사합니다

　—시나리오 마스터: ㄱㄱ

그리고 잠시 후, 카운트 다운이 시작되었다.

5, 4, 3, 2, 1…….

[설화방 '은퇴한 SSSSS급 손오공이 되었다'의 이야기가 시작되었습
니다!]

[설화방의 전개는 시나리오 마스터의 플롯을 따릅니다.]

[설화방의 주요 전개에 심사위원이나 관객의 간섭이 있을 수 있습니
다.]

['서유기 리메이크'가 시작됩니다!]

환한 빛살과 함께, 시야가 잿빛으로 물들었다.

《은퇴한 SSSSS급 손오공이 되었다》

어둠 속에서 화려하게 등장하는 폰트.

이제 나는 이 이야기의 주인공인 '손오공'이 되어 본격적인 플레이를 시작하게 될 것이다.

솔직히 조금 두근거렸다. 내가 진짜로 이야기의 주인공이 되다니…….

「김 독 자김 첫 국」

[제4의 벽]의 목소리와 함께, 눈앞에 메시지가 떠올랐다.

[프롤로그가 시작됩니다.]
[프롤로그는 회상 장면으로 처리됩니다.]
[해당 구간에서 인물들은 정해진 대사만 말할 수 있습니다.]
[시나리오 마스터의 내레이션이 시작됩니다.]

그리고 어둠 속에서 목소리가 들려왔다.

(삼장 일행과의 오랜 여행 끝에, 손오공은 결국 서방 세계에 도착해 경전을 얻는 데 성공한다.)

오, 시작인가.

실제로 화면이 바뀌더니, 나는 어느새 이야기 속 손오공에 빙의해 있었다. 주변에 일행으로 보이는 이들이 있지만, 회상이라 그런지 얼굴이 제대로 보이지는 않았다. 그리고 내 입이 멋대로 이야기를 시작했다.

"드디어 은퇴인가…… 정말 긴 여정이었다."

동시에 손오공의 기억들이 눈앞을 스쳤다.

삼장법사에게 쫓겨나거나, 저팔계에게 뒤통수를 맞거나, 사오정에게 버려지거나. 도움이라곤 쥐뿔도 되지 않는 오합지졸 일행을 이끌고 혼자서 요괴와 싸우고 피투성이가 된 기억들…….

이렇게 보고 있자니 뭔가 짠한 느낌이 들었다.

손오공 시점에서의 '서유기'란 이런 느낌이구나.

그런데 그 순간, 목소리가 들려왔다.

【정말 여기서 끝낼 셈이냐?】

내려다보니 경전이 말을 하고 있었다.

【정말 너는 이런 이야기에 만족한 것이냐?】

나는 조금 감탄했다.

이런 식으로 전개되는 이야기인가.

경전 위에 계속해서 문장이 떠오르고 있었다.

【억울하지 않으냐? 너는 비합리적인 이유로 몇 번이나 삼장에게 추방당하고 박해당했다.】

【어디 그뿐이냐? 너는 네가 짓지 않은 죄 때문에 긴고아로 고문을 당했고.】

【근두운을 타면 순식간에 도착할 수 있는 곳임에도, 불법을 수행한다는 이유로 삼장법사를 지키며 힘겨운 여정을 계속해야 했다.】

확실히 '서유기'가 손오공에게 좀 가혹한 면이 있기는 하지.

【그런 고행의 결과가 고작 '극락세계'로 귀의하는 것이라니, 너는 정말로 억울하지 않은 것이냐?】

듣고 보니 좀 억울한 것 같기도 하다.

【너는 모든 것을 다시 시작할 수 있다.】

"모든 것을 다시?"

【이 여정을 처음부터 다시 시작할 수 있단 말이다.】

그쯤에서 나는 섬뜩한 느낌이 들었다.

망할, 이거 회귀물이었나?

내 입이 또 멋대로 이야기를 시작했다.

"아니, 내가 어떻게 여기까지 왔는데. 그 고생을 처음부터 다시 하라고?"

【고생하지 마라.】

"뭐?"

【철저히 동료를 이용하고, 누구도 구원하지 않는 존재가 되는 것이다. 오직 자기 자신만을 위해 살아가는 '마왕'이 되는 것이다.】

그 순간, 경전에서 눈부신 빛이 퍼져나왔다.

[회상 장면이 종료됐습니다.]
[본격적인 플레이가 시작됩니다!]

아무래도 여기까지가 이야기의 프롤로그인 모양이다. 지금부터 제대로 된 에피소드라는 거겠지.

기다렸다는 듯 에피소드 1의 폰트가 떠올랐다.

그리고 나는 경악했다.

~Episode 1. 구원의 마왕~

뭐?

내 마음을 읽기라도 한 듯, 내레이션이 시작되었다.

(잘 알려지지 않은 이야기지만, 사실 손오공은 한때 '구원의 마왕'이라 불렸다.)

이게 뭔 개소리인가 싶었지만, 일단 들어보기로 했다.

(이 작은 돌원숭이는 멋대로 자신의 목숨을 희생해 남을 구원하는 취미가 있었고, 그 원치 않은 구원으로 많은 존재가 심적 고통을 받았다.)

(하늘의 뭇 신령 및 보살이 그를 지탄했으나, 그럼에도 이 돌대가리는 목숨을 던져 남을 구원하고 또 구원했다.)

아니, 잠깐만.

(하늘의 옥황과 부처는 그러한 손오공의 만행을 더 이상 용납할 수 없다고 여겨, 그를 오행산 밑 돌 궤짝에 가두었다.)

(그리고 모든 이야기는, 바로 이곳에서 시작된다.)

[심사위원, '돌원숭이의 왕'이 이 전사前事를 좋아합니다.]

[일부 심사위원이 최근 트렌드를 반영한 전개에 가산점을 부여합니다.]
[2점을 획득했습니다.]

'최근 트렌드를 반영'했다는 메시지에 눈길이 갔다.
아, 설마 이것 때문에?

[첫 번째 에피소드가 시작됩니다.]
[자유 대사 구간이 시작됐습니다.]
[자신의 배역에 맞는 발언으로 흥미진진한 설화를 꾸며보세요.]

나는 부르르 몸을 떨며 정신을 차렸다. 몸 곳곳이 으슬으슬 추웠고, 등이 뼈개질 것처럼 아팠다. 새카만 흙이 주변에서 떨어지는 소리가 들렸고, 나는 고개만 간신히 산 밖으로 내민 상태였다.

[현재 당신은 오행산五行山에 봉인된 상태입니다.]

아무래도 나는 오행산 밑에 깔린 모양이었다.

[관객들이 당신의 반응을 궁금해합니다.]

(시나리오 마스터가 당신의 대사를 재촉합니다.)

주인공이 막 회귀한 후의 첫 장면.

소설을 볼 때마다 자주 나온 상황이라 익숙하다고 생각했는데, 막상 내가 그 상황이 되니 무슨 말을 해야 할지 전혀 감이 오지 않았다.

일단 뭐라도 말해보기로 했다.

"여긴 어디지? 난 분명 경전을 가지고 돌아가고 있었는데?"

평범한 사람이 이딴 혼잣말을 할 리가 없었다.

"오행산? 맙소사, 설마 회귀한 건가?"

그런데도 이딴 대사를 잘도 지껄이는 나 자신이 믿기지 않았다.

[관객들이 당신의 상황을 이해했습니다.]

(시나리오 마스터가 당신의 대사 감각에 고개를 끄덕입니다.)

(시나리오 마스터가 당신을 인정합니다.)

빌어먹을, 쥐구멍에라도 숨고 싶은 심정이다.

[일부 관객이 다음 상황을 기대합니다.]

나는 '서유기'의 다음 내용을 떠올렸다.

원작에 따르면 손오공은 오행산 밑에서 오백 년의 세월을 기다리게 된다.

그렇게 오 분이 지나고, 십 분이 지났다.

에이, 설마?

(멀리서 들려오는 떠들썩한 목소리에, 손오공은 귀를 기울였다.)

나는 안도의 한숨을 내쉬었다.

원작대로라면 손오공이 처음으로 만나게 될 이는 삼장법사일 것이다.

(눈앞에 다가오는 익숙한 인물들을 보며, 손오공은 오래된 기억을 떠올렸다.)

두 명의 아이가 나를 향해 걸어오고 있었다.

귀여운 법의를 갖춰 입고, 장난감 같은 관을 쓴 두 아이.

(처음으로 삼장을 만난, 그날의 기억.)
(손오공은 오래된 추억에 젖었다.)

천천히 등줄기에 소름이 돋았다. 희미하게 느끼던 기시감들이 현실이 되고 있었다.

웅웅거리는 [제4의 벽]이 물었다.

「정말 몰랐어?」

나는 대답하지 못했다.

다섯 개의 S를 처음 본 순간 스친 예감. 아닐 거라고 생각하면서도 한편으로는 기대하고 있었던 그 마음.

나는 이를 악문 채 흐려지려는 시야를 간신히 바로잡았다.

"아, 저기 있다. 저 아저씬가 보네."

"내가 물어볼게."

세상에서 가장 작은 두 명의 삼장.

내 머리채를 잡은 이길영이 나를 향해 물었다.

"네놈이 '구원의 마왕' 손오공이냐?"

나는 웃지도 울지도 못한 채, 다만 아이들을 보며 답했다.

"그렇습니다."

그리고 메시지가 들려왔다.

[경고합니다! 당신은 <김독자 컴퍼니>의 멤버와 조우했습니다!]
[당신의 내면 깊은 곳에서 혼돈이 꿈틀거리기 시작합니다.]

✿ ✿ ✿

[심사위원, '돌원숭이의 왕'이 불편한 심기를 드러냅니다!]

[이번 공모전은 볼만한 게 없군.]

전신에 황금빛이 감도는 미모美毛가 자라난 어린 원숭이는 금빛 갈기를 벅벅 긁더니 화면을 보며 하품을 연발했다.

그 꼴을 보던 카우보이 복장의 원숭이가 핀잔을 주었다.

[심사위원, '천계의 마구간 관리자'가 '돌원숭이의 왕'을 질책합니다.]

[미후왕, 너는 인내심이 없다. 뭐든 찬찬히 살펴보다 보면 한두 개쯤은 괜찮은 게 있는 법인데.]

[흥, 필마온弼馬溫 네놈은 그 잘난 인내심으로 보름이나 말똥을 치워댄 거냐?]

[여기서는 고상한 이야기만 하고 싶군.]

[네놈 취향이야 뻔하지. 어차피 마구간 이야기만 안 나오면 고득점을 줄 테니까.]

[그러는 너도 화과산 이야기만 나오면 환장하는 건 마찬가지 아니냐.]

[어이, 제천대성! 너는 어떻게 생각하냐? 볼만한 거 좀 찾았어?]

그 질문에, 여의봉에 턱을 괸 채 하품을 하던 백금발의 사내가 입을 열었다.

[올해는 확실히 참신한 게 없긴 하다.]

[그렇지.]

[예전에는 상상력이 기발한 것들이 더러 있었는데 말이지. 우리가 사실은 죽을 고비를 넘길수록 강해지는 전투 종족이라든가…….]

[흠, 확실히 그건 재미있었지. 근데 우릴 인간처럼 묘사한 게 아쉬웠다.]

필마온의 말에 제천대성이 피식 웃었다.

[이봐, 너흰 원숭이지만 난 거의 인간이라고.]

[너도 그 설화의 영향으로 변한 거잖아.]

미후왕, 필마온, 그리고 제천대성.

이들은 '손오공'이라는 하나의 진명을 이루는 손오공의 다른 설화체였다. 처음에는 하나의 존재였지만 각기 다른 분기의 설화가 발달하면서 인격이 쪼개진 것이다.

[페이후 녀석 성장세가 굉장한데…… 이번에 잘하면 새로운 '손오공'이 나올 수도 있겠어.]

[수천 년 동안 없던 일인데 퍽이나 그러겠다.]

널따란 심사위원실에 모인 세 명의 손오공은 패널 너머로 흘러가는 '서유기 리메이크'의 설화들을 감상했다. 지루한 것도 있었고, 흥미로운 것도 있었다. 개중 낯선 것에는 '좋아요'를 눌러주고, 평점을 매기기도 하며 세 존재는 와자지껄 떠들었다.

미후왕이 물었다.

[제천대성, 그러고 보니 지난번에 걔넨 어떻게 됐냐?]

[누구.]

[왜, 네가 도와달라 해서 나랑 필마온이랑 힘 빌려줬잖아.]

[아, '성마대전'? 잘 해결됐지. 근데 거기 대표가 행방불명됐어.]

그 말에 필마온이 비꼬았다.

[네가 졸졸 쫓아다녔지만 결국 배후성으로 안 골라준 그놈 말인가?]

[졸졸 쫓아다니지는 않았다. 놈의 간청에 한두 번 응답해줬을 뿐.]

[그런 것치곤 몇 가닥 없는 머리털도 주던데.]

[닥쳐라.]

제천대성이 여의봉으로 거칠게 귀를 파내며 말을 돌렸다.

[근데 투전승불 그놈은 아직 안 왔나? 손오공 다 모이는 자린데 왜 그놈만 없어?]

[그 샌님이야 늘 늦잖아.]

[팔계랑 오정은?]

[천궁 쪽이랑 접선하러 갔다.]

[옥황 녀석, 이번에도 심사에 개입할 셈인가?]

[우리 의견만 안 흩어지면 그쪽이 간섭해도 소용없어.]

[우리 의견이 모인 적이 없으니까 하는 말이지.]

그리고 기다렸다는 듯, 심사위원실 문이 열리며 저팔계와 사오정이 등장했다.

[저, 형님들. 윗선에서 슬슬 올해의 유력 후보작을 발표하셔
야 한다고……]

[닥쳐, 지금 보고 있잖아.]

미후왕의 위협에 저팔계와 사오정이 찔끔 놀라며 물러섰다.

제천대성이 물었다.

[그런데 너희 뒤에 선 아낙은 누구냐?]

[아, 소개가 늦었습니다. 이번에 새로 들어온 심사위원입니
다. 석존의 후계자라는군요.]

[석가에게 후계가 있었나?]

누군가 차분한 발걸음으로 걸어 들어왔다.

고운 법의를 입고 작은 관을 쓴 여인을 본 순간, 제천대성의
눈동자가 흔들렸다.

낌새를 눈치챈 필마온이 물었다.

[아는 얼굴인가?]

제천대성은 대답하지 않은 채 가만히 여인을 바라볼 뿐이
었다.

여인은 손오공들을 마주 보는 대신, 테이블을 가로질러 설
화들이 재생되는 패널로 향했다.

필마온이 턱짓을 하며 말했다.

[마침 잘됐군. 신입 의견을 들어보는 것도 나쁘지 않겠지.
거기 석존의 후계는 어떤 설화가 마음에 드는가?]

바삐 흔들리던 여인의 법의가 마침내 한 자리에 멈춰 섰다.

석존의 후계자는 고요한 눈으로 화면 속 이야기를 보고 있었다. 천천히 뻗은 하얀 손끝이 화면에 닿자, 그리움처럼 화면에 물결이 번졌다.

[저는 이 설화가 마음에 드는군요.]

☒ ☒ ☒

「*알고 있었잖아 김독자*」

[제4의 벽]의 말이 맞았다.

어쩌면 나는 예상했다. 이 설화방의 인물들이 〈김독자 컴퍼니〉의 일행일지도 모른다고.

[혹부리 왕과의 약속이 위험한 상태입니다!]

그리고 이런 결과를 초래하게 될지도 모른다고.

그럼에도 나는 이 선택을 하지 않을 수 없었다.

—그들과 접촉하지 말라고 했을 텐데.

어깨 위에 앉은 [999]가 나를 향해 속삭였다.

단지 아이들을 만난 것만으로 내 화신체의 변화가 발생하고 있었다.

[약속 조건이 위태로워져 이계의 신격으로의 변이가 가속됩니다.]

'아직 약속 안 어겼어. 엄밀히 따지면 계약 내용은 '김독자 컴퍼니에게 내 정체를 드러내지 말 것'이잖아.'

—그들이 알게 되는 순간 모든 게 끝장이다.

'알고 있으니까 걱정 마.'

[이계의 신격화 진행률: 3%]

아마 저 진행률을 다 채우게 되면, 나는 '은밀한 모략가'처럼 이계의 신격이 되고 말겠지. 그 전에 약속을 지키기만 하면 되니까, 솔직히 상관없다는 생각이었다.

지금은 도란도란 내 앞에서 걸어가는 저 아이들을 보는 것이 좋았다.

[소수의 관객이 삼장이 어떻게 두 명일 수 있냐며 항의합니다.]

들려오는 메시지를 들으며, 나는 앞서가는 아이들의 뒤를 졸졸 따라갔다. 아이들은 하루가 다르게 자란다더니, 예전보다 부쩍 커진 키를 보니 새삼 실감이 났다.

그러고 보면 아이들과 시간을 보낸 것도 무척 오래되었다.

나는 이길영이나 신유승이 평소에 무슨 생각을 하는지 모른다. 시나리오 마스터의 말대로다. 나는 이 아이들을 멋대로 구해놓고, 그 뒤는 책임지지 않은 채 내버려두었다. 한때의 내가 그랬던 것처럼, 이 아이들은 줄곧 방치되고 있었다.

"어이, 구원의 마왕."

"예."

그러니 이것은 내가 받는 필벌인 셈이다.

지켜보던 신유승이 한마디 했다.

"모르는 사람한테 반말하지 마."

"수영 누나가 이렇게 하라고 했거든?"

"그래도 기본적인 예의는 지켜야지."

역시 내 화신이다.

안쓰러운 눈으로 나를 훑어보던 신유승이 [성운 채팅]으로 이길영에게 귓속말을 했다.

물론, 같은 성운 소속인 나는 그 메시지를 그대로 들을 수 있었다.

―이래야 우릴 믿는다고 멍청아. 쟤가 깽판 치면 어쩌려고 그래?

소름이 돋았다.

―넌 저런 게 무섭냐? 저놈 꼴을 보라고.

실제로 지금 나는 〈황제〉에서 판매하는 '제천대성 아바타 세트'를 구매하지 않았기 때문에 무려 오백 년이나 된 기본 복장을 입고 있었다.

신유승은 내 옷에 묻은 흙먼지를 털어주며 공손하게 인사했다.

"처음 뵙겠습니다, 성좌님. 잘 부탁드려요."

"저야말로 잘 부탁드립니다. 그보다 두 분을 어떻게 호칭하면 되겠습니까?"

그러자 이길영이 기다렸다는 듯 말했다.

"나는 현玄 법사. 그리고 이 녀석은 장奘 법사다. 앞으로 그렇게 부르거라."

마치 게임이라도 하듯 장난스러운 목소리였다.

이길영은 현 법사. 그리고 신유승은 장 법사인가.

설마 현장玄奘 법사의 이름을 둘로 쪼개어 가질 줄이야. 정말 귀여운 발상이었다.

[일부 관객이 두 삼장이 귀엽다고 생각합니다.]

[일부 심사위원이 '두 명의 삼장' 설정에 흥미를 느낍니다.]

[가산점 4점을 획득했습니다.]

새로운 설정에 취해 있는 이길영이 자신에 대해 떠들어대는 사이, 신유승이 귓속말을 속삭였다.

"이상한 설정이 많아서 좀 당황하셨죠? 죄송해요. 저희 쪽 시나리오 마스터가 좀 괴짜셔서⋯⋯."

"아닙니다."

시나리오 마스터가 누군지는 짐작이 갔다. 이런 막 나가는 스토리를 짤 만한 녀석은 〈김독자 컴퍼니〉에 하나뿐이니까.

"그치만 걱정 마세요. 저희가 잘 돌봐드릴게요. 성좌님은 그냥 잘 따라오시면서 버스만 타시면 돼요."

그 친절함에 눈물이 날 것 같았다.

내가 아이들을 위로해도 모자랄 판에 오히려 챙겨지고 있다니. 부끄러운 노릇이었다.

(손오공은 이번 생에도 삼장을 지킬 것을 결심했다.)

맞다. 나는 이 아이들을 지킬 것이다.

지금까진 제 역할을 못 했지만, 적어도 지금부터는—

"쿠구구구구구구!"

어디선가 들려온 폭음. 나는 반사적으로 주변을 둘러봤다.

"쿠드드드드드!"

폭음도 폭음이지만, 어딘지 이상했다. 분명 뭔가 터지는 소리인데, 왜 누가 입으로 외친 것 같은 느낌이 들지?

잽싸게 내 곁으로 다가온 신유승이 속삭였다.

"당황하지 마세요. 원작 설정을 반영한 거예요."

"예?"

"원작에선 의성어를 전부 큰따옴표로 묶어 표기했대요."

[일부 심사위원이 뜻밖의 원작 반영에 감탄합니다!]

[가산점 10점이 추가됐습니다!]

아니, 이건 양산형 판타지 소설에만 나오는 실수인 줄 알았는데……

생각지도 못한 원작 고증에 당황할 틈도 없이, 나는 아이들을 뒤로 물리고 앞으로 나섰다.

보아하니 폭음은 전방에 드리워진 거대한 협곡에서 나는 소리였다.

(손오공은 눈앞에 드리워진 사반산蛇盤山 응수간鷹愁澗 협곡을 응시했다. 이미 인생 2회차인 손오공은 저 협곡에서 나올 존재가 뭔지 알고 있었다.)

내 기억이 맞는다면 《서유기》 원작에서 일행이 두 번째로 조우하는 것은······.

(서해 용왕 오윤의 셋째 태자 옥룡.)

맞다. 바로 그놈이다. 그리고 그놈이 바로.

(녀석은 삼장법사의 백마로 환생할 존재였다.)

내레이션이 다 해주니 따로 할 말이 없군.

나는 앞으로 나서며 말했다.

"두 분께서는 어딘가 숨어 계십시오. 제가 상대하겠습니다."

내 기억이 맞는다면, 플레이어 중에는 '삼장법사의 백마' 역할을 맡은 이가 있었다. 아마 그가 바로 이 사태의 원흉이겠지.

아이들이 이 설화방에 참여한 걸로 봐서 나머지 사람도 대부분 〈김독자 컴퍼니〉겠지만 혹시나 이들에게 악의를 가진 존재가 끼어 있다면……

"그냥 버스만 타시라고요."

작지만 강한 악력이 느껴지는 손이 내 어깨를 잡았다.

뒤를 돌아보자 신유승이 섬뜩한 미소를 짓고 있었다.

"옷도 제대로 안 걸친 게. 뒤로 빠져!"

주먹 관절을 꺾은 이길영도 앞으로 나섰다.

나는 다급히 뒤쫓으려 했으나, 이미 협곡을 향해 달려간 아이들이 날아오른 청룡과 격전을 벌이기 시작했다.

"쿠콰콰콰콰콰콰!"

이길영이 입으로 의성어를 내뱉으며 달려들자, 협곡에서 뛰쳐나온 청룡이 마주 울부짖었다.

나는 그 용이 누군지 바로 깨달았다.

키메라 드래곤?

아이들은 허공에서 청룡과 춤을 추듯 사투를 벌였고, [길들이기]를 사용해 순식간에 용을 제압했다.

[관객들이 꼬마 삼장의 무위에 감탄합니다!]
[소수의 관객이 삼장이 너무 강한 거 아니냐며 항의합니다.]
[일부 심사위원이 뜻밖의 전개에 놀랍니다!]

그리고 잠시 후.

[‘플레이어6’ 님께서 일행에 합류했습니다!]

현장의 백마로 화한 키메라 드래곤이 낑낑거리며 아이들에게 끌려왔다.

손가락 하나 까딱하지 않았는데 해결된 사건을 보며, 나는 시나리오 마스터와 나눈 말을 떠올렸다.

―은퇴한 손오공이 뭘 한단 거죠?

―아무것도 안 해.

이제야 그 말이 조금은 이해가 될 것 같았다.

이 이야기는 애초에 이렇게 만들어져 있었던 것이다.

그리고 다음 순간, 익숙한 성좌의 메시지가 들려왔다.

[심사위원, ‘긴고아의 죄수’가 설화의 전개에 흥미를 갖습니다.]

[가산점 10점이 추가됐습니다.]

� ✿ ✿ ✿

그렇게 하루가 지나고, 이틀이 지나자 나는 조금씩 이 설화방의 정체를 깨달아갔다.

“메뚜기다. 먹어라.”

"구원의 마왕 님. 혹시 다리 아프신가요?"

「이 설화는 '손오공을 위한 설화'다.」

(손오공은 편안했다.)

시나리오가 시작된 이래, 지금껏 이렇게까지 한가한 적은 처음이었다.
어느 정도냐 하면, 뇌가 안락함에 절어 마비되는 느낌이다.

[당신에게 새로운 설화가 발아합니다!]
[설화, '손 안 대고 코 풀기'가 이야기를 시작합니다.]

한수영이 왜 이런 시나리오를 짰는지는 대충 예상이 갔다.

[심사위원, '긴고아의 죄수'가 이 전개를 좋아합니다.]

'서유기'는 손오공의 희생으로 이루어진 이야기였다. 심지어 이후에 변주된 후대 설화도 대개 구성이 비슷했다.
그런데 만약 '손오공을 위로하는 설화'가 나타나면 어떨까.

[심사위원, '긴고아의 죄수'가 당신을 부러워합니다.]
[심사위원, '천계의 마구간 관리자'가 당신을 부러워합니다.]

[득표수: 312]

역시 한수영이 인기 작가가 맞긴 한 모양이었다.

설화의 득표수는 벌써 300표를 넘어서며 순조로운 항해를 거듭하고 있었다.

이런 전개는 일행들에게도 나쁠 것이 없었다.

명목상 주인공은 손오공이지만, 실제 전투는 다른 일행들이 도맡으니 최종적인 설화 지분은 자연히 〈김독자 컴퍼니〉의 것이 될 터.

득표수도 얻고 설화 지분도 챙기고, 참으로 치밀한 설계가 아닐 수 없다.

"아, 폰 게임 하고 싶다."

"여기 들어오기 전에 많이 했잖아."

아이들은 티격태격하면서도 나를 먹이고, 재우고, 심지어는 내 머리털을 다듬어주기까지 했다. 이길영이 퉁명스레 물었다.

"넌 원래 뭐 하는 놈이냐?"

"사생활 묻는 건 실례잖아 멍청아."

마찬가지로 곁에서 내 새치를 뽑던 신유승이 태클을 걸었다.

나는 이런 메타적인 대화가 허용될지 조금 걱정이 되었지만 일단 말해보기로 했다. 생각해보면 아이들과 이런 대화를 나눈 적이 없었으니까.

"저는 그냥 소설 읽는 걸 좋아합니다."

"소설? 오, 나도 좋아하는데."

이길영이 소설 읽는 걸 좋아한다고? 의외의 정보였다.

신이 난 이길영이 계속해서 말했다.

"내가 하나 추천해줄까?"

장르 독자 경력 십 년이 넘는 내게 감히 추천을 하다니, 어디 들어나 보자.

"[SSSSS급 무한회귀자]. 개꿀잼이니까 꼭 읽어라."

나도 모르게 제2의 자아가 튀어나왔다.

"그건 희대의 망작입니다만."

"망작? 그거 인기 많았다던데. 보는 눈이 없네~"

한수영 이 자식, 애들한테 자기 소설을 자랑한 건가.

곁에서 이야기를 듣던 신유승도 끼어들었다.

"저도 소설 좋아해요!"

"그러십니까? 어떤 소설을 좋아하시죠?"

나는 조금 기대했다. 그래, 유승이라면—

"네! 레이먼드 카버, 무라카미 하루키……!"

어디서 많이 듣던 작가 라인업인데. 내가 없는 사이 아이들 교육을 누가 담당했는지 알 것 같았다.

유상아 씨, 지금쯤이면 무사히 환생했겠지.

내 어깨의 만두를 본 신유승이 물었다.

"그런데 무림 만두를 좋아하시나 봐요?"

"예, 좋아합니다."

"제가 아는 아저씨도 그거 무척 좋아하는데."

누가 그걸 좋아하는지는 나도 잘 알고 있다.

이길영도 배를 만지며 중얼거렸다.

"아, 만두 먹고 싶다."

어깨에 얹혀 있던 무림 만두가 움찔거리는 것이 느껴졌다.

그러고 보니 제대로 된 식사를 한 지가 너무 오래됐다.

(그러자 갑자기, 어디선가 만두 냄새가 나기 시작했다.)

'서유기'의 사건은 대부분 이렇듯 '갑자기' 시작된다.

우리는 서로 시선을 주고받으며 환상적인 냄새의 진원지를 따라갔다.

그렇게 오솔길을 따라 얼마나 걸었을까.

우리 눈앞에 거대한 공장 단지가 나타났다.

"이 시대에 이런 게 있을 리가?"

한수영의 '서유기'는 스팀 펑크 세계관인 건가 하고 생각할 찰나, 공장 단지 안에서 몇 명의 무리가 이쪽으로 달려왔다.

"으으, 모두 달아나!"

그러나 달아나던 무리들은 전부 무형의 힘에 이끌리듯 붙잡혀 공장으로 되돌아갔다.

"안 돼에에에에!"

대체 어떻게 된 영문인가 싶어, 우리는 공장 인근으로 숨어들었다.

그리고 얼마 지나지 않아, 수천 명에 이르는 노예들이 컨베

이어 벨트에 붙어 뭔가를 조물딱거리며 만드는 광경을 보게
되었다.

"저거 설마……."

내 어깨 위의 만두 [999]가 말했다.

─'무림 만두'로군.

수천 개의 무림 만두가 컨베이어 벨트 위에 실려 어디론가
흘러가고 있었다. 나는 하염없이 흘러가는 만두의 강을 보며,
이번에 우리가 만날 인물에 관해 생각했다.

('서유기'에서 이렇게 먹을 것을 탐하는 인물은 하나뿐이다.)

그리고 기다렸다는 듯, 우리에게 말을 건 사내가 있었다.

[PART 4- 03에서 계속]

Omniscient
Reader's
Viewpoint

전지적 독자 시점 PART 4 - 02

1판 1쇄 발행 2023년 9월 11일 **1판 4쇄 발행** 2024년 9월 12일
지은이 싱숑
펴낸이 박강휘
편집 박정선, 박규민 **디자인** 홍세연, 윤석진 **마케팅** 이헌영 **홍보** 반재서

발행처 김영사
주소 경기도 파주시 문발로 197(문발동) 우편번호10881
등록 1979년 5월 17일(제406-2003-036호)
주문 및 문의 전화 031)955-3200 **팩스** 031)955-3111
편집부 전화 02)3668-3291 **팩스** 02)745-4827 **전자우편** literature@gimmyoung.com
비채 블로그 blog.naver.com/viche_books **인스타그램** @drviche, @viche_editors
트위터 @vichebook
ISBN 978-89-349-6746-0 04810 책값은 뒤표지에 있습니다.

비채는 김영사의 문학 브랜드입니다.